Denis Brillet

LE ROMAN
DE THOMAS LESQUEN

DENIS BRILLET vit en Normandie, au coeur du Pays d'Auge. Après des études d'histoire menées en parallèle à sa profession d'enseignant, il se consacre à l'écriture. Il est l'auteur de nombreux receuils et romans.

© Rémanence, 2025
Collection Le Labo
ISBN 9782378700584
Couverture © Golden Dayz / Shutterstock

LE ROMAN DE THOMAS LESQUEN

À Mademoiselle Guillon

Les jours marquants de notre existence ont en eux plus de luminosité que les jours ordinaires.

Stefan Sweig, *Le Monde d'hier*

1

La maison Lesquen se situait au milieu du village. On disait le village pour désigner indifféremment les gens et le lieu, un alignement d'habitations pour la plupart abandonnées. C'était un endroit à part, niché entre des collines coiffées d'herbe maigre et clairsemée comme un crâne à demi chauve.

La départementale qui le bordait voyait passer au mieux dix voitures dans la journée, parmi lesquelles celles du facteur et du boulanger. L'épicier, c'était deux fois par semaine, le mardi et le vendredi. Le terrain étant par nature peu propice à l'épanouissement des arbres, hormis le chêne et le noyer, il fallait parcourir pas moins de dix kilomètres pour trouver quelque chose qui ressemblât à un bosquet. La tradition voulait que les versants ensoleillés eussent jadis été plantés de vignes, que rappelaient les parcelles *du Haut-Vigneux* et de *la Vigne à Musard*.

Le village semblait marqué du sceau de la bizarrerie, pour ne pas dire de l'anomalie. C'était peut-être cette singularité qui lui avait valu de traverser les siècles et de ne pas disparaître tout à fait. Lors du récent redécoupage territorial, il avait été annexé à la commune du Thillais, dont il constituait la plus périphérique enclave, manière de signifier sa désapprobation à rejoindre le troupeau après avoir vécu si longtemps dans son fier isolement. D'autant qu'à vrai dire, il n'avait rien gagné au change, rien perdu non plus. Le village demeurait le village, tel qu'on l'avait toujours connu, à peu de choses près. Des choses qui tenaient essentiellement à sa lente désagrégation, par exemple un pignon cédant sous les bourrasques automnales ou une toiture s'effondrant avec fracas au milieu de la nuit. Au matin, on constatait l'étendue des dégâts avec des hochements de tête. On avait l'habitude.

La maison Lesquen, à l'égal des autres, était une construction modeste, sans fioritures ni chichis, mais solidement bâtie. La porte d'entrée ouvrait sur la cuisine où l'on prenait les repas, parce que c'était la pièce la plus claire et la plus agréable. Lui succédaient le cellier et la salle à manger, toujours froide malgré sa cheminée et son parquet en chêne. On n'y séjournait pas, sinon par forte chaleur. Été comme hiver, il y régnait une fraîcheur de cave qu'Étienne attribuait à un puits en dessous. Une fable que Marthe le suspectait d'avoir inventée à seule fin de l'effrayer. La porte arrière donnait sur le potager. L'étage se composait de deux chambres, d'une salle de bain et d'un palier d'où montait une échelle rejoignant le grenier.

Quand, en 1960, Marthe avait franchi le seuil de la demeure au bras d'Étienne, elle ne s'était pas demandé si c'était mieux ailleurs. Entre louer en ville et acheter loin de tout, ils avaient tranché : ils voulaient être chez eux. Ils ne s'étaient pas dit que ce serait facile. La maison ne possédait aucun confort. Les toilettes étaient au fond du jardin, la nuit, on montait un seau à l'étage. Le salaire d'Étienne suffisait tout juste à rembourser les emprunts et à se nourrir. Pour le reste, on se débrouillait.

Marthe accoucha de Thomas un jour de mai 61, comblée que ce fût un garçon. La sage-femme, en arrivant, la trouva alitée, en chemise de nuit, fraîche et lavée, le nourrisson dans les bras. Elle avait cru mourir en le mettant au monde. *J'en aurai pas d'autre*, se promit-elle. Elle tint parole.

Thomas poussa avec une facilité surprenante. C'était un gamin aux yeux bleus et à la peau claire, le cheveu bouclé blond mêlé de reflets roux chipés à son père. D'une nature confiante, il attirait sur lui les sourires et l'affection. *Il a rien de moi,* se disait Marthe. Le fait est qu'à première vue, mère et fils avaient peu en commun, sinon une égale disposition à prendre les choses comme elles se présentaient. L'enfant fit ses premiers pas dans le potager sous le regard maternel. Elle n'accourait pas quand il chutait entre les plants de laitue et de pommes de terre, attendant sans rien dire qu'il se relevât seul. Très vite, il s'aventura dehors, traversa la route pour s'agréger à la manade des enfants qui avaient fait du champ d'en face leur terrain de jeu. Il s'en revenait, les genoux écorchés et les mollets cinglés par les orties, mais heureux comme un roi. Il lui arrivait de disparaître des heures entières jusqu'à ce que Marthe le découvre allongé sur le sol, en train d'observer des insectes. Un jour de septembre, elle le surprit assis en tailleur devant une splendide vipère enroulée sur elle-même, que les fraîcheurs matinales avaient heureusement rendue inoffensive. À peine fut-il capable d'ânonner quelques phrases qu'il enrichit son lexique de mots d'italien plus ou moins châtiés sortis de la bouche de Raimondo, l'aîné des Rizzoli. Marthe avait l'impression que son fils possédait un talent inné pour rafler ce qui passait de bon à sa portée. En fin d'après-midi, il se campait au milieu de la route, guettant le retour de son père qu'annonçait le ronflement de sa mobylette. Rien ne le réjouissait plus que de le voir apparaître au loin. Il se mettait alors à trépigner jusqu'à ce qu'Étienne arrête son engin devant lui. Après, c'étaient des transports de joie de part et d'autre, des embrassades à n'en plus finir, une fête des retrouvailles que Violette, sur le pas de sa porte, caressait d'un regard ému, son rêve d'enfant évaporé depuis la mort d'Armand en Algérie, un an tout juste avant les accords d'Évian. Habitué à passer d'une maison à l'autre, étant partout chez lui, Thomas rendait visite à la jeune femme, qui le gavait de bonbons Mint'Ho ou de pastilles Vichy. Il consentait à ce qu'elle le prît sur ses genoux et le berçât en fredonnant une comptine. Elle n'était jamais aussi heureuse que lorsqu'il finissait par s'endormir. Alors, elle le gardait serré contre elle, immobile et silencieuse, posant délicatement ses lèvres sur son front tiède, humant dans ses cheveux son odeur de petit garçon. Marthe le récupérait à l'heure du dîner les joues collantes, ensommeillé et sans appétit. Elle ne disait rien, pénétrée de la chance que c'était d'avoir cet enfant qu'un destin injuste avait refusé à sa voisine, ce fils qu'elle acceptait de partager avec elle de temps à autre.

Un soir où l'on prenait le frais dans le jardin de Violette, il fut décidé qu'on irait au Thillais assister au feu d'artifice du 14 juillet. Le village tiendrait dans la camionnette des Joubert et la Simca des Rizzoli. Au besoin, on ferait deux tournées.

Au jour dit, on se mit en branle après le dîner. La marmaille était lavée et habillée de frais comme pour un dimanche. Il y avait des rires, des exclamations, de l'énervement dans les rangs. On engouffra les progénitures dans la camionnette tandis que Marthe, Étienne et Violette se serraient à l'arrière de la Simca. La camionnette traînait un peu du cul, elle avait l'habitude. Guido Rizzoli alluma une cigarette et entrouvrit sa vitre pour ne pas incommoder ses passagers. L'air encore tiède faisait courir un frisson délicieux sur la peau de Violette. Demi-sourire aux lèvres, elle s'abandonna à son souffle, le laissa jouer avec sa mise en plis et l'échancrure de sa robe. Elle revit les mains d'Armand, ses mèches lourdes tombant sur ses yeux lorsqu'il se penchait pour l'embrasser, se rappela le contact de ses lèvres. Elle avait passé une robe rouge boutonnée devant, la taille cintrée par une ceinture blanche. Personne dans le village n'avait le souvenir de l'avoir vue à la fois si jolie et si gaie.

Il faisait nuit lorsqu'ils arrivèrent au Thillais. Une foule joyeuse se pressait sur la pelouse du jardin public, face au plan d'eau. Chacun gardait l'œil sur la rive opposée où s'affairaient les artificiers, ne voulant pas perdre une miette du spectacle. Soudain, une flèche lumineuse fendit l'obscurité, d'où jaillit une gerbe multicolore et crépitante, avant de se répandre en pluie d'étincelles. Le silence se fit sur-le-champ, rompu par quelques pleurs d'enfants. Commença alors une explosion de lumière, de couleurs, des myriades de fleurs et d'arborescences qui, un bref instant, illuminaient la face béate des spectateurs. Juché sur les épaules paternelles, Thomas, visage levé vers le ciel ténébreux, guettait la prochaine rosace, la prochaine constellation. Tout le ravissait, pas seulement la magie d'une nuit enluminée de prodiges pyrotechniques, arabesques fastueuses et spirales scintillantes, non, mais le bruit de tonnerre, l'odeur de la poudre, le grand corps de la foule vibrant à l'unisson. Puis vint le bouquet final, grandiose et flamboyant, comme on s'y attendait. Après, le silence s'épaissit d'un cran, recouvert d'un tonnerre d'applaudissements. On était content. Les langues commentèrent, c'était mieux que l'an passé, ainsi qu'on l'espérait. Sous le kiosque endimanché de guirlandes électriques, l'orchestre lança de furieux accords de rock. Un homme s'approcha de Violette et, avec un sourire, lui prit la main. Celle-ci se laissa guider, pareille à une somnambule. Marthe regarda la robe rouge disparaître derrière la baraque du confiseur.

Soûlé de bruit, de lumières et d'agitation, le village prit la route du retour. La place vacante à l'arrière de la Simca faisait l'effet d'une question que chacun refusait de poser. On verrait bien. La discussion tourna autour du feu d'artifice, évinçant le reste. Dans la nuit, Marthe entendit claquer une portière de voiture. Personne ne commenta l'escapade de Violette (à part Graziella Rizzoli sous la forme d'une moue réprobatrice), c'était sa vie. Pour tous, il allait de soi qu'elle ne resterait pas toujours seule, jolie comme elle était, de même qu'elle aurait mieux à faire que de travailler à la chaîne dans une conserverie du Thillais. Cela faisait deux ans qu'Armand était mort, c'était plus que le temps d'un deuil. Elle fit un premier malaise à l'automne, après quoi, son ventre s'arrondit.

— Non, répondit-elle à Marthe, je ne vais pas le revoir. J'ignore tout de lui. Sur le moment, je n'ai pas vu son visage, je n'ai rien ressenti, j'ai seulement pensé à Armand. C'est l'enfant d'Armand.

En mars 64 naquit une petite fille, qu'elle prénomma Stella.

L'école la plus proche étant éloignée de trois kilomètres, on convint que Thomas se passerait de la maternelle. Marthe lui enseigna l'alphabet, les rudiments de la lecture et du calcul. Pas question pour son rejeton d'être moins bien loti que les autres. Le garçon dut donc patienter jusqu'au CP pour s'émanciper des limites du village.

Le matin, il regardait avec envie ses compagnons de jeu embarquer dans la camionnette de Paul Joubert. Ce n'était pas tous les jours, heureusement. En les attendant, il vaquait dans les prés ou sur la route, faisait la tournée des maisons avant d'échoir chez Violette, qui l'accueillait à bras ouverts. Enfreignant les ordres de sa mère, il sortait du potager par la porte de derrière et galopait jusqu'à la rivière. Marthe avait beau le sermonner, rien n'y faisait, Thomas ne tenait pas en place.

— En septembre, toi aussi, tu iras à l'école, lui dit-elle, excédée, un soir de juin.

Il venait d'avoir sept ans. C'était le début des vacances scolaires, l'été s'annonçait brûlant. Il y avait eu du grabuge à Paris en mai, des pavés déchaussés lancés sur la police, des voitures brûlées. Une éruption de violence qui avait contaminé les villes. On écoutait les nouvelles à la radio avec une pointe d'anxiété, commentant les images entrevues chez les Joubert, les seuls à avoir la télévision. Des images de guerre. La capitale était loin, certes, mais quelle garantie avait-on que ces convulsions estudiantines n'embraseraient pas le pays, comme un retour de feu ?

Thomas poussa la porte de l'école avec le même enthousiasme qu'il mettait en tout. Il s'amouracha de son institutrice, vieille demoiselle aux cheveux argentés et à la peau flétrie, nantie d'une réputation de rigueur et de sévérité soigneusement polie au fil des ans. L'intéressée, peu habituée aux témoignages d'admiration de ses élèves, en fut la première surprise. Une sympathie naquit entre eux. Thomas ne tarissait pas d'éloges à son propos : mademoiselle Guillon connaissait tout, avait réponse à tout, sa science était infinie, elle détenait la vérité. Il possédait une singulière aptitude à s'attacher aux êtres qui ne cessait pas d'étonner ses parents. Au vu de ses heureuses dispositions, la maîtresse s'employa par un surcroît d'exigence à tirer le meilleur de lui-même. L'enfant mit tant de zèle à ne pas la décevoir qu'il obtint le Prix d'Excellence à la fin de l'année. Sa joie se voila de tristesse quand il apprit qu'elle ne reviendrait pas à la rentrée suivante. L'idée que les gens auxquels il tenait pussent déserter son univers familier lui était insupportable. Sa mère lui expliqua que le départ à la retraite de son institutrice n'enlèverait rien à leur affection mutuelle, que l'on pouvait continuer à aimer les gens sans les voir.

Ils vécurent là tous les trois, une année après l'autre, entourés de Violette et de Stella, des Rizzoli et des Joubert, une tribu de seize âmes. Étienne travaillait chez Delmas, l'imprimeur du Thillais. Il effectuait le trajet à mobylette cinq jours sur sept, par tous les temps. Au bout de quelques mois, il fut promu contremaître ; l'imprimerie s'agrandissait, elle avait besoin de bras et de têtes réfléchies.

Il se crut riche en touchant son nouveau salaire et, passé un moment d'euphorie, faillit verser dans la dépense. Pas question, Marthe veillait. Pour commencer, on ouvrirait un compte bancaire et on entamerait les travaux. D'abord la salle de bain, de la céramique rose sur les murs, elle en rêvait. Puis une chaudière à mazout, avec des radiateurs partout, et de la moquette dans les chambres.

Thomas accomplit sa scolarité dans une sorte de félicité qui ravissait ses parents comme ses maîtres. Sa soif d'apprendre, sa curiosité naturelle le poussaient à sortir du cadre strict de l'école, à chercher toujours plus loin.

Le vendredi, son père lui rapportait le dernier numéro de *Tout l'Univers,* qu'il dévorait en deux jours. Passionné d'histoire autant que de géographie ou de sciences naturelles, la réflexion qu'il tirait de ses lectures l'amenait à l'heureuse conclusion que le contenu des livres ne relevait pas seulement de la théorie, mais s'accordait au réel, l'incitant à considérer les choses sous un jour différent ; les livres, à l'exemple de mademoiselle Guillon, lui offraient une source inépuisable de savoir, ils disaient toujours la vérité. C'est ce regard, empreint à la fois de confiance et de désir, qui intriguait si fort Marthe. Thomas avait foi en la bonté du monde, celle-ci l'emportant sur le mauvais qui, tels une anomalie ou un accroc sur une toile de maître, se révélait malgré tout impuissant à en altérer la beauté. Le bout de terre sur lequel il grandissait le gardait des humeurs et des convulsions extérieures. *Tu déchanteras en grandissant, mon bonhomme,* songeait Marthe, *parce que c'est comme ça, parce que c'est la vie.*

En CM2, il fut entendu qu'il irait au collège. Ses parents firent une demande de bourse et la question se posa quant au choix de l'internat où des trajets quotidiens entre le village et R. Pour sa part, Thomas voyait l'internat d'un bon œil. Ce serait un changement de vie, de nouveaux visages, de nouvelles rencontres. Non pas que la coterie du village lui parût étriquée, non, mais sa nature profonde l'invitait à aller de l'avant, à élargir un horizon qu'il pressentait illimité. Étienne et Marthe étaient déchirés à la perspective de le voir partir, de l'imaginer loin d'eux la semaine entière, au milieu d'étrangers. Forcément, il changerait et sans doute son regard sur eux changerait-il aussi. Néanmoins, ils se gardèrent de discuter sa décision, refusant à leur égoïsme de chercher à infléchir celle-ci. En août, Marthe s'occupa de préparer son trousseau, qu'elle fournit de vêtements d'adolescent, des choses de prix en sorte qu'il fût aussi bien doté que les fils des familles aisées de R. Étienne lui acheta un bureau qu'il installa dans sa chambre :

— Comme ça, tu pourras travailler à ton aise le week-end, ce sera mieux que la table de la cuisine.

Un matin de septembre, Marthe le confia à Paul Joubert, qui s'était proposé de le conduire au collège. Au milieu de la route, elle regarda s'éloigner la camionnette en se rengorgeant pour contenir ses larmes.

— Alors, il est parti ! dit Violette sur le pas de sa porte.

Marthe s'engouffra chez elle sans un mot et ne reparut pas de la journée. Le soir même, alors que pour la première fois ils dînaient en tête-à-tête, chacun penché sur son assiette, elle lança un coup d'œil à Étienne, le trouva vieilli. *Voilà,* se dit-elle, *c'est ainsi que les choses se passent quand un enfant s'en va.* Avant de se mettre au lit, elle s'examina dans le miroir, quêtant sur son visage une ride inaperçue la veille, un fil blanc sur ses tempes. L'absence de son fils l'affligeait moins en raison du vide qu'il creusait que de la conviction qu'il ne reviendrait pas. Certes, on l'aurait le week-end et les vacances, mais il ne serait que de passage, sa place véritable ne serait plus ici, sous le toit familial. Elle en conçut une tristesse qu'elle porta la semaine entière. À son retour, elle pointa d'infimes changements, réels ou supposés, dont il lui fallait se convaincre pour ratifier le fait qu'il était vraiment parti et que, somme toute, le plus dur était fait.

— Penses-tu ! objecta Étienne, qu'elle voulait rallier à son avis. C'est le même qu'il y a une semaine.

De fait, Thomas revint comme il s'en était allé, une égale expression ravie sur le visage. Marthe eût aimé déceler chez lui une dose d'émotion, une larme au coin de l'œil, témoignant du manque qu'il avait eu d'eux, mais non. Plutôt que de se réjouir de le voir si mature pour son âge, elle fut tentée de le croire indifférent. Elle ne se dit pas en cet instant qu'il avait hérité de sa force ni qu'il mettait à profit la hardiesse qu'elle lui avait inculquée pour qu'il s'élançât sans crainte sur la voie de son destin. Des deux, soudain, c'était elle qui manquait de courage, qui se sentait abandonnée. Étienne, en dépit de sa muette attention, ne lui était d'aucun secours.

Le jour où Marthe saisit que Thomas serait à l'aise partout où il vivrait, que le garçon né dans un coin perdu de la campagne champenoise avait l'âme d'un nomade, ce jour-là enfin, elle comprit qu'elle avait accepté de s'en séparer, de le voir partir et, en quelque sorte, de le perdre.

Elle dut insister pour connaître son emploi du temps, le détail de ses journées, savoir s'il mangeait à sa faim, s'il s'était fait des amis.

— Fiche-lui la paix ! rouspétait Étienne, que ses interrogatoires agaçaient.

Elle s'étonnait de ce qu'il parût étranger à cette tristesse qui la poursuivait jusque dans son sommeil. Elle finit par abdiquer, répugnant à se reconnaître sous les traits honnis d'une mère poule.

À peine Thomas avait-il franchi le seuil de la maison que Stella en poussait la porte pour se jeter dans ses bras, sous l'œil attendri des parents. Du haut de ses huit ans, la fillette vouait au garçon une affection sans bornes. Affection partagée, dans un concert de cris de joie, de rires et d'exclamations sur fond de feinte surprise.

Pour Stella, ces retrouvailles hebdomadaires étaient une épiphanie. Depuis l'âge de trois ans, l'enfant souffrait d'une affection de la peau, figurée par une vilaine corne épaisse, jaunâtre, à l'intérieur des paumes. C'était indolore, à peine gênant, mais disgracieux au possible. Violette soignait sa fille le soir en enduisant d'une pommade ses mains qu'elle emmaillotait ensuite de bandes Velpeau. Lorsqu'elle avait confié son désarroi à Graziella Rizzoli, celle-ci s'était empressée d'interdire à ses enfants, aussitôt imités par les Joubert, de toucher Stella, par crainte de la contagion. Les Rizzoli, Raimondo en tête, quoique déjà grand, ne s'étaient pas contentés de ne plus approcher la gamine, ils l'avaient couverte d'injures, alléguant une punition divine infligée à une bâtarde, reprenant à leur compte l'antienne maternelle. Violette avait versé des flots de larmes sur son honneur sali de femme et de mère, sur son bien-aimé Armand, car Stella était la fille d'Armand, elle ne reviendrait pas là-dessus.

Un soir d'énervement, Guido Rizzoli talocha Raimondo, tança les deux autres et pria vertement son épouse de garder pour elle ses bondieuseries. Dans la foulée, Paul Joubert servit le même discours aux siens. Mais le mal était fait. Stella passait désormais ses journées seule, les mains dans le dos, sous le regard hostile des autres. Après quoi, Pauline Joubert se rapprocha de Graziella, chez qui elle prenait le café jusqu'au retour des enfants de l'école, à médire sur on ne savait qui ou quoi, ces deux-là trouvant toujours matière. Violette et Stella, parce qu'il semble qu'il en faille toujours pour souder une tribu, étaient devenues les réprouvées d'une moitié du village.

La petite trouvait refuge auprès de Marthe, pas mécontente qu'elle occupât un peu le vide laissé par Thomas. Ce dernier ignorait les commérages, il se fichait pas mal de ça, se faisant un honneur de lui donner la main quand ils marchaient sur la route ou escaladaient les coteaux. Marthe, en les voyant, se flattait secrètement de ce que son fils fût autrement mieux trempé que les Rizzoli et les Joubert réunis, ces derniers réputés pour leur sottise abyssale.

2

Paul Joubert faisait un crochet le lundi pour conduire Thomas au collège et le ramener en fin de semaine. Cela ne lui coûtait pas, il appréciait le garçon, sa vivacité d'esprit, enviait ses parents d'avoir un fils tel que lui, comparé à sa grande Anaïs, qui peinait à l'école. Le garçon l'informa un jour que le père d'un élève prendrait le relais à partir de la semaine suivante.

— C'est sur sa route, expliqua-t-il, ça vous évitera le détour.

Ses parents voulurent savoir qui était l'élève en question et ce qui valait à Thomas que son père s'intéressât à lui.

— C'est Louis Decourtieux.

Étienne haussa un sourcil incrédule.

— Decourtieux, de Milly ? La plus grande entreprise de cartonnage de la région ?

— C'est ça.

— Mais pourquoi ? s'étonna Marthe.

Le professeur de français avait demandé à Thomas d'aider Louis à revoir les règles de grammaire qu'il n'avait pas bien assimilées en CM2. À vrai dire, Louis ignorait la plupart des règles de base, non seulement en français, mais dans presque toutes les disciplines. C'était un garçon falot qui manquait cruellement d'estime de soi, conscient de ses lacunes, que ne cessait de souligner son père. Decourtieux pesait sur lui de toute son autorité, de sa suffisance, clamant à qui voulait l'entendre que son fils était un âne. Au point que sa réputation dépassant le cadre familial, Louis avait appris à vivre sous le joug d'une humiliation permanente. On le considérait partout avec un regard navré, ce qui était à peine moins grave à ses yeux que le ton affecté avec lequel on s'adressait à lui, qui le rangeait d'emblée dans le camp des idiots. Le temps passant, Louis se sentait de plus en plus incapable de renverser une mauvaise opinion que son père ramenait à ses seuls bulletins scolaires.

Dans l'espoir d'une remise à niveau avant l'entrée au collège, Decourtieux lui avait imposé des cours de rattrapage quotidiens durant les vacances, pour un résultat décevant. Le garçon ne demandait pourtant qu'à bien faire, à répondre de son mieux aux exigences paternelles, mais, malgré sa bonne volonté, il était incapable de retenir ses leçons, n'avait de goût à rien sinon à la nourriture et aux biscuits dont sa mère bourrait son sac le lundi matin. Decourtieux, qui rêvait de voir Louis lui succéder à la tête de l'entreprise, ne comprenait pas que son attitude, au lieu de l'aider, le confortait dans ses échecs. Il eût sans doute fallu peu de chose, de la tendresse, de la considération, des mots, pour qu'il retrouvât confiance en lui, mais le père n'était pas homme à s'attendrir sur un fils dont la seule vue lui mettait les nerfs à vif. La dolente Ève Decourtieux avait beau plaider sa cause, son mari ne l'entendait pas, refusait de l'entendre. Qui reprendrait l'entreprise si Louis ne se réveillait pas, hein, qui ? En attendant, le garçon souffrait en silence, refoulant sa détresse en se gavant de sucreries. Au collège ou chez lui, il était à la torture.

Chaque soir, Thomas consacrait une part de son temps à lui réexpliquer quelques-unes des notions étudiées dans la journée. Louis appréciait cette aide inespérée, le ton posé de son interlocuteur qui énonçait les choses simplement, n'hésitant pas à répéter une, deux, voire trois fois de suite, sans s'adresser à lui comme à un débile. C'était peut-être cela qui fascinait le plus Louis, qui le fascinait d'autant qu'il ne pourrait jamais l'atteindre, lui, cette tranquille assurance, rare chez un garçon de cet âge, et qui déjà le plaçait à part des autres. Il sentait obscurément que la nature de Thomas le prédisposait à obtenir tout ce après quoi lui-même courrait toujours en vain. Il se voyait condamné à tourner comme une toupie désaxée sous le regard affligé de son père. En attendant, il prêtait l'oreille aux paroles de Thomas, s'interrogeant sur son visage aimable au regard limpide, sur la fraîcheur frisant la perfection qui émanait de sa personne. Profitant du calme de la salle d'études, il s'autorisait à faire ce qu'il n'osait pas en classe, poser des questions, demander des explications. Les mots de Thomas semblaient couler de source, déliant les pelotes d'incompréhension que Louis avait accumulées pendant les cours, ce qui ne l'empêchait pas d'avoir tout oublié le lendemain. Ses lacunes étaient anciennes, nombreuses et solidement enracinées. Le temps que durait leur tête-à-tête, il avait l'impression que Thomas comprenait son désarroi. Qui d'autre dans son entourage lui parlait ou le regardait ainsi, sans lui coller sur le front une étiquette négative ? Pas même sa mère qui, sous sa gentillesse affectée, se désintéressait de lui. Le fait est que Louis manquait d'ambition et de persévérance. Il se fichait du collège, se fichait de tout. Il voulait qu'on l'aime, malgré ses insuffisances, son ventre bedonnant, ses joues pleines et son air de chien battu. Il voulait un ami, quelqu'un qui le prît sous son aile, un protecteur en somme contre ceux qui le raillaient pour ce qu'il était, un fils de bourgeois doublé d'un crétin, ceux qui le rejetaient, se payant pour l'occasion du mépris de classe dont ils se sentaient victimes. À tous égards, Thomas, auréolé de son titre d'élève modèle, incarnait cet être idéal. Il ne participait pas à la curée, lui, il possédait une distinction naturelle, un goût pour les études, bénéficiait de la reconnaissance des professeurs et de l'amitié des élèves, bref, tout ce qui faisait défaut à Louis, qui jeta son dévolu sur ce garçon providentiel, le seul de son entourage à lui témoigner un peu de compassion.

Après quoi, il se mit à faire travailler ses neurones comme il le faisait rarement. Pour avisé qu'il fût comme entrepreneur, Decourtieux père manquait de finesse dans ses jugements, arrêtés sur les autres à leur seule apparence. S'il s'était intéressé de plus près à son fils, il se serait aperçu que Louis avait fait siens certains de ses principes, tels que « rien n'est jamais gratuit », « on ne négocie qu'en position de force » ou « garder l'avantage en toute circonstance ». Instruit de ces leçons, le collégien calcula qu'il devait offrir à Thomas, en échange de son aide, un service dans lequel l'autre verrait un gage d'amitié qui, en réalité, serait un moyen de se le mettre dans la poche. De sorte qu'il profiterait toute l'année de son savoir, restaurerait son crédit au sein de sa classe et, au prix de deux trajets hebdomadaires, prendrait la main sur ce garçon moins favorisé socialement. Une stratégie gagnante qui aurait réjoui son père, à qui il proposa de cueillir Thomas chez lui le lundi matin « puisque c'était sa route ».

Decourtieux haussa un sourcil étonné devant l'inhabituelle générosité de son imbécile de fils. Apprenant que ce dernier bénéficiait du soutien d'un de ses camarades, il en conçut un certain dépit mêlé d'humiliation. Décidément, rien ne lui serait épargné avec ce môme ! Réflexion faite, il songea que cette piste inédite méritait d'être explorée. Il se renseigna sur l'identité dudit camarade, la profession des parents, leur lieu de résidence – des gens modestes, bien, bien, ils ne le prendraient pas de haut. Après quoi, il donna son accord.

Si le nom de Lesquen était jusqu'alors étranger aux oreilles de Philippe Decourtieux, le sien, en revanche, était connu d'Étienne depuis longtemps, selon une réputation en demi-teinte, mais solidement établie. Aux dires de ceux qui le côtoyaient, c'était un patron âpre au travail, respecté pour son fort caractère, son ambition et sa réussite fulgurante qu'il devait à la seule force de ses poignets, détesté à peu près pour les mêmes raisons. Son entreprise était florissante, le carton et l'emballage gagnant chaque jour de nouveaux marchés avec le développement du transport routier. On le disait suffisant, mal aimable, voire cassant, mais il payait correctement son personnel. Ses rapports avec la gent féminine, souvent conflictuels, se traduisaient par une rotation impressionnante de ses secrétaires. Le mieux, pour les employés, consistait à éviter de croiser son chemin. On ne lui connaissait ni ami, ni maîtresse, ni passion d'aucune sorte hormis un goût prononcé pour la nourriture et le bourgogne. Un homme obsédé par le gain, vivant dans la hantise de la pauvreté et du déclassement. Le spectacle de son fils incarnant le pire de ce qu'il détestait creusait une plaie dans son âme. Ne courtisant personne – artistes, politiques, journalistes – comme cela se passe parfois chez les gens fortunés, personne ne le courtisait en retour. C'était un ours, un rustre, sujet aux reflux gastriques, au cholestérol et à l'excès de poids. Tout ce qu'il faisait, disait, pensait se rapportait à son travail. Tout juste s'autorisait-il de temps à autre un match de foot à la télévision.

Quand il se présenta un matin de novembre au domicile des Lesquen, Étienne le reconnut sans hésitation, suivant le portrait qu'on lui en avait fait : un homme fatigué de ses quarante-deux ans, déjà amer, pas heureux. D'aucuns auraient peut-être été séduits par ses vêtements, manteau de marque ouvert sur un chandail en cachemire, pantalon au pli impeccable tombant sur des Berlutti acajou parfaitement cirées. Pas Étienne. Avec sa bedaine, ses cernes rougeâtres, l'espèce de mèche ridicule plaquée sur son front, Decourtieux ne faisait pas illusion. Il esquissa un semblant de sourire que démentait la froideur de ses prunelles. Étienne l'invita à entrer et appela Thomas à l'étage.

Mains croisées sur le ventre, Decourtieux prit le temps d'évaluer les lieux : la pièce, quoique repeinte de frais, bien équipée en électroménager et nantie d'un poste de télévision, respirait le chiche et le bon marché, en plus des relents douceâtres du petit-déjeuner – café au lait et pain beurré. Il s'y logeait autre chose, qu'il perçut comme une épine fichée dans son sternum, à savoir l'atmosphère chaleureuse et aimante d'une famille qu'il avait été incapable de créer sous son toit. Une seconde, il envia ces gens malgré le mobilier en plaqué, le linoléum à damier noir et blanc, les bibelots à deux sous, le calendrier des postes au mur et la pendule en plastique jaune estampée Pastis 51. Une seconde seulement, parce qu'il n'était pas concevable d'envier ce fond de pauvreté qui lui inspirait une peur maladive.

Une femme en robe de chambre molletonnée bleu ciel fit irruption dans la cuisine et le salua d'une poignée de main assortie d'un sourire aimable. À cette heure, Ève était maquillée et tirée à quatre épingles depuis longtemps. Il se rappela sa mère déambulant la journée entière en savates trouées et robe de chambre douteuse, la table de la cuisine encombrée, l'évier débordant de vaisselle sale, les vitres constellées de chiures de mouches, l'atmosphère confinée brassant un air rance. Ce n'était pas le tableau qu'il avait sous les yeux, loin de là, mais il ne pouvait s'empêcher, mû par un réflexe hérité de l'enfance, d'associer à la pauvreté négligence et saleté. Un hoquet de dégoût déclencha une remontée acide qu'il camoufla sous une petite toux. Il lui tardait de quitter les lieux.

Au même instant, on entendit une cavalcade dans l'escalier et Thomas apparut avec ses boucles blondes et son teint clair, le cartable à bout de bras. Il serra la main de Decourtieux avec une aisance qui déconcerta ce dernier. Soit le garçon avait été élevé dans la confiance des adultes, soit il jouissait d'une assurance peu commune pour son âge. C'était un adolescent pétillant d'intelligence et de bonne humeur chez qui Decourtieux, avec sa manie de juger sur le physique, subodora des tas d'autres qualités. Rien de comparable avec le lourdaud qui attendait à l'arrière de la voiture. La vie lui parut d'une cruelle injustice. Voilà le garçon qu'il aurait dû avoir pour fils. Quelque chose qu'il n'aurait su définir précisément germa en lui, mélange d'admiration et de curiosité, rehaussé d'une note de jalousie. Pourquoi celui-ci avait-il reçu ce que le sien s'était vu refusé ? Qu'est-ce qui n'avait pas marché ? Decourtieux n'était pas dupe, il aurait beau prodiguer à son rejeton tous les conseils nécessaires, le confier aux meilleurs enseignants, jamais Louis ne ferait jamais le poids face au fils Lesquen. Il le toisa d'un œil sévère :

— Eh bien, jeune homme, si tu es prêt, mettons-nous en route. Nous ne voudrions pas être en retard, n'est-ce pas ?

À compter de ce jour, la Mercedes de Philippe Decourtieux fit halte deux fois par semaine devant la porte des Lesquen. Il ne se donnait pas la peine de descendre de voiture, se contentant d'un vague signe de la main à la vue des parents, soucieux de garder ses distances avec eux. Il avait décelé chez le père une finesse d'esprit doublée d'une intelligence supérieure à ceux de sa condition. Un homme qui ne se flattait pas de voir son fils fréquenter les Decourtieux. Pour un peu, s'irritait-il, le rapport de force entre eux se serait inversé. Fréquemment le titillait l'idée que ce n'était pas le vernis qui faisait l'homme. Qu'importe ! Il était maître chez lui et dans son entreprise. Ce qui faisait un homme, après tout, c'était ça *aussi*.

Il voyait d'un bon œil l'amitié naissante entre les deux garçons, qui profitait à Louis, à commencer par ses résultats scolaires dont la moyenne avait sensiblement progressé. Son père ne lui connaissait pas d'amis, il n'en avait jamais eu, ayant toujours vécu à la marge des autres, seul dans son coin. Avec Thomas, il avait tiré le bon numéro. Néanmoins, son comportement demeurait inchangé. Il passait le week-end affalé sur son lit ou le canapé du salon, à grignoter toutes sortes de cochonneries, comme étranger à sa propre famille.

— Parle-nous de ton ami, il faudra que tu l'invites un jour, disait sa mère au dîner dans l'espoir de l'animer un peu.

Que dire ? Thomas était un *bon* camarade, il l'aidait *bien* dans ses devoirs, mais ce n'était pas son ami. Au mieux, une roue de secours, un garde-fou, mais pas un ami, non. Louis ne s'intéressait pas à Thomas, il ne s'intéressait à rien. Il avait espéré qu'à son contact, sa joie de vivre et son enthousiasme aidant, il viendrait à bout de l'espèce de langueur qui le minait. Au début, oui, il avait senti un léger frémissement, une petite fièvre qui le déliaient, l'autorisaient à sourire, autant de signes annonçant le changement qu'il appelait de ses vœux. Une illusion qui dura quelques semaines et s'épuisa d'elle-même. Le mal dont souffrait Louis était plus profond que ce que feignaient d'ignorer ses parents.

— Bien sûr que vous êtes amis, le rabrouait Decourtieux, sinon pourquoi seriez-vous toujours fourrés ensemble ?

La vérité était plus complexe, et trop humiliante pour être avouée. Comment Louis aurait-il pu expliquer que Thomas était un pis-aller grâce auquel il avait réussi à trouver sa place au sein du collège ? Tant qu'il resterait arrimé à son ombre, on lui ficherait une paix relative. Les quolibets n'avaient pas disparu, mais ils lui parvenaient de façon lointaine et anonyme. Quant au mépris, s'il ne s'exprimait pas ouvertement, il le lisait toujours dans les regards, non seulement des élèves, mais de certains professeurs, comme s'il était marqué du sceau indélébile du rejet, de la honte et du dégoût. Pouvait-il d'ailleurs en être autrement quand son propre père ne cessait de mettre en balance ses défauts avec les qualités de Thomas ? Il n'avait pas cherché à gagner l'affection de ce dernier, qu'il avait envisagé sous l'angle d'une relation utilitaire, une sorte de donnant-donnant, jusqu'à ce qu'il s'aperçoive qu'il s'était trompé sur toute la ligne. Thomas agissait par pure générosité, sans placer dans ce commerce une once de sentiment ou en attendre une quelconque rétribution, voué à sa mission plus qu'à son sujet, qu'il considérait avec une indifférence polie. En fait, Louis ne présentait strictement aucun *intérêt* à ses yeux. Cette conclusion eut sur lui un effet désastreux : sa stratégie avait échoué, il était incapable de s'attacher quiconque, de l'émouvoir un peu, il était seul au monde et le resterait à jamais. Qui plus est, Thomas occupait une part grandissante dans le cœur de son père, la part qui lui revenait de droit.

— Oui, nous inviterons Thomas à déjeuner, conclut celui-ci comme s'il lisait dans ses pensées.

Son cœur saignait quand il comparait les deux garçons. Certes, il y avait Madeleine, mais Madeleine n'était pas sa fille.

3

Le cas de Louis fut âprement débattu en fin d'année scolaire. Entendu, il avait fait des progrès, grâce au soutien du fils Lesquen, mais d'une part, c'étaient des progrès fragiles et d'autre part, on ne pouvait demander à un élève de jouer les précepteurs *ad vitam aeternam,* fût-ce pour le fils Decourtieux.

Lossang, le principal, qu'une tiède amitié liait au père, plaida la cause de Louis, obtint son passage en 5e, mais, face à la grogne des professeurs, se résigna à séparer les deux garçons et à mettre fin au tutorat de Louis dès la rentrée suivante. Aux yeux de tous, il était urgent de placer l'élève face à lui-même en sorte qu'il montrât de quoi il était capable. Qui sait, plaida Lossang sans trop y croire, si ce changement n'allait pas provoquer un déclic salutaire !

La nouvelle ulcéra Decourtieux qui, après s'être employé à redorer l'image de son fils en élève studieux, craignit de le voir retrouver sa place de benêt. Il téléphona au proviseur, convoqua leur amitié, parlementa avant de hausser le ton, incapable de se contenir davantage. Cette situation n'avait que trop duré, conclut le proviseur, rafraîchi, il n'était pas souhaitable qu'elle se pérennise. Decourtieux songea d'abord à changer son fils d'établissement avant de se raviser, Louis ne ferait pas mieux ailleurs, au contraire, empoté comme il était. Tout cela laissait présager une année calamiteuse. En attendant, il allait bosser pendant ses vacances, ce faignant, tous les jours qui plus est.

— Ce ne sera pas la peine de venir me chercher l'année prochaine, déclara Thomas à Decourtieux sur le chemin du retour. Mon père vient d'acheter une voiture, c'est lui qui m'emmènera.

— Ah ! Tu sais, ça ne me dérange pas, se surprit à répondre l'intéressé avec une pointe de regret.

Il avait pris goût à ces rendez-vous bi-hebdomadaires de bavardage presque ininterrompu. Thomas avait sa place attitrée à l'avant depuis que Decourtieux l'avait invité à s'asseoir à côté de lui pour discuter plus aisément. Louis, l'œil égaré sur l'extérieur, ne faisait pas l'effort de participer à la conversation.

Il aurait pu se formaliser de cette exclusion qui ne disait pas son nom, en vouloir à son père qui le renvoyait à sa médiocrité, à ce mépris qu'il ne faisait pas l'effort de cacher. De la même façon, il aurait pu haïr Thomas d'occuper la place qui lui revenait, mais non, il n'en avait pas la force. La haine, le ressentiment exigent pour se maintenir à flot une énergie qu'il se sentait incapable de pourvoir. Confit dans le moelleux siège en cuir, il se laissait envahir par une espèce de torpeur cotonneuse qui l'attirait vers une région qu'il connaissait bien, une aire de repos où, durant une heure, on lui fichait la paix. Mieux, on l'oubliait. Quand son père l'avait averti qu'un professeur viendrait chaque matin le faire travailler, il l'avait écouté sans réagir, n'avait pas protesté, parce qu'au fond, tout ça lui était égal. D'accord, il ferait ce qu'il pourrait, songeant avec résignation que c'était perdu d'avance.

Il avait de plus en plus souvent le sentiment d'aborder une zone grise qui sous peu, il le sentait, lui deviendrait familière, un antre d'où personne ne pourrait le déloger. C'était ainsi, les dés étaient jetés et sa volonté elle-même ne pourrait rien contre ça, même s'il faisait l'effort de se reprendre en main. Durant ses insomnies, il se disait qu'il n'avait pas atteint le point de non-retour, que quelque chose – quoi ? il ne savait pas – pouvait encore survenir, qui le remettrait d'aplomb, mais son espoir s'évaporait à l'aube, quand les battements de son cœur accéléraient et que la fatigue brièvement envolée lui retombait dessus.

Decourtieux écoutait Thomas plus qu'il ne parlait. Il ne se lassait pas de l'entendre ricocher d'un sujet à l'autre. Le môme témoignait d'une curiosité insatiable, d'un à-propos surprenant, d'un souci du monde peu commun. Tout l'intéressait. Le chef d'entreprise était sous le charme de ce garçon qui semblait voué à semer de la beauté autour de lui. Un futur gagnant, se disait-il, un de ceux qui empruntent non pas l'escalier de service, mais la voie royale parce que la nature leur a donné les bonnes clés. Foutue nature ! Il est vrai qu'en comparaison, Louis, confiné dans son mutisme (un mutisme dont son père aurait dû s'inquiéter, mais qui ne faisait que renforcer sa colère), faisait piètre figure.

— Qu'est-ce qu'il a acheté, comme voiture, ton père ?

— Une R 16.

— Neuve ?

— Non, d'occasion.

Forcément, jubila Decourtieux pour se payer de sa mauvaise fortune. La Mercedes s'immobilisa devant la maison des Lesquen.

— J'espère que tu nous rendras visite pendant les vacances. Ma femme a très envie de te connaître et ça fera plaisir à Louis, hein, Louis ?

Ce dernier marmonna quelque chose et répondit du bout des lèvres au « salut » que lui lança Thomas. Stella, sur le pas de sa porte, trépignait d'impatience à la vue de son ami.

Étienne et Marthe avaient prévu d'envoyer leur fils en colonie de vacances, à l'instar de Raimondo Rizzoli, mais le projet avait tourné court avec l'achat de la R 16. Cela n'entama pas la bonne humeur de l'adolescent, qui ne manquait ni de compagnie ni d'occupation : il avait emprunté quantité de livres à la bibliothèque du collège.

— L'année prochaine, je te promets, dit Marthe, tu iras à la mer.

Raimondo partit à la montagne autant pour soulager ses bronches réputées délicates que sa mère à qui il menait la vie dure. On le vit grimper un matin dans un car rempli d'enfants surexcités. C'était la première fois qu'il quittait la maison. Le village était réuni pour assister à son départ. Graziella pleurait. La journée se traîna dans un grand sentiment de vide. Pendant deux jours, la coterie des gamins tourna sans but, privée de son chef. Anaïs Joubert, d'un an plus âgée que Raimondo, mais que son sexe assignait au second rang, saisit la chance qui lui était offerte de se hisser sur le trône vacant. On jugea que c'était bien avec elle aussi, moins drôle cependant qu'avec Raimondo qui, lui, peu craintif de l'enfer, débitait les pires insanités jamais entendues.

Quand il revint trois semaines plus tard, le village l'attendait sur la route. En le voyant descendre du car, sa mère porta les mains à sa bouche. Mon Dieu, comme il avait changé ! Raimondo revenait grandi, hâlé, le sourcil froncé et la mine boudeuse de l'apprenti adolescent. À treize ans, il en paraissait seize. Pendant trois jours, il roula des épaules, exigea qu'on l'appelle Ray, concédant du bout des lèvres que ce n'était pas si mal là-bas, qu'il avait vu des *trucs*. On le pressait de questions, on voulait savoir si c'était aussi beau que sur les photos du livre de géographie ou du calendrier des postes. Pourquoi n'avait-il pas envoyé une carte postale ? On aurait vu ! Il faisait languir avant de débiter deux ou trois formules à la mode d'un air désabusé. Trois jours durant lesquels il tint tête à sa mère, avant que son père ne lui remette les idées en place. Un soir au dîner, de sa belle voix grave et traînante, quoique d'un calme inhabituel, Guido rappela à son fils l'honneur qu'il avait de porter le prénom de son grand-père, qu'il n'existait pas de Ray dans la famille, qu'il attendrait d'avoir du poil au menton et de gagner sa vie pour jouer les hommes. D'ici là, outre qu'il y avait un lot de bûches à fendre dans la remise, il serait bien avisé de parler autrement à sa mère. Après quoi, la vie reprit son cours normal et Anaïs sa place d'adjointe.

Thomas passait une grande partie de son temps à lire dans sa chambre ou à l'ombre du cerisier.

— Tu vas finir par t'user les yeux, déplorait Marthe.

Il réservait toutefois une part de ses après-midi à errer en compagnie de Stella. Au fil des jours, ils se prirent au jeu de repousser les limites de leur territoire. Grimpant et dégringolant les collines, ils s'égaraient dans des chemins creux avant de surgir au cœur d'un hameau désert, écrasé de chaleur, que tiraient de sa quiétude les aboiements des chiens sur leur passage. Aussitôt une main écartait les bandes plastique d'un rideau punaisé à l'entrée de la maison, en retrait duquel des yeux intrigués dévisageaient les visiteurs. Le moindre souffle d'air soulevait des volutes de poussière qui se dispersaient et poudraient leurs sandales. Les jours de la semaine baignaient dans l'ambiance calme des dimanches d'été, à peine troublée par le grésillement des criquets, le vol des mouches et l'écho lointain des moissonneuses.

Thomas aimait cette atmosphère où il se sentait en harmonie avec le monde. À côté de lui, Stella se livrait à un interminable monologue visant à étancher ses longs moments de solitude.

La corne de ses paumes n'en finissait pas de provoquer rejet et dégoût autour d'elle. Elle feignait de ne pas s'en émouvoir, mais à la façon dont elle gardait les mains dans ses poches ou nouées dans le dos, Thomas devinait combien elle souffrait de cette mise à l'écart.

— Moi aussi, j'irai au collège l'année prochaine, disait-elle. Tu crois que ton père acceptera de m'emmener ?

— Évidemment, bécasse !

Elle riait. Il lui plaisait d'être une bécasse dans la bouche de Thomas. Elle aurait tout accepté de lui, parce qu'il l'aimait telle qu'elle était, sans la moindre afféterie.

À force de quadriller la campagne en tous sens, les gens les reconnaissaient et leur offraient un verre d'eau ou de grenadine au plus chaud du jour.

— Z'êtes pas un peu fous de cavaler par cette chaleur ? Vos parents vous laissent faire ? J'te reconnais, toi, t'es le fils d'Étienne ! On dit que tu marches bien à l'école. T'as raison, faut pas rester à la terre.

Un jour, ils débouchèrent sur la route de Milly, qu'ils suivirent jusqu'à un haut mur de pierre.

Derrière une grille ouvragée se déployait une immense propriété plantée d'essences rares sur un gazon verdoyant. Un arrosage automatique fonctionnant à plein régime conservait à l'herbe son pimpant vert anglais. Au centre du terrain, tout au moins de sa partie visible car le reste disparaissait sous les frondaisons, se dressait une orgueilleuse villa de plain-pied, tout en pierres, ardoises et baies vitrées, d'un luxe tape-à-l'œil évoquant un décor de film américain. Une plaque de cuivre gravée d'élégantes italiques indiquait le nom de la propriété : Les Essarts, la demeure de Philippe Decourtieux. Stella émit un petit sifflement admiratif, contrairement à Thomas, qui saisit immédiatement le caractère figé du décor. La vie semblait absente, ou plutôt ralentie au sein de cet espace aménagé et fleuri avec un soin maniaque, comme si l'air s'y trouvait raréfié, empêchant les habitants de gonfler leurs poumons et de profiter pleinement des agréments d'une vie ordinaire.

Quelques jours plus tard, Marthe lui remit une lettre écrite non pas de la main de Louis, comme on aurait pu s'y attendre, mais de celle de son père, l'invitant à déjeuner le dimanche suivant, avec prière de répondre par retour du courrier. Thomas n'en fut pas étonné.

— Tu vas y aller ? demanda Étienne.

— Oui, monsieur Decourtieux a toujours été très gentil avec moi. Ce serait incorrect de refuser.

L'adolescent monta dans sa chambre, griffonna quelques lignes, posta la lettre dans la foulée. Sa réponse relevait davantage de la politesse que du plaisir, surtout depuis qu'il avait eu un aperçu des Essarts. En outre, la perspective de voir Louis ne l'enchantait pas spécialement. Ce dernier lui était quasiment sorti de la tête après un mois de vacances. Les deux garçons étaient aussi opposés que le jour et la nuit, et leur amitié, quoi qu'en dît Decourtieux, était un vain mot.

Marthe tenant à ce que son fils fît bonne impression, elle lui prépara une chemisette blanche à col ouvert, qu'il enfila sur un pantalon marine assorti à une paire de mocassins neufs. Endimanché de la sorte, il protesta qu'il n'allait pas à une cérémonie.

— Je n'ai pas une haute estime de ces gens-là, asséna sa mère, mais je sais qu'ils sont sensibles à l'apparence. Tâche de bien te tenir à table.

Au moment de prendre la route, elle lui remit un ballotin de chocolats de chez Courtois, les meilleurs de R.

— On n'arrive pas chez les gens les mains vides, expliqua-t-elle.

Étienne déposa son fils aux Essarts à midi pile.

— Je reviendrai te chercher à cinq heures, précisa-t-il.

Louis, à la grille, le salua d'un :

— Ben dis donc, tu t'es mis sur ton trente-et-un !

Lui n'avait pas fait d'effort vestimentaire pour accueillir son invité. Vêtu d'un polo informe, d'un jean lâche et chaussé de sandales, il semblait comme à l'habitude embarrassé de lui-même. Le ventre débordant du jean, la chair molle et émaciée des bras, le terne des pupilles accusaient une forme de lassitude, de laisser-aller et, peut-être plus inquiétant, d'absence de joie de vivre. Loin du regard d'autrui et livré sans retenue à sa gloutonnerie, il avait encore grossi. Son visage ne reflétait pas d'intérêt particulier à revoir Thomas. Sans un mot, il reprit le chemin de la maison. Les tourniquets n'en finissaient pas d'arroser la pelouse et de rafraîchir l'air sous une brume irisée.

Son ballotin de chocolats à la main, Thomas se demandait s'il avait eu raison d'accepter l'invitation de Decourtieux. Tout lui paraissait étrange depuis qu'il avait franchi la grille de la propriété, comme si lui-même était gagné par l'espèce de langueur qui imprégnait l'endroit. Les deux garçons grimpèrent une volée de marches et pénétrèrent dans un spacieux vestibule, tout en parois vitrées et marbre blanc veiné de noir, aussi froid et impersonnel qu'un hall d'hôpital. Puis ils enfilèrent un couloir avant de déboucher à l'entrée d'une pièce faisant office de salon-salle à manger où, côte à côte sur un canapé de cuir noir, se tenait la famille Decourtieux, silencieuse et immobile. Quelque chose à la fois de risible et de tragique se dégageait de la scène, qui n'échappa pas à l'adolescent. L'abandonnant sur place, Louis se hâta de rejoindre les siens, se vautrant plus qu'il ne s'assit sur le canapé. Durant une poignée de secondes affreusement longues où Thomas se vit en spécimen de foire, cinq paires d'yeux se fixèrent sur sa personne.

— Bonjour, dit-il et, traversant la pièce, il remit à Ève Decourtieux le ballotin de chocolats.

Celle-ci s'anima aussitôt et arbora un charmant sourire totalement dénué de chaleur, forgé au fil d'une très longue pratique.

— Des chocolats de chez Courtois, comme c'est gentil, il ne fallait pas ! Voilà qui va plaire à Mamie, n'est-ce pas, Mamie ? dit-elle en s'adressant à la vieille femme qui la flanquait.

Ève Decourtieux était une femme entre deux âges, d'une sveltesse proche de la maigreur que soulignait une robe en soie vert amande. À son cou pendait une chaîne en or lestée d'un ravissant camée. Ses cheveux, tombant aux épaules à partir d'une raie médiane, hésitaient entre le blond et le cendré, laissant présager ce qu'elle serait dans vingt ans. De son visage assez gracieux émanait une expression de tristesse résignée que son sourire peinait à masquer. La finesse de ses manières, son parler et l'intonation de sa voix trahissaient un niveau d'éducation qu'était loin de posséder son mari. C'était à se demander comment deux êtres aussi dissemblables avaient pu s'apparier. À sa droite, la vieille, visage osseux et regard sévère sous la mise en plis, claqua la langue telle une enfant gourmande en pointant de l'index le ballotin. Elle était vêtue d'une robe en lainage bariolée, trop épaisse pour la saison. À sa gauche, une fillette d'une dizaine d'années se démarquait des autres membres de la famille tant par sa dégaine que par son apparence physique. La mine boudeuse sous des boucles rebelles, elle ignorait Thomas, refusant de lever les yeux sur lui, comme étrangère aux règles élémentaires de la politesse. Poussant force soupirs, elle ne cachait pas le déplaisir que lui causaient la position assise et l'immobilité prolongée. En pantalon de lin et chemise rose siglée Ralph Lauren, Philippe Decourtieux s'extirpa du canapé et, s'approchant de Thomas, le gratifia d'une tape amicale sur l'épaule.

— Nous sommes très contents de te recevoir, déclara-t-il avec un sourire sincère et Thomas se demanda, à la vue des visages, jusqu'à quel point les autres partageaient son sentiment.

Il fit les présentations : Christiane, sa mère (laquelle ne réagit pas, trop occupée à lorgner le ballotin), Ève, sa femme (resourire), Madeleine, la fillette (aucune réaction), « quant à cel*ui-ci, tu le connais déjà* », ajouta-t-il en désignant Louis.

Une employée de maison fit irruption dans la salle à manger et, sans un mot, déposa les entrées sur la table autour de laquelle chacun fut prié de s'asseoir. Sur quoi, Decourtieux, en digne chef de famille, plaça les deux garçons à ses côtés, réservant sa droite à Thomas, une faveur que Louis ne parut pas remarquer. Pour cause : à partir de cet instant, plus rien n'exista en dehors de son assiette. Le spectacle qu'il offrait était affligeant. Prostré sur la nourriture, Louis bâfrait plus qu'il ne mangeait. Le cou ployé, il enfournait chaque bouchée avec une avidité qui reflétait moins la faim que le manque. Surprenant le regard de Thomas, une brusque roseur colora les pommettes de sa mère, qui posa une main sur le bras de son fils.

— Mange moins vite, mon chéri, susurra-t-elle, tu vas te rendre malade.

Louis leva la tête, étonné de ce rappel à l'ordre, avant de recommencer à s'empiffrer.

— Avez-vous une idée de ce que vous voulez faire plus tard ? demanda Ève en manière de diversion (Thomas nota le vouvoiement).

Depuis un moment, la conversation roulait entre Decourtieux et lui, que personne ne faisait l'effort d'écouter. *Drôle de manière de traiter les invités,* songea le garçon. La vieille femme béait, la bouche pleine et la fourchette en suspens, avant de reprendre sa mastication et de déglutir bruyamment. Son regard s'égarait dans la pièce, comme si elle en découvrait les détails, puis revenait aux visages, s'arrêtant sur celui de Thomas, qu'elle considérait avec un froncement de sourcils.

— C'est qui, lui ? demandait-elle alors à Ève.

— Vous savez bien, Mamie, c'est Thomas, l'ami de Louis.

Ce dernier, trop occupé à engloutir, ne levait même pas la tête à l'énoncé de son prénom.

— Je ne sais pas encore, répondit Thomas à la question posée, je suis intéressé par le journalisme.

— Hum, curieux métier ! releva Decourtieux. Pour moi, rien ne vaut le commerce.

À l'autre bout de la table, la fillette picorait en silence, un coude sur la table, le menton sur sa paume.

À un moment donné, elle lança un regard suppliant à sa mère :

— Est-ce que je peux sortir de table ?

— Attends au moins le dessert, ma chérie, nous avons presque fini.

— Mais je m'ennuie ! geignit-elle.

Depuis le début, Decourtieux semblait ignorer sa présence. Il ne lui accorda pas un regard quand elle insista :

— Comme je m'ennuie avec vous, comme je m'ennuie dans cette maison.

C'était sans aucun doute le meilleur repas que Thomas eût jamais mangé, pourtant, face à l'étrangeté de la situation, il avait hâte de rentrer chez lui. Le sorbet au cassis avalé, Ève suggéra à Louis de faire découvrir le parc à son ami, proposition que ce dernier s'empressa d'accepter. Les deux garçons s'enfoncèrent dans les profondeurs d'un bois planté de chênes et de châtaigniers, derrière lequel s'étendait une campagne morne et sans âme.

— Comment trouves-tu mes vieux ? s'enquit Louis après un moment de silence.

Il avait glissé les mains dans son jean, sans s'apercevoir que ce simple geste faisait ressortir sa bedaine.

— Sympas, vraiment sympas, s'entendit répondre Thomas avec un entrain forcé.

— Tu parles ! Tu dis ça, mais t'en as rien à foutre. Je te comprends, d'ailleurs, parce que moi non plus, j'en ai rien à foutre d'eux.

Thomas ne s'attendait pas à une telle répartie. Brusquement, il eut l'impression d'avoir affaire à un Louis différent de celui qu'il connaissait.

— Pourquoi tu dis ça ?

— Parce que j'en peux plus de les voir et de les entendre. Aujourd'hui, tu es là, alors ils font bonne figure, mais demain, ils recommenceront à se bouffer le nez. Certains jours, c'est du matin au soir.

— Je suis désolé, ça ne doit pas être marrant pour ta sœur et toi, s'empressa d'ajouter Thomas.

— Tu parles de Madeleine ? C'est ma demi-sœur. Avec elle non plus, j'ai rien en commun.

— Quand même, ce n'est pas drôle pour vous.

— Oh, arrête ton cirque, tu t'en fiches pas mal !

Le ton de sa voix se fit plus dur, plus amer :

— Tu sais, je vois clair en toi, contrairement à mon père. T'es un opportuniste, comme tous les pauvres types qui cherchent à profiter des riches.

Thomas accusa le coup, puis demanda avec un calme remarquable :

— Est-ce que je t'ai jamais réclamé quelque chose ? Est-ce que c'est moi qui suis venu te chercher ? Dis-moi quand j'ai profité de toi.

Le tremblement de ses lèvres, son regard fuyant sur l'horizon, l'impuissance qui s'abattit sur Louis signèrent sa défaite. Une fois de plus, il était vaincu.

Quoi qu'il fasse, il ne serait jamais de taille à lutter contre Thomas. Pour autant, il n'était pas question de victoire, ce dernier n'ayant nullement eu l'intention de le blesser.

— T'as raison, acquiesça Louis, t'es irréprochable. C'est un fils comme toi que mon père aurait voulu.

Il laissa échapper un soupir de lassitude.

— Je rentre, d'ailleurs, il est presque cinq heures.

Thomas vit Louis s'éloigner en songeant qu'il venait de poser le point final à leur relation.

— Je ne remettrai jamais les pieds chez eux, décréta l'adolescent quand son père lui demanda au retour comment s'était passée son après-midi.

Étienne s'étonna de sa réponse.

— Que s'est-il passé ?

— Ils sont tous cinglés, dans cette baraque.

Le père ne fit pas de commentaire, mais éprouva une secrète satisfaction : il n'aimait pas Decourtieux et voyait d'un mauvais œil l'amitié de Thomas avec le fils, un poids mort, disait-on.

Thomas entama sa 5e avec un plaisir et une ardeur renouvelés. Le soir, ses devoirs terminés, il consacrait à la lecture le temps dévolu naguère à Louis. Il se plongea avec un égal bonheur dans les classiques et la mythologie grecque.

— Doucement, Lesquen, le modérait Fleuriot, son professeur de français à qui il demandait conseil, tu brûles les étapes.

Garde de ton temps pour faire autre chose, du sport par exemple. Sors un peu le nez des bouquins.

Thomas était sourd à ces recommandations, ce qu'il voulait, c'était apprendre, comprendre, saisir le monde dans sa totalité. Au cours du premier trimestre, il se lia à Nicolas Dalgand, fils de boulanger-pâtissier, qui lui disputait la première place. Rapidement, les deux garçons devinrent inséparables et obtinrent de partager la même chambre, où ils discutaient à bâtons rompus bien après l'extinction des feux. Ayant les mêmes centres d'intérêt, les mêmes passions, ils étaient au coude-à-coude dans tous les domaines excepté la course de vitesse et le saut en hauteur, où Nicolas, doté d'un physique d'athlète, prenait systématiquement l'avantage. Thomas se rattrapait en histoire et en anglais grâce à son excellente mémoire.

Le duo, encouragé par les professeurs, avait besoin de cette émulation, de ce climat de compétition bouillonnante pour se surpasser, n'ayant pas d'autres concurrents. À l'initiative de Thomas, ils se mirent à parler exclusivement anglais lorsqu'ils étaient entre eux, chacun ayant à charge de corriger l'autre. Ils se gardaient cependant d'un entre-soi qui les aurait isolés du reste de la classe. Leur coopération ne les empêchait nullement d'entretenir chacun de son côté des amitiés moins électives, mais tout aussi nécessaires, qui leur permettaient de sortir des registres strictement scolaire et intellectuel.

Thomas apercevait Louis de temps en temps dans la cour du collège. Qu'il pleuve ou qu'il vente, celui-ci s'amarrait au même banc et, un paquet de gâteaux à la main, mastiquait pendant toute la récréation. Il était toujours seul. Sorti de l'orbe de Thomas, il avait réintégré son statut d'antan et renoué avec les insultes et les humiliations, qu'il semblait encaisser sous une apparente indifférence. Quiconque l'observait avec attention comprenait qu'il était en train de glisser lentement, entraîné par une irrésistible lame de fond. Rien ne semblait avoir prise sur lui ni l'attacher à quoi que ce soit. Ses résultats étaient désastreux, témoignant du décrochement prédit par les professeurs. Le miracle espéré par Lossang n'avait pas eu lieu. Le cœur de Thomas se serrait quand il le croisait dans les couloirs, à la remorque de ses camarades de classe, le visage inexpressif et les yeux embués. Jamais il ne l'avait vu si désorienté. Il ne subsistait rien du peu de vaillance qu'il avait investi dans ses études l'année précédente.

Le samedi, après la fin des cours, Thomas voyait la Mercedes de Decourtieux garée devant le collège. Louis montait à l'arrière et son père démarrait aussitôt, sans un mot, sans un regard, le visage fermé. En revanche, s'il apercevait Thomas, sa bouche se fendait d'un large sourire qu'il accompagnait d'un geste de la main.

Le vendredi précédant les vacances de Noël eut lieu la remise des bulletins scolaires, moment aussi craint qu'attendu pour la plupart des élèves. Nicolas coiffa Thomas au poteau de quelques points.

— Je te revaudrai ça au prochain trimestre, promit celui-ci.

Il régnait dans les classes et plus encore au réfectoire une fébrilité agrémentée d'un zeste d'effronterie propre aux grandes occasions. Suivant la tradition, le menu avait été amélioré et la consigne donnée aux surveillants d'assouplir – un peu – la discipline. Les élèves savouraient ce repas qui changeait du quotidien tout en commentant leurs résultats et en évoquant les vacances. Nicolas n'aurait pas un instant à lui, requis par son père pour le seconder au fournil. Durant la période des fêtes, la plus chargée de l'année, toute la famille était mise à contribution. Il espérait néanmoins avoir du temps pour lire. Thomas et lui avaient emprunté deux ouvrages à la bibliothèque qu'ils s'échangeraient à la rentrée et pour chacun desquels ils rédigeraient une fiche de lecture. Ainsi, ils pourraient comparer leurs commentaires et les discuter à la lumière de leurs propres impressions. L'après-midi s'écoula dans une certaine indolence jusqu'à la récréation. Depuis le matin, le froid pinçait les doigts et le ciel s'était tendu d'un gris d'étain annonçant la neige. Les collégiens sillonnaient la cour, chaudement emmitouflés, mains dans les poches. Même les plus braves avaient cédé aux gants, écharpes et bonnets de laine.

Les deux amis, réfugiés sous le préau, observaient la scène en silence, l'esprit ailleurs, quand soudain, les élèves s'immobilisèrent et les visages incrédules se tournèrent dans la même direction. Sortant du préau, Thomas avisa une silhouette sur la corniche du toit mansardé abritant les chambres des internes, la silhouette de Louis, oscillant dangereusement à l'aplomb du vide. Il ne distinguait pas ses traits, mais la posture de son corps indiquait une forme d'épuisement qui ne laissait aucun doute sur ses intentions.

Tremblant de tous ses membres, son bulletin scolaire à la main, il survolait du regard les toits de la ville comme s'il voulait en graver le souvenir. Thomas se précipita vers le bâtiment dont il poussa violemment la porte, grimpa quatre à quatre les marches jusqu'au cinquième étage. Deux surveillants se trouvaient déjà sur place, désemparés devant la porte verrouillée de la chambre de Louis. Thomas se mit à tambouriner contre le battant.

— Louis, descends de là, fais pas le con !

Pas de réponse. Il colla l'oreille à la porte, n'entendit rien sinon le murmure lointain de la ville.

— Louis, c'est Thomas. Descends de là, on va discuter, tu vas voir, ça va s'arranger, ajouta-t-il sans y croire.

Son oreille perçut des sanglots, faibles d'abord puis de plus en plus forts, des hoquets exprimant une souffrance et un désespoir trop longtemps accumulés, contenus, ligotés sous la graisse et les kilos. Thomas comprit tout cela, comprit qu'il était trop tard, que la lente descente aux enfers de Louis était sur le point de s'achever. Les pleurs cessèrent soudain et de la cour s'éleva une clameur aussitôt étouffée sous le silence.

Les obsèques de Louis eurent lieu début janvier. Quand Thomas pénétra dans la petite église de Milly, une vingtaine de personnes s'y trouvaient déjà, en majorité des proches collaborateurs de Decourtieux, qu'avaient rejoints Lossang et quelques professeurs.

Thomas était le seul élève du collège. Il s'assit discrètement sur un banc et, paupières closes, se laissa gagner par le froid qui infusait l'édifice. Ses pensées le conduisirent aux abords du caveau de la famille Decourtieux où une place attendait Louis. Il ne réagit pas quand les porteurs du cercueil remontèrent l'allée centrale, suivis des membres de la famille. Une main toucha son épaule et il eut la surprise de voir Decourtieux penché sur lui.

— Viens avec nous devant, murmura-t-il, tu es un peu des nôtres, n'est-ce pas ?

Thomas s'inséra dans le cortège et prit place sur le banc de tête entre Decourtieux et sa femme, tandis que les hommes en noir déposaient délicatement le cercueil sur le catafalque au milieu du chœur. Ève Decourtieux, visage de cire sous une mantille de dentelle noire, fixait le sol d'un regard vide. Près d'elle, Madeleine, telle une écolière anglaise en manteau bleu marine et béret gris perle, se tenait très droite, mains sagement croisées sur les genoux. Thomas nota l'absence de la mère de Decourtieux. Celui-ci avait fait les choses en grand, convoquant une chorale et noyant le chœur sous une profusion de fleurs, de gerbes et de couronnes. L'adolescent ne parvenait pas à détacher les yeux du cercueil, incapable d'imaginer la dépouille de Louis à l'intérieur.

Après l'office funèbre, tout le monde se regroupa dans le cimetière attenant à l'église. Louis fut inhumé dans le caveau familial, aux côtés de son grand-père, Cyprien Decourtieux.

Devant la porte du petit monument néo-gothique, Thomas fit le vœu que l'âme du garçon trouve le repos. Il aurait aimé se le figurer à la proue d'un voilier voguant vers le large, délesté de ses blessures intimes, de ce lot de souffrance qu'il n'en pouvait plus de porter, mais l'image se refusait à lui. Louis n'était pas mieux paré pour la vie que pour l'aventure ou la marine au long cours. Il regarda les personnes murmurer des condoléances avant de se disperser et de quitter en hâte le cimetière. Il n'y eut pas de larmes, pas d'effusions.

À l'égal du temps, c'était un enterrement marqué par la froideur et la sécheresse. Ne demeuraient que les Decourtieux et des membres éloignés de la famille. Madeleine, apercevant Thomas, vint à lui et sans un mot, glissa sa main dans la sienne.

Le suicide de Louis, largement relayé par la presse locale, fit grand bruit à R. Une enquête fut ouverte, soulignant de nombreux dysfonctionnements.

Les parents scandalisés, dont certains retirèrent leur enfant du collège, exigèrent la tête de Lossang, convoqué au rectorat à plusieurs reprises, où il dut expliquer pourquoi, ayant connaissance de la fragilité de l'élève, il avait négligé de prendre les mesures adéquates. Anéanti par le drame, l'homme se révéla incapable de se défendre face aux accusations de négligence, offrant à l'institution le profil du coupable idéal. Des professeurs furent également mis en cause, mais, faisant front uni, se dédouanèrent en arguant qu'ils avaient demandé le redoublement de Louis, passant sous silence le fait que ses mauvais résultats scolaires traduisaient un mal-être profond dont ils auraient dû s'inquiéter plutôt que de l'ignorer. Curieusement, les Decourtieux se tinrent à l'écart de l'agitation et du remous médiatiques. Cloîtrés derrière les murs de leur propriété, ils claquèrent la porte au nez des journalistes et refusèrent de participer au lynchage du principal. Malgré la sécurisation des fenêtres des dortoirs et la mutation de Lossang, un climat de défiance pesa sur le collège tout le reste de l'année scolaire.

Durant les vacances, Thomas ne cessa de penser au suicide de Louis, ressassant l'épisode de sa chute, son corps désarticulé, le coulis framboise de son crâne éclaté sur le sol. Il revoyait cette après-midi de décembre où le garçon s'était donné la mort. Il n'avait pas été témoin de la scène, mais Nicolas avait vu Louis tanguer au bord du vide, fléchir les genoux pour regarder en bas, hésiter encore avant de se pencher et, à l'ultime seconde, agripper d'une main une prise imaginaire.

Nicolas avait fermé les yeux. Il les avait rouverts sur un Lossang pétrifié au milieu de la cour, des élèves hagards ou en pleurs que les surveillants avaient fait rentrer en classe. Thomas se souvenait ensuite de la sirène des pompiers, de la chape de silence recouvrant le collège. Il songeait aussi qu'il avait été le dernier dont Louis eût entendu la voix.

4

Des souvenirs de Louis visitaient Thomas de loin en loin, surgissant aux moments les plus inattendus. Son visage d'un rose poupin, ses yeux d'un bleu humide promenant sur le monde une espèce d'indifférence qui le rendait étranger à tout, son corps lourd, empoté, objet de la risée générale lors des séances de sport, son souffle rauque rythmant la course, la souffrance de ce corps donné en spectacle, silencieux d'ordinaire, mais criant de l'intérieur sa fureur et sa haine de soi quand on lui demandait des efforts qu'il était incapable de fournir.

Il n'entrait pas une trace d'affection ou d'attachement chez l'adolescent dans ces soudains retours de mémoire, juste un peu de compassion en plus d'un sentiment d'immense gâchis. Il arrivait que des élèves interrogent Thomas sur les motifs du suicide de Louis, sachant qu'il avait été plus proche de lui que n'importe qui, mais que pouvait-il leur dire, en supposant qu'il se laissât aller aux confidences ? Thomas était trop étranger à l'histoire familiale et aux tourments de

Louis pour appréhender la nature et l'étendue de sa détresse. Il poursuivit son chemin comme par le passé, consacré à ses études, à son goût des livres, à son désir de réussite. Son existence se résumait aux deux pôles que constituaient le village et le collège.

De R., il ne connaissait guère que les boulevards et le cinéma du centre-ville, où une séance était donnée chaque mois à l'intention exclusive des internes. C'est ainsi qu'il découvrit les cinéastes italiens et français, notamment Truffaut, à qui il voua une immense admiration après avoir vu *Les Deux Anglaises et le Continent*. Tout lui parut sublime dans ce film, la mise en scène, les dialogues, le jeu des acteurs et la diction si particulière de Jean-Pierre Léaud. À ses yeux, il ne s'agissait pas moins d'une œuvre cinématographique que littéraire, ce que confirma Renaud, le surveillant chargé de les accompagner, en lui révélant que le scénario était tiré d'un roman de Henri-Pierre Roché. Nicolas ne partageait pas son enthousiasme, il jugeait le film alambiqué, sentimental, à la limite ennuyeux. Cela n'empêcha pas Thomas de fermer les yeux, le soir même, sur le beau visage de Kika Markham.

Il parla du film à ses parents, qui l'écoutèrent avec attention faute de savoir quoi dire, le nom de Truffaut leur étant inconnu. Ils étaient peinés de ne pouvoir le suivre sur son terrain, de constater qu'il s'éloignait d'eux, que ses cadres, ses repères, qui n'en finissaient pas de changer, n'étaient plus tout à fait les leurs. Ils en discutaient parfois avant de conclure que c'était inévitable, qu'ils devaient se réjouir d'avoir un tel fils, qu'ils ne l'avaient pas fait pour le garder dans leurs jambes. Lui voyait les choses autrement. Il aurait été fort étonné d'apprendre qu'ils avaient de plus en plus souvent le sentiment d'être hors jeu. C'est avec un plaisir égal qu'il s'en revenait pour le week-end, qu'il les questionnait sur la marche du village, prêtant l'oreille aux choses qui en émaillaient le quotidien et qui leur semblaient, à eux, sans intérêt, alors qu'il s'agissait pour lui de raccorder les différents segments de sa vie. Certes, la chronique du village variait peu d'une semaine à l'autre, défrayée de temps en temps par les frasques de Raimondo Rizzoli, que les gendarmes du Thillais ramenaient à la maison, où son père l'accueillait à sa manière. Cela mis à part, il ne s'y passait pas grand-chose.

Stella grandissait, impatiente d'entrer au collège et, à l'exemple de son ami, d'embrasser un destin sur lequel elle tissait toutes sortes d'idées farfelues. Thomas faisait figure de modèle, elle rêvait de suivre ses traces qui la sortiraient du village, ce monde étroit et replié sur lui-même où, mise au ban, on ne lui accordait pas sa juste place. Jusqu'à l'entrée du garçon au collège, ils avaient vécu dans une proximité fraternelle. Par la suite, une distance s'était creusée entre eux, tout naturellement, parce qu'ils ne partageaient plus les mêmes centres d'intérêt, que la vision de Thomas sur les choses s'en trouvait élargie. Mais l'affection entre eux demeurait intacte. Le jeune garçon passait le samedi après-midi à travailler, souvent fort tard, afin de réserver une partie de son dimanche à Stella.

Par beau temps, ils embarquaient pour de lointaines expéditions à travers les collines, faisant halte dans des villages où ils poussaient la porte des églises et des châteaux abandonnés. Stella questionnait Thomas, s'enquérait de la vie au collège, évoquant son propre futur comme si le présent n'était pour elle qu'une sorte d'étape obligée. Comment ne pas croire en un avenir radieux quand elle considérait les réussites et les succès de Thomas ? Avec lui, elle ne parlait pas de ses mains, que par ailleurs elle ne se souciait pas de montrer, ni de son père dont elle avait hérité les yeux noisette, aux dires de Violette. Toutefois, une brèche s'ouvrait sous cette affirmation quand elle songeait qu'elle était née trois ans après sa mort. Plus jeune, la chose ne l'avait pas dérangée : être la fille d'Armand, vaillant soldat mort en héros, l'intégrait à la grande fresque historique du pays, avec ses zones d'ombre qu'il était malvenu de vouloir élucider.

— C'était la guerre, ma chérie, disait Violette, et ce mot terrible recélait tant de souffrance qu'il tuait dans l'œuf toute velléité de le faire parler.

À présent, elle révisait sa généalogie à la lumière des chiffres, mais, pour une raison obscure, un caillou sur sa langue l'empêchait d'interroger sa mère. La fillette sentait confusément le danger qu'il y aurait à le faire, que la mémoire maternelle ne résisterait pas à ces trois années enfouies. Elle se contentait de quelques indices dénichés dans la commode de Violette, tels un béret militaire estampé d'un insigne doré, un paquet de lettres nouées d'un ruban qu'elle s'interdisait de lire ou encore la photo en noir et blanc d'un jeune homme vêtu d'un curieux short d'aventurier et coiffé d'un chapeau à larges bords repliés. Le poing sur la hanche, il arborait un sourire à la dentition blanche qui tranchait sur le visage dont on peinait à distinguer les traits. Au dos figurait une brève annotation écrite au stylo « *El Oued, 1960* ». C'était bien maigre pour bâtir une histoire et se constituer de vrais faux souvenirs avec ce père imaginaire.

Alors, s'emparant du béret qu'elle plaquait sur son visage, elle inspirait à pleins poumons dans l'espoir de sentir à travers les fibres du feutre ce qui subsistait de son odeur. Aussitôt surgissaient sous ses paupières des images qu'elle interprétait comme une mémoire transmise par la précieuse relique, un cadeau de son père depuis l'au-delà, une sorte de pacte secret entre eux. De même, elle examinait le cliché avec minutie afin d'en obtenir plus que ce qu'il montrait, de libérer du cadre la silhouette indistincte prise à contre-jour et d'en révéler l'épaisseur et la vérité. Là encore, la photo muette s'animait, et Stella, fermant les yeux, observait la scène ; son père prenant la pose (devant qui ?), les dunes se déployant de part et d'autre. Elle pouvait même, en insistant, sentir le soleil sur sa peau, le vent sableux piquer son visage, des odeurs inconnues exaltées par le souffle chaud du désert. Ce faisant, elle tirait de ces instantanés des souvenirs où elle voyait son père vivre, rire, parler, *lui* parler, et avec qui, au fil du temps, se tissait une forme de connivence. Elle s'attardait sur ses mains, traquait du regard l'intérieur de ses paumes. S'il avait accepté de les lui montrer, qu'elle y avait vu la corne jaunâtre qui faisait son malheur, sa peine eût été allégée, mais il les dérobait toujours à sa vue.

Dans la journée, une part d'elle-même récusait ces affabulations, mais le soir venu, quand la mère et la fille étaient couchées, que tout était silencieux autour d'elle, Stella convoquait la figure paternelle, ajoutant de nouvelles pages à leur histoire commune. À ce stade, l'autre part, la rationnelle, la sage, était sommée de se taire et de rester à sa place, dans l'obscurité.

Quelques mois avant son entrée au collège, elle annonça tout excitée à Thomas qu'elle avait rendez-vous avec un médecin de R., pour ses mains. Qu'il allait la soigner, que c'en serait à jamais fini de cette malédiction. Un jour de mai, Étienne déposa la mère et la fille devant le cabinet d'un éminent dermatologue qui, dépourvu face à cette maladie étrange, les dirigea vers l'un de ses confrères parisiens de l'hôpital Saint-Louis, le réputé professeur Lamy. Pour Stella, qui n'avait jamais pris le train, il s'agissait d'une première.

— Tu crois qu'on aura le temps de monter au sommet de la tour Eiffel ? demanda-t-elle à sa mère.

— Non, ma chérie, ni le temps ni les moyens, hélas !

Le dermatologue, flanqué de deux confrères, examina la fillette sous tous les angles, questionna sa mère avant de prélever un fragment de peau et de rédiger une ordonnance, fixant un nouveau rendez-vous trois mois plus tard. À cette date, on verrait les effets du traitement, lequel prescrivait l'application quotidienne de crèmes dont l'une particulièrement malodorante et le soir, d'une épaisse couche de vaseline salicylée sous des bandages. C'était assez contraignant, mais Stella se soumit aux soins de bonne grâce, convaincue de l'infaillibilité de la science médicale. Pendant les vacances, elle allait et venait, gonflée d'une confiance inédite, exposant sans vergogne ses mains bandées en riposte au mauvais sort, aux injures, à la méchanceté. *Profitez-en parce que bientôt, j'en aurai plus besoin, plus jamais.* Avant de s'endormir, elle implorait son père de lui venir en aide, ne sachant plus vraiment qui de lui ou de Dieu elle priait. Violette effectuait les soins trois fois par jour, appliquant à la lettre les indications du spécialiste. Au bout d'une semaine, la corne se métamorphosa en une couenne blanche et ridée, perdit en épaisseur ce qu'elle gagna en souplesse. Le résultat était encourageant, on avait raison d'insister, le succès était, pour ainsi dire, à portée de main.

— Est-ce que c'est douloureux ? demandait Thomas.

— Non, je ne sens rien à part un léger picotement le soir quand je baigne mes mains. Bientôt, elles seront aussi belles que les tiennes.

— Tant mieux !

Cependant, l'espoir du début fit place à la consternation quand la couenne prit un aspect nacré, fibreux et, pour tout dire, assez dégoûtant.

— C'est une étape normale, déclara Violette pour conjurer le désarroi de sa fille. Il faut continuer les soins.

Bien sûr qu'il fallait continuer, on n'allait pas s'arrêter en chemin. Il reste que Stella pinçait les lèvres pour ne pas pleurer au spectacle de ses paumes que sa mère s'empressait de cacher sous les bandages après les avoir enduites de crème. Si au moins, il n'y avait pas eu cette odeur ! Elle la sentait partout, à table, dans son lit, même dehors lorsqu'elle cavalait avec Thomas.

En août, il fallut se rendre à l'évidence, elle n'aurait pas les mains neuves qu'elle avait espérées pour son entrée au collège.

La corne n'avait pas disparu, elle avait seulement blanchi et changé de consistance. On retourna à Paris. Lamy grogna à la vue de l'épiderme rétif aux soins, consulta ses confrères, s'en prit à Violette qui n'avait pas respecté le traitement, s'était improvisée infirmière, voilà, voilà, on voyait le résultat ! Pour une fois, la jeune femme ne se laissa pas intimider, elle s'affirma, haussa la voix, elle n'était pas une écervelée, elle avait appliqué la prescription à la virgule près, prescription qu'elle connaissait par cœur, elle pouvait la lui réciter, même ! Passablement radouci par la verdeur de sa répartie, le mandarin déclara qu'on allait suspendre le traitement, que les hormones n'étaient sans doute pas étrangères à cette histoire, qu'on se reverrait au moment de la puberté. Puis il congédia les deux femmes. Il y eut des larmes dans le train du retour.

— T'inquiète pas, chuchota Violette à sa fille, on ira voir un autre médecin, et un autre encore, s'il le faut. Lamy est un imbécile doublé d'un incapable.

Ce soir-là, Stella apostropha son père : pourquoi n'était-il jamais là quand on avait besoin de lui, hein ? Marre de ce père fantôme sur qui elle ne pouvait pas compter. Si ça continuait, elle cesserait de lui adresser la parole. De toute façon, avec la rentrée, elle allait avoir d'autres choses à penser. Il répondit par le silence. Ce fut leur première fâcherie. Quand, quelques jours plus tard, elle franchit la porte du collège, ses paumes avaient retrouvé leur apparence antérieure. Elle constata avec soulagement que les filles de sa classe portaient plus d'attention au jeune et beau monsieur Dubois, le professeur d'anglais, qu'à sa personne. Moyennant quoi, elle en oublia presque ses mains.

Elle fut heureuse de partager sa chambre avec Anne-Lise Audouin, une fille venue elle aussi d'un trou perdu, qui s'endormait comme une souche à neuf heures du soir et ne s'intéressait qu'aux études.

Curieusement, elle ne pensait plus à son père, ayant trop de choses en tête, telles que se dépatouiller de son rôle de collégienne, de l'emploi du temps, de l'organisation des cours, de se faire une place parmi la cohorte des élèves, d'étudier sans l'aide de sa mère, de garder les yeux secs quand celle-ci lui manquait. Elle observait ses camarades en attendant de jeter son dévolu sur celle dont elle se ferait une amie. Il lui plaisait de savoir que Thomas se trouvait non loin d'elle, au collège d'à côté, qu'ils se forgeaient un destin commun qui faisait d'eux des êtres à part. Les Rizzoli et les Joubert pouvaient bien se moquer, elle ne jouait plus dans la même cour.

Étienne faisait le taxi deux fois par semaine sans déplaisir, bien que la course prît sur son temps personnel. Le samedi, il récupérait les deux collégiens pareillement ravis de se retrouver. Leurs conversations tournaient essentiellement autour des cours, du bahut, des profs, selon leurs mots. L'oreille d'Étienne ne saisissait pas tout de leur caquetage, ils usaient d'un lexique spécifique, truffé de formules hermétiques, d'abréviations, de termes inusités dans lesquels il voyait les prémices de leur émancipation. Ils auraient un travail, un bon salaire, ils pourraient faire des choix.

Tout le monde, Violette en tête, s'était étonné du naturel avec lequel Stella s'était conformée à sa nouvelle existence. En fait, c'était moins le désir d'apprendre qui l'habitait que la volonté d'échapper au modèle féminin qu'elle avait sous les yeux : tâches ménagères, grossesses rapprochées, éducation des mômes, très peu pour elle. Du haut de ses onze ans, elle caressait de plus hautes ambitions, à condition toutefois d'y mettre le prix. Le collège constituait une partie du tarif. Elle ne nourrissait pas le même enthousiasme que Thomas pour les études, ses motivations étant ailleurs, mais elle s'attachait à faire de son mieux. Ses résultats étaient plus que satisfaisants, elle se maintenait dans la plupart des disciplines, ses professeurs la qualifiaient « d'élève scolaire », disaient attendre davantage de sa part. Pour quoi faire ? Stella ne convoitait pas la première place. Elle l'abandonnait à Audoin, qui en tirait une fierté de paon, s'acquittant ainsi de sa pauvreté, avec ses fripes usées et son manteau élimé jusqu'à la corde. Sûr qu'elle avait pigé la signification d'ascenseur social, celle-ci, et qu'elle comptait en faire bon usage. Elle en voulait, bossant jusqu'à l'heure du coucher, ne s'accordant aucun répit, aucune distraction. Stella l'aimait bien, dans le fond, elle admirait son courage, sa pugnacité à vouloir se sortir de l'ornière.

— Mon père est ouvrier agricole, ma mère travaille pas, j'ai quatre petits frères et sœurs, avait-elle confié un soir. Ils misent tout sur moi, tu comprends, je peux pas les décevoir.

Quoique d'un caractère différent, l'une et l'autre étaient éperonnées par le besoin d'échapper à leur condition. Pour le moment, l'humeur de Stella était assombrie par le fait qu'elle ne s'était pas encore fait d'amie. Elle avait passé à la loupe trois ou quatre filles plutôt délurées qui, en définitive, n'avaient pas tenu leurs promesses. Des pimbêches, des filles à papa, des gnangnan pas encore sorties des jupes de leur mère.

Elle se classa troisième à la fin du premier trimestre.

— C'est magnifique, ma chérie ! s'exclama Violette en parcourant son bulletin. Des bonnes notes, des encouragements. Tu es contente ?

— Oui, je suis contente, répondit-elle en crochetant machinalement une mèche de cheveux derrière son oreille.

— Je crois que le père Noël va te gâter, cette année. Tu le mérites.

Ça, c'était l'exemple type de ce que Stella ne voulait plus entendre.

— Maman, s'il te plaît, j'ai passé l'âge. Le père Noël n'existe pas... Pas plus lui qu'un autre, d'ailleurs, ajouta-t-elle traîtreusement.

Elle s'en voulut aussitôt, mais c'était trop tard. Sous la morsure, Violette avait blêmi. Assise à la table, le bulletin dans la main, elle fixait Stella d'un œil hésitant entre le désarroi et la perplexité, comme si elle était victime d'une bourrasque intérieure ou d'une amnésie passagère. Qu'avait dit sa fille ? Elle n'avait pas bien compris.

— Je plaisante, ma chérie, articula-t-elle avant de s'apercevoir que Stella avait quitté la pièce.

Elle demeura immobile de longues minutes, les yeux dans le vague, en proie à un magma de pensées confuses. Cette nuit-là, son sommeil fut troublé de rêves curieux, dans lesquels elle se voyait dansant au bras d'Armand quand, sans prévenir, un visage masculin se substituait à celui de son amour. À qui appartenait-il, elle n'aurait su le dire, mais au matin, à l'exemple du galet abandonné sur la plage par la marée basse, lui resta en mémoire un prénom : Jean-Yves, que chassa sur-le-champ celui de Stella. Violette se faisait du souci pour elle, son comportement avait changé ces dernières semaines. Subissait-elle une mauvaise influence ou bien essayait-elle d'imiter certaines de ses copines ? Par moments, elle avait du mal à la reconnaître sous les remarques acides qui ne lui étaient pas coutumières.

— Tu sais, lui avait déclaré Marthe, les filles sont plus précoces que les garçons, mais, contrairement à une idée reçue, elles ne sont pas plus faciles. Stella cherche à s'affirmer, c'est normal à son âge.

— Tu crois ?

— Bien sûr. Cesse de te tourmenter, ça lui passera.

Marthe avait peut-être raison, cependant Violette ne se souvenait pas d'avoir vu Thomas se comporter de la sorte en 6e.

— C'est vrai, avait acquiescé Marthe, son caractère est demeuré égal, en revanche, il a pas mal grandi cette année-là. Tout ça est naturel, crois-moi.

Violette n'avait pas insisté. Le malaise diffus qu'elle percevait chez Stella était moins imputable à la puberté (Marthe avait beau dire, qui mieux que Violette connaissait sa fille ?) qu'à une tension intérieure dont elle ne parvenait pas à se dépêtrer.

L'adolescente passait le plus clair de ses journées en compagnie de Thomas. À quoi bon chercher une amie au collège quand elle avait à côté le fidèle, le sincère, l'ami véritable ?

C'est auprès de lui qu'elle se sentait bien, à bavarder des après-midi entières, à écouter de la musique (*Abraxas* en continu sur le tourne-disque qu'il avait reçu à Noël) ou à regarder la neige virevolter pendant leurs rares moments de silence.

— Tu pourrais passer un peu plus de temps avec moi, protestait mollement Violette à l'adolescente, que la moindre remarque exaspérait.

Stella filait dans sa chambre, sourde aux prières de sa mère.

Étienne les avait invitées à réveillonner pour le Nouvel An. C'était une nuit d'un bleu limpide, illuminée d'un beau clair de lune. Le village assoupi sous la neige résonnait des exclamations et des rigolades de la famille Rizzoli qui, toutes fenêtres ouvertes, festoyait à sa manière, débridée et tonitruante. On croisait les doigts pour que Raimondo, fort de ses seize ans et de son mètre quatre-vingt-trois, n'en profitât pas pour chercher querelle à son père comme il l'avait fait à son anniversaire, après avoir éclusé trois coupes de mousseux. En dépit de sa taille moyenne, Guido, sobre, lui, avait envoyé son fils au tapis, un cocard et une lèvre fendue en prime.

Marthe avait cuisiné une dinde et confectionné un pudding pour le dessert, histoire de changer de la traditionnelle bûche. Aux douze coups de minuit, Étienne déboucha une bouteille de champagne et l'on s'offrit des babioles et des chocolats en étrennes. Un doigt de champagne enflamma les joues de Stella qui, en donnant l'accolade à Thomas pour lui souhaiter la bonne année, murmura « je t'aime » à son oreille.

— Moi aussi, je t'aime, répondit Thomas.

L'année 1976 commença pour elle sur ces mots. Elle se coucha vaguement étourdie et, pour la première fois depuis le début des vacances, s'adressa à son père. Elle lui promit de ne plus l'importuner dorénavant parce que son vrai père, de chair et d'os, était en vie quelque part. Il n'était pas prisonnier d'une photo, lui, son âme n'était pas dissoute dans un calot militaire ou un paquet de lettres. C'était ce père qu'elle voulait, pas un Armand irréel dont le visage flou avait bercé ses rêves de gosse. Elle avait grandi en trois mois, oh oui, elle commençait à distinguer la réalité du monde, ses aspérités, ses pièges, ses lumières aussi. La première d'entre elles s'appelait Thomas. Elle l'aimait, et il l'aimait aussi. Ils ne cesseraient jamais de s'aimer. Armand ne protesta pas, aspirant seulement à reposer en paix là où il était. Stella regarda son visage disparaître dans la nuit juste avant de fermer les yeux. Trois jours plus tard survinrent ses premières règles.

— Ce n'est pas grave, ma chérie, déclara Violette, passablement émue.

— Bien sûr que ce n'est pas grave. Je ne suis pas idiote, je sais ce que ça veut dire, répliqua-t-elle en s'emparant de la serviette que lui tendait sa mère.

Violette aurait aimé que cet épisode fût l'occasion d'une discussion entre filles qui permît de renouer avec leur complicité d'avant, mais force était de constater que Stella se dérobait à chaque tentative d'approche, comme si elle tenait rigueur à sa mère de quelque chose.

Après les vacances, l'adolescente reprit sans entrain le chemin du collège. Ses notes fléchirent au deuxième trimestre, témoignant d'un certain flottement, tandis qu'Audouin caracolait en tête, fidèle à sa ligne directrice. Imperméable aux émotions autant qu'aux états d'âme, elle s'illustrait par un caractère égal qui forçait l'admiration. Travaillant d'arrache-pied, elle ne s'accordait aucun répit, aucune faveur, et l'étonnant aux yeux de Stella était que ce régime semblait lui convenir à merveille.

— Je ne veux pas connaître la même vie que mes parents, confia-t-elle un soir. Je suis résolue à m'en sortir, et pour ça, je n'ai pas d'autre choix que de bosser. Personne n'entravera ma route, surtout pas moi.

— Qu'est-ce que tu veux dire ? demanda Stella.

— Que j'écarte tout ce qui peut compromettre mes chances de réussite. Pas question de baisser les bras à la première difficulté. Je n'ai pas des parents comme toi, moi.

— Tu plaisantes ? Ma mère travaille dans une conserverie. *Quant à mon père...*

— Ah ! Je l'ignorais. Eh bien, si tu veux mon avis, tu devrais arrêter de te lamenter et te mettre au boulot, si tu ne veux pas subir le même sort qu'elle.

La semonce était rude, mais fit forte impression sur Stella, passé un premier mouvement d'humeur (qui était Audouin, pour lui donner des leçons ?). Peut-être, en effet, songea-t-elle, le moment était-il venu de changer d'attitude et de cesser de se comporter en gamine ingrate. Qu'avait-elle au juste à reprocher à sa mère à propos d'une histoire dont elle ne savait rien ? Elle reprit le collier sans excès, mais non sans plaisir, de sorte que ses résultats s'améliorèrent notablement. Toutefois, elle ne pouvait faire l'impasse sur ce père qui n'en finissait pas de hanter ses pensées. Elle profita d'un dimanche de mai où mère et fille, allongées côte à côte sur des transats, goûtaient la douceur de l'air à l'ombre du cerisier en fleurs, pour aborder le sujet. Violette somnolait, un magazine sur les genoux.

— Je viens d'avoir douze ans, murmura Stella en observant le profil de sa mère.

— Oui, ma chérie, tu grandis, répondit celle-ci, les paupières closes.

— Je pense que je suis maintenant en âge de savoir qui est mon père, non ?

C'était venu tout seul, plus facilement que l'adolescente ne l'avait présumé, et de ces mots égrenés avec calme ressortait l'impression d'avoir fracturé quelque chose de terriblement lourd et compact. Pas un cil ne bougea sur le visage maternel, pas un tressaillement n'anima ses mains, si bien que Stella se demanda si elle l'avait entendue. La réponse mit quelques secondes à arriver.

— J'attendais ta question, déclara Violette, je savais qu'elle viendrait, je m'y étais préparée. J'aurais dû t'en parler plus tôt, mais ça m'était impossible. J'ai éperdument aimé Armand, je l'aime encore, je ne cesserai jamais de l'aimer. Il est mort trois ans avant ta naissance, mais, pour aussi étrange que ça paraisse, je ne pouvais imaginer avoir un enfant avec quelqu'un d'autre. Pourtant, je te voulais. Tu portes son nom, puisque nous étions mariés, et je t'assure que même s'il n'est pas ton géniteur, tu es sa fille à bien des égards. Tu lui ressembles tellement.

— Mais l'autre, qui est-il ? Comment s'appelle-t-il ?

— Oh, lui ! Un ouvrier de passage, qui travaillait pour la saison chez Lobel, le maçon.

— Tu l'as aimé un peu, quand même ?

— Non. Ce fut la rencontre d'un soir, rien de plus. Je ne me rappelle que son prénom : Jean-Yves.

Stella s'absorba un instant dans la contemplation des fleurs de cerisier qui évoquaient à s'y méprendre une toile de Van Gogh, ou de Gauguin peut-être. Il s'agissait de ne pas remuer les mots qu'avait prononcés sa mère – pas encore –, mais de tout laisser en l'état, au repos et d'attendre. Elle était partagée entre la tentation de pleurer ou de dormir. *Tu as voulu savoir, eh bien, te voilà renseignée.*

Sans un mot, elle quitta l'ombre du cerisier et s'éloigna de la maison. Elle refusa l'appel de Thomas de la fenêtre de sa chambre, refusa de trouver du charme aux effloraisons printanières, au ravissement de ce dimanche marial pulvérisé par une salve de mots qu'elle s'était pourtant languie d'entendre. Elle se tenait au milieu de la route, à examiner ses paumes, parce qu'en cet instant, rien n'importait davantage que cette corne épaisse léguée par les gènes d'un dénommé Jean-Yves.

5

Par la suite, c'est toujours cette première image que reverrait Thomas en pensant à Madeleine, celle d'une jeune fille entourée de trois garçons, un soir de juillet 78 dans un bal de village. Il l'avait remarquée en entrant dans la salle parce qu'elle captait la lumière telle une actrice sous le feu des projecteurs.

Ce n'était pas la seule raison. Sans chercher à se distinguer, elle avait cette façon singulière de focaliser les regards sur sa personne. C'était moins une affaire de physique que de liberté de gestes et d'allure qui la plaçaient d'emblée à l'égal des hommes. On aurait dit, à sa manière de parler, de se tenir, qu'elle s'était affranchie des codes féminins, renvoyant ceux-ci à une époque révolue. Difficile d'ignorer au premier coup d'œil la distance qui la séparait des autres filles, semblablement habillées et coiffées, soumises aux mêmes effets de mode. Vêtue d'une robe légère largement échancrée, les bras nus, ses boucles blondes en désordre tombant sur son front, elle ne faisait étalage d'aucun artifice, bijou, maquillage, accessoire en usage les soirs de bal. Elle était assise de guingois sur une table, un pied sur une chaise, l'ourlet de la robe retroussé sur le haut de la cuisse, une cigarette dans une main, un verre dans l'autre. De ce léger déhanché, de cette posture audacieuse ressortaient une sensualité à la limite de l'impudeur chez une si jeune fille. Elle était absorbée par la conversation de ses trois compagnons, un air sérieux sur le visage qui s'estompait parfois sous un rire. À quinze ans, ses gestes étaient ceux d'une femme, confiants et accomplis.

Thomas ne reconnut pas immédiatement en elle la gamine boudeuse des Essarts. Il l'avait oubliée, au même titre que ses parents. Après la mort de Louis, il avait coupé les ponts avec eux, se contentant de la rituelle carte de Nouvel An à laquelle Decourtieux ne manquait jamais de répondre, l'invitant à leur rendre visite, concluant qu'Ève et lui seraient ravis de le voir. L'adolescent ne doutait pas de la sincérité de ses paroles, au point qu'une ou deux fois, il avait été tenté de se rendre aux Essarts avant d'y renoncer par crainte de réveiller le souvenir de Louis.

Ce soir-là, il était accompagné de Stella et de Raimondo, que sa qualité de chauffeur rendait presque fréquentable. Depuis qu'il avait trouvé à s'employer dans un garage de R., l'aîné des Rizzoli s'était remarquablement assagi. S'il ne faisait pas encore figure de modèle, sa mère n'en finissait pas moins de faire son éloge, vantant son assiduité au travail, son savoir-faire. À l'entendre, son patron ne pouvait plus se passer de lui. On l'écoutait en hochant la tête, on la laissait dire, on attendrait un peu avant de réviser son propre jugement. Force était d'admettre qu'il avait modifié son comportement, s'achetant une conduite de jeune homme en même temps que sa voiture. Son père, pour le connaître mieux que personne, se montrait plus circonspect. Raimondo nourrissait le projet de tourner la page du village, d'entamer un nouveau chapitre à R. dès son retour du service militaire. Il aimait la mécanique, se défendait mieux que bien comme carrossier, les dires de sa mère sur ce point n'étaient pas erronés. D'ailleurs, son patron s'était engagé à le reprendre après l'armée.

En pénétrant dans la salle de bal, Stella aperçut Madeleine. Les deux filles fréquentaient le même collège, venaient de passer leur BEPC, mais ignoraient tout l'une de l'autre, n'étant pas dans la même classe. Celle-ci ne put se défendre de lui trouver un air différent. Il y avait en Madeleine quelque chose qui affirmait qu'elle était chez elle en tous lieux, dans cette salle de bal comme ailleurs. Son aisance témoignait du fait qu'elle avait franchi le cap adolescent des doutes et de l'entre-deux, s'était libérée de cette apparence timorée, respectable derrière laquelle s'abritent la plupart des jeunes filles. Son visage, son corps, sa cuisse exposée aimantaient les regards, mais ce qui captait plus encore l'attention tenait à son attitude qui, loin d'être calculée, relevait du parfait naturel. Madeleine ne feignait pas, ne s'adonnait pas au jeu trouble de la séduction, elle possédait une grâce instinctive, consubstantielle à sa personne, simplement. Stella décrypta tout cela au premier coup d'œil, de même que la fascination qu'elle lut dans la prunelle de Thomas. Madeleine tourna la tête en direction du trio, avisa chacun de ses membres et, posant son verre, vint à leur rencontre sous le regard étonné de ses amis.

— Thomas, dit-elle en lui saisissant la main, comme je suis contente de te voir ! Ça fait un bail…

— Madeleine ! Je ne t'avais pas reconnue.

Il fit les présentations. Du coin de l'œil, Stella passa en revue tout ce qui les différenciait l'une de l'autre, du maintien, des gestes, du parler. Sous sa désinvolture, ses boucles désordonnées et sa tenue à la limite du négligé, Madeleine possédait des atouts qu'il était difficile de lui disputer, à commencer par sa distinction qu'elle avait héritée de sa mère, témoin de son éducation bourgeoise. C'était même à se demander, songea méchamment Stella, ce qui pouvait amener une fille comme elle à se mélanger aux culs-terreux du coin. Quant à ses trois acolytes, là-bas, qui observaient la scène entre amusement et perplexité, il allait de soi qu'ils sortaient du même moule, avec leur Levis impeccable et leur chemise Lacoste. Aux yeux de Stella, tout ça n'était pas grand-chose à côté de ce qu'elle découvrait de Thomas : une façon d'être, un talent inné pour la communication, une étonnante faculté à s'adapter aux circonstances. Au ton qu'il employait avec Madeleine, calquant celui d'une longue amitié, Stella devinait une facette de sa personnalité qu'elle n'avait pas soupçonnée, qui lui ouvrirait d'autres portes, d'autres horizons le moment venu. Thomas, comprenait-elle, à l'instar de Madeleine, serait à l'aise partout, quel que soit le milieu. Il n'appartenait pas au village, n'avait pas vocation à y demeurer. Il s'inscrivait dans une perspective différente de la sienne, qu'elle envisageait au mieux à R. ou une ville similaire, pas au-delà. Elle ne poussa pas le raisonnement jusqu'à se dire que Madeleine et lui étaient faits pour se rencontrer. Sa déception s'accentua en constatant que le jeune homme les avait oubliés, Raimondo et elle. Quand ce dernier l'invita à danser, elle accepta, espérant interrompre le tête-à-tête de Thomas et Madeleine, mais celui-ci ne s'aperçut de rien. Elle passa des bras de Raimondo à ceux d'inconnus, sans perdre de vue le couple riant et bavardant comme de vieilles connaissances réunies par le hasard. À l'évidence, ils avaient beaucoup à se dire. Sa déconvenue s'accrut encore quand elle les vit se mêler aux danseurs, les mains de Madeleine autour du cou de Thomas, celles du jeune homme sur les hanches de sa cavalière. Après quoi, Stella ferma les yeux et essaya de les oublier.

À compter de ce jour, Thomas passa moins de temps avec elle. Le dimanche après-midi, il enfourchait la mobylette paternelle et quittait le village comme s'il avait le feu aux trousses pour s'en revenir à l'heure du dîner, les joues rougies et les yeux brillants, avec un air content qui donnait à Stella envie de le gifler.

Marthe avait touché deux mots à Violette de la nouvelle fréquentation de Thomas, qu'elle voyait d'un assez mauvais œil, non pas tant parce que c'était une Decourtieux qu'à cause de sa réputation peu flatteuse. Madeleine, aux dires d'autrui, était une fille très délurée pour son âge, qui n'en faisait qu'à sa tête, gouvernée par un caractère fantasque, de furieuses colères et des caprices de toutes sortes. En bref, le contraire d'une fille raisonnable, dont Marthe craignait la mauvaise influence sur son fils. Elle comptait sur le bon sens de ce dernier pour s'en apercevoir une fois échus les premiers émois. Sans nier la beauté de Madeleine, on insistait sur sa précocité à l'égard des garçons, l'attraction qu'elle exerçait sur eux et dont elle s'amusait.

Violette se taisait, connaissant les sentiments de sa fille pour Thomas. Soit, c'étaient des adolescents, le temps se jouait d'eux, ils apprendraient, sauteraient d'un avis à l'autre, réviseraient leurs jugements. Combien de fois changeraient-ils d'humeur, d'affection, d'idéal avant de se fixer un cap ? Pour les avoir vus grandir côte à côte, si bien assortis, elle avait caressé l'idée d'une destinée commune, en couronnement à leurs années de jeunesse et de complicité. Cela lui semblait une évidence, bien qu'elle se défiât des scénarios trop prévisibles. Sans oser se l'avouer, elle projetait sur Stella sa peur de la solitude. Que sa fille ne connût jamais ce qu'elle-même avait traversé !

Stella songeait qu'elle n'était pas de taille à rivaliser avec Madeleine, mais elle se raccrochait à l'idée qu'elle possédait sur celle-ci l'avantage de son histoire avec Thomas, fruit de leurs années d'enfance. Ce n'était pas rien. Un jour, les yeux du garçon se dessilleraient, il comprendrait que la fille Decourtieux et lui n'appartenaient pas au même monde. Quant à l'intéressée, elle finirait par se lasser de lui, ainsi qu'elle le faisait des autres. Le jour où Thomas s'apercevrait qu'il n'avait été qu'une tocade, il reviendrait à Stella, c'est tout. Avant de se coucher, elle énumérait les raisons de se rassurer, sans y croire vraiment. L'adolescent passait son temps dehors, loin d'elle, hors de sa vue, hors de sa vie. Le soir, elle guettait anxieusement son retour sur le pas de sa porte, par crainte de le manquer. Quand il rentrait, souvent très tard, ils échangeaient trois mots, parlaient du livre qu'elle était en train de lire (elle n'avait jamais autant lu), mais il ne disait rien de ses journées. Elle consumait les siennes à se morfondre sous le regard soucieux de Violette. C'est avec une lueur d'espoir qu'elle décela les premières ombres sur le visage de son ami à la fin des vacances.

— On dirait que quelque chose te tracasse, dit-elle une fois où il s'attardait à bavarder plus longuement que de coutume.

— Oui. À la rentrée, je ne verrai plus Madeleine que le dimanche.

Nicolas avait mis ses vacances à profit pour peaufiner le projet auquel il songeait depuis plusieurs mois et qu'il confia un jour à Thomas. Après son brevet, il avait changé d'établissement pour entamer une formation de boulanger-pâtissier en vue de succéder à son père.

Les deux garçons se voyaient moins, mais leurs liens d'amitié ne s'étaient pas desserrés pour autant. Au fil du temps, Nicolas avait élargi ses ambitions, enhardi par la fièvre entrepreneuriale qui s'était emparée du pays. La boulangerie de papa faisait figure de modèle obsolète, l'avenir se jouait à une autre échelle. Il intégrerait l'une des meilleures écoles de commerce en vue de créer sa propre enseigne, pas un magasin, non, des dizaines, répartis dans toute la France. Finie la boulangerie traditionnelle, il convoitait une chaîne de pâtisseries-chocolateries haut de gamme. Pas une de ces boutiques franchisées alignées dans la galerie marchande d'un hypermarché, masquant sa piètre qualité sous une devanture tape-à-l'œil, un nom ronflant et des effluves de brioche chaude. D'abord, il installerait un atelier en Île-de-France qui fournirait ses deux adresses parisiennes. Pourquoi deux ? Parce que deux ouvraient la porte à plus grand. Tout était clair dans sa tête, réglé comme du papier à musique.

— Ça te dirait de faire partie de l'aventure ? demanda-t-il à Thomas.

Celui-ci ne sut que répondre. Son histoire d'amour avec Madeleine bouleversait ses plans. Il n'était pas très sûr de vouloir aller à Paris, d'entreprendre de longues études, l'idée d'être séparé d'elle lui était intolérable.

— Je ne te demande pas une réponse immédiate, mais songes-y quand même rapidement, insista Nicolas, parce que le bac, c'est cette année. C'est une super affaire que je te propose. Y'a pas mieux que nous deux pour la réussir, mais sache que ça se fera, avec ou sans toi.

L'enthousiasme de Nicolas était contagieux. Thomas ne doutait pas du sérieux de sa proposition, séduisante, certes, mais qui lui imposait de s'éloigner de Madeleine avec le risque de la perdre. Sans elle, il aurait dit oui sur l'instant.

— C'est à cause de Madeleine que tu hésites ?

Thomas pinça les lèvres avant d'acquiescer. Pour un peu, il se serait senti honteux.

— Si elle t'aime, elle acceptera que tu partes.

C'étaient des paroles de bon sens que le cœur de Thomas n'était pas prêt à entendre. En comparaison, Nicolas faisait preuve d'une remarquable maturité. Fort de sa brillante détermination, il avait placé son avenir professionnel au-dessus de tout, balayant ce qui était susceptible de lui barrer la route. En ce sens, il se comportait déjà en chef d'entreprise. Sa vie amoureuse se résumait à quelques flirts sans lendemain, des bluettes avortées sitôt que pointait l'amorce d'un sentiment. Sa priorité consistait à se bâtir un avenir digne de ce nom ; les opportunités n'ayant jamais été aussi nombreuses, il fallait s'en saisir avant que le vent ne tourne. L'enjeu méritait bien quelques sacrifices. L'attitude de Thomas l'irritait autant qu'elle le désolait. Son ami allait-il gâcher ses talents pour les beaux yeux d'une fille à la réputation sulfureuse ? Il espérait voir capoter son histoire d'amour avant qu'elle n'affecte sa trajectoire.

— Si elle refuse de te suivre, t'en trouveras d'autres, des filles.

— Pas comme elle, conclut Thomas avant de promettre à Nicolas de réfléchir à sa proposition.

Quoique ses pensées fussent grandement accaparées par Madeleine, il eut la sagesse de maintenir ses excellents résultats tout au long de sa terminale. Il obtint son bac avec mention très bien, ce qui n'étonna personne. Il avait mené ses études avec une régularité de bœuf au labour, aiguillonné par l'inépuisable désir d'élargir le champ de ses connaissances.

— Tu es en mesure de préparer les grandes écoles, lui avait déclaré Almeida, le proviseur, au second trimestre. Il n'est pas trop tôt pour y penser. Je suppose que tu as réfléchi à ce que tu veux faire.

— Oui, dans un premier temps, je vais devancer l'appel.

— Et ensuite ?

— J'envisage d'intégrer une prépa commerciale.

— Ah bon ? s'étonna Almeida sans cacher sa déception. Tu peux prétendre à mieux. Pourquoi pas Sciences Po ?

Le proviseur pouvait-il entendre que Thomas avait limé ses ambitions professionnelles au motif qu'il était amoureux fou de Madeleine, qu'elle comptait désormais plus que tout, qu'il ne pouvait supporter l'idée de vivre sans elle ?

— À vrai dire, je n'ai pas complètement tranché, se ravisa le jeune homme, je veux m'accorder un peu de temps.

— Ne tarde pas trop. Les décisions que tu vas prendre engageront ta vie entière. Fais en sorte de ne pas le regretter plus tard.

Pour célébrer leur brillante réussite, les deux garçons organisèrent une fête dans la maison familiale de Nicolas, vacante durant les congés de ses parents. Une après-midi de juillet, une vingtaine de jeunes se réunit chez lui, parmi lesquels leurs amis respectifs en plus de ceux du lycée. Thomas nota avec une pointe d'étonnement que les filles étaient peu nombreuses du côté de Nicolas. Lui avait invité Madeleine (qui fit comme chaque fois forte impression), Stella ainsi qu'Anne-Lise, qu'il avait rencontrée à plusieurs reprises et dont il appréciait la finesse d'esprit et l'ironie.

Depuis ses débuts au collège, la jeune fille s'était forgé une réputation redoutable en vertu de ses capacités de travail impressionnantes, d'une rigueur proche de l'austérité, d'avis tranchés et de réparties mordantes que redoutaient jusqu'aux moins sûrs de ses professeurs. Moquée naguère pour son allure de plouc, ses vêtements informes et son parler rustique, elle était à présent moins enviée que crainte. Néanmoins, il se trouvait toujours au début de l'année des candidates désireuses de s'attirer ses faveurs à défaut de son affection, en vain, Anne-Lise étant hermétique aux flatteries. Sans doute y en avait-il de sincères parmi elles, mais la jeune fille avait résolu de n'accorder son amitié à personne une fois compris les enjeux sur lesquels se fondaient les relations entre élèves. À ses yeux, il y entrait toujours une part d'intérêt, de commerce dont elle refusait de faire les frais. Elle se souvenait avec amertume des brûlures qu'on lui avait infligées à cause de ses nippes, de ses ongles douteux et de ses mains de paysanne. Elle pouvait désormais les toiser une à une, les petites bourgeoises de R., sans rougir ni de son nom ni de ses origines. Ses bulletins scolaires parlaient pour elle, devant lesquels elles restaient bouche bée.

À l'adolescence, elle avait acquis, en plus de sa taille et de sa minceur, un air strict qu'accentuaient ses cheveux lisses coiffés en catogan, son visage sévère et ses jupes droites coupées dans les robes de sa mère. En la voyant traverser la cour, les pans de son gilet ramenés sous ses bras croisés, on pouvait aisément se tromper sur son âge et la prendre pour un professeur. Toutes ces années, elle avait livré bataille pour se faire une place, elle n'avait transigé sur rien, témoignant d'une volonté de fer, taisant ses faiblesses, gardant pour elle ses doutes et ses fêlures, qu'elle livrait au détour d'une confidence à Stella. On la disait dure, sèche, grinçante, elle finirait vieille fille. D'une saillie toujours juste, elle remettait à leur place les plus hardies qui s'essayaient à lui rabattre son caquet. Seule le plus souvent, elle n'avait que Stella pour amie et encore leur amitié se bornait-elle aux choses de la vie courante. Qui pouvait deviner, hormis cette dernière et quelques professeurs, que sous l'écorce, Anne-Lise était tout autre que ce qu'elle donnait à voir ? Rien de ses contemporains ne lui échappait. Stella admirait sa sagacité, la pertinence de ses jugements sur l'actualité, les politiques et les célébrités, les enseignants dont elle ne se privait pas de pointer les failles et les lacunes de certains, donnant lieu, lorsqu'elles étaient ensemble, à d'interminables crises d'hilarité. Une fois les lumières éteintes, Anne-Lise songeait que ses efforts n'avaient pas été vains. Ses parents pouvaient être fiers d'elle, et même s'ils se récriaient parfois devant une fille qu'ils ne reconnaissaient pas, c'était égal, elle était résolue à faire sa vie, quel que soit leur avis.

Thomas fit les présentations. Tout le monde se connaissait plus ou moins. Passé les salutations et sourires de circonstance, ils s'étudièrent du coin de l'œil, spéculant, à travers la physionomie de chacun, sur ce qui avait pu les lier les uns aux autres. Thomas et Madeleine ignoraient ce calcul, évoluant comme des poissons dans l'eau au sein de ce microcosme. Si les regards s'attardaient volontiers sur cette dernière, c'est Anne-Lise qui était l'objet de toutes les attentions. Que faisait cette fille dans la maison de Nicolas ? Elle incarnait un curieux spécimen d'adolescente, à contre-courant de ses semblables, avec ses manières, sa tenue ainsi qu'une forme de maturité qui la rangeait déjà parmi les adultes. Voyait-elle le contraste qu'elle offrait avec les jeunes gens réunis là pour célébrer à leur façon, joyeuse et débridée, la fin de l'année scolaire et leur réussite au bac ? Oui, il suffisait pour s'en convaincre de saisir la lueur de défi dans ses prunelles, l'amusement de son sourire marqué de suffisance. Anne-Lise, rompue à cet exercice, interprétait sans mal la teneur des regards qui pesaient sur elle, en tirait un plaisir à peine dissimulé. Ils ne disaient pas, ces regards, qu'elle était attirante dans ses frusques démodées ni même jolie malgré l'ovale du visage, le brun de l'iris et la bouche ourlée de rouge, non, ils affirmaient, sous la curiosité à peine voilée, qu'elle était différente, une différence qui la rendait *intéressante*. Elle ne correspondait en rien au modèle que les garçons avaient en tête d'une fille à draguer. Ses consœurs, plus prosaïquement, s'arrêtaient à l'aspect vestimentaire, concevant une presque gêne devant cette créature aussi mal fagotée. Pourtant, il tenait à peu de choses qu'elle eût du style, mais c'était une intellectuelle, disait-on. Curieux, non, pour une fille de la campagne ? Peut-être cela participait-il de la feinte indifférence qu'on lui témoignait tout en la lorgnant de loin, tandis qu'elle bavardait avec Nicolas, un soda à la main. Pas dupe de leur manège, elle savourait sa victoire ; non contente d'avoir déjoué les sombres pronostics sur son parcours scolaire, rétabli sa confiance de fille pauvre, elle avait réussi l'exploit insigne de convertir ses difficultés en atouts sans se renier. Pourtant, combien de fois avait-elle désiré habiter le corps souple et gracieux des filles de R., effacer de sa peau la tache honteuse de la misère ?

Près d'elle, Stella rayonnait, en robe bleu clair et cheveux défaits. Elle aussi avait changé durant l'année. Ses courbes s'étaient affirmées, elle n'avait pas grand-chose à envier à Madeleine, dans un autre genre. De temps en temps, elle surprenait sur elle le regard de Thomas, à la fois rêveur et tendre. Elle se disait alors que tout espoir n'était pas perdu. Elle était décidée à attendre, convaincue que le temps jouerait en sa faveur. Il finirait tôt ou tard par se lasser de Madeleine, de ses accès dépressifs coupés de phases euphoriques. Le bruit circulait qu'elle avait fait une seconde déplorable, marquée par des absences répétées, que Decourtieux en personne était intervenu pour lui éviter le redoublement. On évoquait à mots couverts un terrain familial miné par le suicide du fils, des disputes incessantes, la fragilité mentale de la mère. On s'étonnait même qu'un garçon brillant et équilibré comme Thomas s'intéressât à elle. Dans ses moments d'inquiétude, Stella prenait pour argent comptant les paroles maternelles, arguant que les amours de jeunesse ne faisaient pas de vieux os, le cœur et la raison s'entendant rarement avant l'âge de vingt ans. Et puis, il y avait Raimondo, qui lui tournait autour, qui l'avait invitée au bal plusieurs fois après qu'elle eut été dûment mise en garde par Violette.

— Tu ne voudrais pas qu'il t'arrive *quelque chose*, quand même !

Elle l'aimait bien, Raimondo, il était beau gosse, avec sa crinière corbeau et son type rital, il se montrait gentil, mais elle n'en était pas amoureuse. Enfin, cela dépendait des jours. Elle se souvenait avec émotion d'un slow un peu trop serré, la main de son cavalier caressant son dos, la tension sexuelle entre eux. On admirait le couple qu'ils formaient, on l'enviait aussi, elle, d'être courtisée par un si charmant jeune homme. Chacun s'accordait à trouver qu'ils allaient bien ensemble, quoiqu'elle fût un peu jeune. On avait oublié les frasques de Raimondo, ses coups de sang, les soirées gâchées par sa faute lors de bagarres avec les gars des environs, les nuits qu'il avait finies au poste. Elle se souvenait de ce soir où, tandis qu'ils dansaient, il lui avait ouvert la main pour en baiser la paume. D'instinct, elle l'avait retirée et avait fermé le poing, mais lui, avec une incroyable douceur, avait déplié chacun de ses doigts.

— Je les aime bien, moi, ces mains, avait-il murmuré d'une voix tendre, le regard trouble.

Ses mains à la peau épaisse, dont il s'était moqué enfant et qu'elle persistait à pommader chaque soir, sans résultat. Quand il avait entrepris d'en lécher l'intérieur, elle l'avait laissé faire, clouée par une onde de plaisir d'une intensité folle. Si ce n'était pas une preuve d'amour, ça ! Elle s'était mordu les lèvres pour ne pas gémir, là, devant tout le monde. Se rappelant les avertissements de sa mère, elle s'était ressaisie et avait gratifié le jeune homme d'un baiser sur la joue. Mais comment ignorer qu'il voulait plus, beaucoup plus ? Elle avait senti la pression de son sexe sur son ventre. Pourtant, il l'avait raccompagnée chez elle sans faire allusion à ce qui s'était passé, riant et bavardant de tout et de rien, comme d'habitude. Il n'avait pas même cherché à l'embrasser devant sa porte, peut-être à cause de Violette, dont il avait aperçu l'ombre derrière le carreau. Ce soir-là, en se glissant dans son lit, elle s'était sentie vraiment amoureuse de lui. Mais en présence de Thomas, elle l'oubliait.

Lors de cette chaude après-midi de juillet, en épiant du coin de l'œil les deux tourtereaux enclos dans leur îlot d'amour, elle songea qu'elle n'avait que quinze ans, certes, mais qu'elle était solide, à la différence de Madeleine. Elle patienterait le temps qu'il faudrait.

6

C'est sans surprise que Thomas termina major de sa promotion. Il avait intégré HEC sur la foi de sa mention au bac, d'un dossier scolaire exemplaire et de précieuses lettres de recommandation, le tout après son année de prépa.

Sur place, selon son habitude, il s'était donné à fond, effectuant brillamment ses stages, récoltant des félicitations à chacune des étapes de sa formation. Son choix d'habiter dans la capitale impliquait de longs trajets jusqu'à Jouy-en-Josas, mais lui permettait de profiter de la vie parisienne. Dès qu'il le pouvait, c'est-à-dire rarement compte tenu de sa charge de travail, il prenait le train pour R., où Étienne l'attendait. Les week-ends passaient comme un rêve entre ses parents et Madeleine, à qui il consacrait ses après-midi. À peine trouvait-il le temps d'aller saluer Violette et Stella. Toutefois, c'est sans nostalgie ni regret qu'il regagnait Paris le dimanche soir. Les occasions étaient plus nombreuses de rendre visite à Nicolas, installé à Gennevilliers depuis près d'un an.

Pour ce dernier, les choses se révélaient plus compliquées que prévu. Il était dépassé dans son projet d'entreprise par toutes sortes de difficultés – financières, administratives, logistiques – que sa formation ne lui permettait pas d'appréhender. Il comptait sur les conseils de son ami pour voir plus clair dans le fouillis de paperasses, formulaires et recommandés qui encombraient son bureau. Thomas faisait de son mieux pour parer au plus pressé, sans lui cacher que ses besoins relevaient d'experts en gestion d'entreprise, l'invitant à prendre contact avec les organismes à même de l'épauler.

— Il faut que tu te fasses aider pour mettre ton projet sur pied. C'est un projet d'envergure, autre chose que d'ouvrir une boulangerie.

— C'est sûr, c'est sûr... concédait Nicolas avec lassitude. En fait, il faudrait quelqu'un qui soit capable de prendre en charge la gestion de l'affaire. J'ai sous-évalué cet aspect du problème.

Un point de vue que partageait Thomas. Sans doute Nicolas serait-il excellent dans son domaine une fois l'entreprise montée, mais force était d'admettre qu'il n'était pas taillé pour en poser les bases.

— Tu es toujours d'accord pour qu'on s'associe une fois passés tes diplômes ? s'enquit-il un soir de juin où ils achevaient de dîner dans un restaurant de Montparnasse.

Thomas redoutait cette question que, pour une raison obscure, Nicolas s'était gardé de poser jusqu'à présent, tout en sachant qu'elle viendrait un jour. Prenant une profonde inspiration, le jeune homme se passa la main dans les cheveux, signe de son embarras, et fouilla dans son paquet de cigarettes – vide – avant de répondre.

— Non, je ne pense pas, Nico.

— Quoi ? Mais… rappelle-toi quand on en a parlé…

— Ça date, cette histoire. Je ne t'ai rien promis quand tu m'as proposé de m'associer à ton projet. C'est vrai que j'ai été séduit sur le moment, mais je ne pouvais pas savoir ce que je ferais quatre ans plus tard.

— Si, tu le savais, tu avais tout programmé, les études de commerce, tout. On pouvait tout avoir, toi et moi, la réussite, le fric, une vie en or. Putain, Thomas, tu peux pas me laisser tomber, pas maintenant, alors que je suis au bord du gouffre et que la banque menace de suspendre le prêt, tu peux pas me faire ça ! Pas après tout ce qu'on a vécu, notre amitié, enfin tout, quoi !

— Je suis désolé, Nicolas, je t'ai conseillé des dizaines de fois de t'adresser aux…

L'intéressé s'était reculé sur sa chaise. Bras ballants, le teint blême, il fixait sur Thomas un regard vide, effrayant, comme si quelque chose en lui s'était rompu.

— La vérité, reprit ce dernier, vaguement troublé, c'est que je ne peux pas.

Nicolas demeura sans réaction quelques instants, puis sa bouche se crispa sur une moue dubitative.

— Peut-on savoir pourquoi ? Quel prétexte vas-tu inventer ?

— Je n'invente rien, Nico. Il se trouve que j'ai été contacté par des chasseurs de tête (il assortit la formule de guillemets avec ses doigts), comme ça se pratique souvent en fin d'études, avec les bons éléments.

— Bien sûr, grinça Nicolas. Dans ton cas, je dirais plutôt un excellent élément... et un traître, un putain de traître à ton meilleur ami.

Il baissa la tête et, avisant la bouteille de vin, se servit une copieuse rasade qu'il lampa sur-le-champ. Thomas avait remarqué sa récente tendance à forcer sur la boisson. Il ne manquait jamais une occasion, dès qu'ils se trouvaient ensemble, de sortir une bouteille. Si lui-même se contentait de tremper les lèvres dans son verre, il n'était pas rare que Nicolas vidât la bouteille au cours de la soirée. Cela étant, il n'était jamais ivre, sa robuste constitution tempérant les effets de l'alcool. Il se mit à cligner des yeux pour contenir une fureur que Thomas sentait frémir en lui et qu'il craignit de voir exploser au milieu du restaurant, mais à son immense soulagement, rien ne vint.

— Je voudrais savoir, murmura-t-il avec un calme étudié à l'issue d'un silence pesant, qui est l'enfoiré qui t'a convaincu de piétiner une amitié vieille de plus de dix ans.

— Écoute, Nico…

— Arrête ! Arrête avec ce diminutif idiot. On n'a plus douze ans, OK ? Je m'appelle Nicolas.

Sous la colère, ses pommettes s'étaient empourprées et ses yeux lançaient des éclats incendiaires.

Thomas n'avait jamais vu son ami dans un état pareil. Il sut que, quoi qu'il dît, ce serait peine perdue.

— La direction de Lérins m'a invité à rejoindre son équipe. Ils ont besoin de nouvelles têtes, de nouvelles idées, plus contemporaines, pour relancer la maison.

— C'est quoi, ça, Lérins ? demanda rageusement Nicolas. Jamais entendu ce nom-là.

Il s'efforçait de rester dans le registre de la mauvaise humeur, cependant Thomas le sentait gagné par la curiosité.

— Je ne connaissais pas non plus jusqu'à ces dernières semaines. Le nom m'évoquait seulement un chapelet d'îles au large de Marseille. En fait, il s'agit d'un parfumeur français. La marque existe depuis le siècle dernier, malheureusement, elle a mal vieilli.

— Raconte.

— Eh bien, disons qu'elle s'est crue immortelle et, ce faisant, elle a vécu sur ses acquis, refusant de voir le monde changer. Plus dans le coup, plus assez attractive, le nom même a perdu beaucoup de son aura. Le nouveau PDG, Perrugin, veut rénover la marque en s'appuyant sur son prestige d'antan. Pour ça, il a besoin d'un souffle d'air frais.

— Et le souffle d'air frais, c'est toi, si je comprends bien, ricana Nicolas.

— Arrête, Nicolas, ils me proposent plus que ce dont je pouvais rêver.

— Plus que ce que j'aurais pu t'offrir, c'est certain. (Thomas nota au passage que son ami le plaçait en position d'employé, non d'associé.) Mais l'amitié, Thomas, notre amitié, elle, était sans prix. Décidément, tu ne comprends rien !

Sur ces mots, il se leva de table et enfila sa veste.

— Puisque ça se termine comme ça, nous deux, dit-il, je te laisse régler l'addition. Bientôt, tu seras plein aux as, et moi, je suis sans le sou.

Sur quoi, il tourna les talons et, après avoir violemment poussé la porte du restaurant sous le regard ébahi du personnel et des clients, fonça en direction de la première bouche de métro.

En regagnant son studio de la rue d'Alésia, Thomas réfléchit longuement au coup d'éclat de Nicolas. Sa réaction l'avait ébranlé. C'était la première fois qu'une dispute entachait leur amitié. Or, Nicolas était entier, nerveux, et la précarité de sa situation ne faisait qu'accuser ces deux traits de son caractère. Thomas refusait de céder au chantage affectif de son ami et de s'engager dans un projet beaucoup moins attrayant que celui de Lérins. Il espéra que la nuit porterait conseil à Nicolas et il essaya, les jours suivants, de le joindre par téléphone, sans succès. Moyennant quoi, au bout d'un mois de silence, il se résolut à lui écrire :

Mon cher Nicolas,
Je regrette la façon dont nous nous sommes quittés l'autre soir. Ton départ précipité ne m'a pas permis de t'expliquer en détail les raisons qui m'ont conduit à accepter l'offre de Lérins. D'abord, il s'agit pour moi d'un défi au service duquel je veux mettre mes acquis, ma jeune expérience et, pourquoi le cacher, mes ambitions professionnelles. Je pense en effet que la boîte constituera une formidable opportunité pour mobiliser mes compétences et déployer mon potentiel. C'est un pari risqué étant donné sa situation délicate et la tâche titanesque à entreprendre pour la redresser, mais j'y crois, porté par l'énergie d'une équipe extraordinairement stimulante. Cela peut te paraître égoïste, mais est-ce trop te demander d'entendre que je veuille changer de cap, voir de nouvelles têtes, me frotter à d'autres manières de faire et de penser ? Peux-tu bien considérer les choses sous l'angle de la raison, des faits et non de l'émotion ou du dépit ? Par ailleurs, ainsi que je te l'ai dit, j'envisage de m'installer dès que possible à Paris avec Madeleine, à la condition que mes revenus nous le permettent puisque nous vivrons sur mon salaire. Or, celui que j'ai négocié

sera largement suffisant pour commencer. De ton côté, tu connais la marche à suivre pour mener ton projet à bien, nous en avons discuté maintes fois. Alors, vas-y, fonce, tu as le talent nécessaire. Tu sais combien ton amitié m'est précieuse, une amitié jamais démentie durant toutes ces années. Il serait dommage qu'un différend entre nous y mette fin. J'espère qu'il ne s'agit que d'une brouille passagère. Quant à moi, je te garde mon affection et attends de te revoir bientôt.
Ton ami,
Thomas

Le style volontairement ampoulé visait à ménager la susceptibilité de Nicolas. Thomas escompta que son ami comprendrait, en lisant entre les lignes, que l'aspect financier avait pesé dans sa décision, que la situation de Lérins, pour fragile qu'elle fût, était plus fiable que celle qu'il lui proposait.

En vérité, l'envie d'intégrer une équipe dynamique, de prendre part à une aventure et de faire ses preuves avait primé sur toute autre considération. Il n'avait pas à s'excuser pour cela. Il posta la lettre, ne reçut pas de réponse. Un courrier arriva peu après, confirmant sa prise de fonction chez Lérins, fixée au début du mois de septembre. Il se rendit au siège, à Boulogne-Billancourt, où le reçut Christophe Lefort, à la fois DRH et directeur marketing, lequel lui fit visiter les lieux, le présenta à l'équipe et lui attribua un bureau au troisième étage, sorte de cube aux cloisons vitrées donnant sur la Seine. Thomas se sentit immédiatement à l'aise entre ces murs et parmi ces visages inconnus. Fatigué, mais heureux, il reprit le chemin du village pour les vacances avec une masse de documents professionnels à potasser avant son retour.

— Dépêche-toi de te mettre au parfum, avait plaisanté Lefort. Je te veux opérationnel dès le premier jour. La boîte a besoin de gens investis et réactifs à chaque instant, il en va de sa survie. Nous sommes à un tournant historique de son histoire, autrement dit sur le fil du rasoir. Elle coule, nous coulons, nous n'avons pas droit à l'erreur. Si tu n'es pas prêt à entendre ça, tu n'as rien à faire ici, avait-il ajouté plus sérieusement.

À peine fut-il arrivé que Stella poussa la porte comme elle avait l'habitude de le faire. La maison d'Étienne et de Marthe avait toujours été un peu la sienne. Ils tombèrent dans le bras l'un de l'autre, riant avec la même joie, la même complicité que naguère au bonheur de se retrouver, brusquement rendus à leurs années d'enfance. Une enfance qui leur semblait déjà lointaine, alors qu'ils étaient au seuil de leur vie d'adulte. Stella annonça à Thomas qu'elle partait camper en Bretagne la deuxième quinzaine d'août avec Anne-Lise.

— Anne-Lise ! Qu'est-ce qu'elle devient ?

— Elle est en deuxième année de droit à Dijon. Elle veut devenir avocate. Il paraît qu'elle a le profil idéal. En attendant, elle fait des pieds et des mains pour aller étudier à Paris.

— Et toi ?

— Oh ! moi, éluda la jeune fille, pour l'instant, je navigue à vue. Mon problème, c'est que je ne sais pas ce que je veux, contrairement à vous deux, qui l'avez su très tôt.

Thomas considéra son amie ; il lisait toujours en elle cette part d'incertitude, cette tendance à l'esquive lorsque se présentait l'heure des choix.

— Tu as deux mois pour réfléchir, il n'est pas trop tard, dit-il sans conviction.

Ils passèrent beaucoup de temps ensemble, se gardant d'évoquer Madeleine, en vacances sur la côte basque dans la villa familiale. Ils s'offraient des après-midi piscine ou des randonnées à la journée, retrouvant la joie de leurs escapades d'autrefois, comme si le temps avait glissé sur eux sans rien changer de leur relation. Dans ces moments-là, Stella témoignait d'une insouciance surprenante pour quelqu'un dont l'avenir semblait se borner aux vacances. Thomas lui fit part un jour de son étonnement.

— Détrompe-toi, répondit-elle d'une voix tremblante. Je donne le change, mais j'ai peur.

Il s'émut de l'entendre parler ainsi.

— Pourquoi ne m'as-tu rien dit ?

Elle inspira profondément, les yeux sur l'horizon, avant de répondre d'un ton las :

— Pourquoi ? Parce que ta vie est désormais à Paris. Tu n'es plus d'ici, et même si nous sommes heureux de nous retrouver le temps des vacances, le fil entre nous est rompu.

— C'est faux ! se récria-t-il. Je serai toujours là pour toi. Si le fil était vraiment rompu, nous ne serions pas là en train de discuter. Mon affection pour toi…

— Je me fiche de ton affection, rugit-elle avec une violence qui le surprit.

Puis, plus doucement :

— C'est pas ça que je voulais… Tu te souviens de ce Premier de l'an 76 où tu m'as dit que tu m'aimais ? Eh bien, moi, je n'ai jamais cessé de t'aimer. Il n'y a pas un jour où je ne pense à toi.

Le silence tomba entre eux, lesté d'un tas de choses qui les projetaient au cœur de leur adolescence. Assis à l'ombre d'un tilleul, en cette fin d'après-midi de juillet, ils se taisaient, assaillis de pensées et de souvenirs. Le ciel d'un bleu pur, l'air immobile bruissant d'insectes, tout participait à l'harmonie du lieu et du moment que venait de briser Stella.

Pourtant, Thomas ne songeait pas à lui en faire le reproche. Il aimait ce morceau de campagne oublié où s'enracinait son passé. Quoi qu'en dît son amie, il ne s'en séparerait jamais.

— Je sais tout ça, dit-il au bout d'un moment, je l'ai toujours su. Moi aussi, je t'aime, mais comme une sœur. C'est toujours ainsi que je t'ai considérée.

Elle ignora ses paroles et, mains jointes entre les genoux, s'absorba quelques instants dans la contemplation du paysage.

— J'ai longtemps refusé de regarder la réalité en face. J'attendais que tu te fatigues de Madeleine, je m'accrochais à cette illusion, jusqu'au jour où j'ai entendu ta mère dire à la mienne que vous aviez l'intention de vivre ensemble. L'évidence m'est apparue et j'ai cessé d'attendre. Sur le moment, j'ai été broyée par une douleur atroce, suivie d'un immense soulagement. Enfin, la raison faisait part égale avec les sentiments… Je pense que je ne cesserai jamais de t'aimer, mais au moins, j'ai accepté l'idée de vivre sans toi, c'est un progrès énorme.

Ses paroles traduisaient cette forme de fierté que la victoire consacre à l'issue d'un combat. Si Thomas n'était pas certain de mesurer l'ampleur des tourments amoureux qui avaient agité Stella, il ne doutait aucunement de ses sentiments. Il en avait surpris les indices à travers son regard posé sur lui, un frisson de sa main effleurant la sienne et mille autres petits signes qu'il avait choisi d'ignorer.

— Je suis désolé, murmura-t-il au bout de quelques instants.

— Ne t'en fais pas, dit-elle en lui pétrissant l'épaule d'une poigne amicale. Il fallait que je te le dise, maintenant que c'est fait, je ne t'en reparlerai plus. Allez, debout, on a encore de la route pour rentrer !

Thomas attendait avec impatience le retour de Madeleine. Il n'eut aucun doute sur l'identité de sa correspondante le jour où son père, à la troisième sonnerie du téléphone, lui tendit le combiné :
— C'est pour toi !
Il devina, au sourire qui fleurissait sa voix, combien elle-même était heureuse de l'entendre. Marthe l'épiait du coin de l'œil tandis qu'il parlait. Elle aussi avait espéré un feu de paille entre les deux tourtereaux, or, il s'avérait qu'après toutes ces années, ça tenait entre eux, en dépit de ses prédictions.

Son service militaire achevé, Thomas était parti pour Paris, d'où il revenait de temps en temps, et chaque fois, c'était le même embrasement, la même allégresse. Ils étaient faits l'un pour l'autre, à sa grande consternation.

La fille était jolie (trop, regrettait-elle parfois), gentille aussi, mais de son point de vue, elle n'avait pas plus l'étoffe d'une mère que d'une épouse.

Certes, elle n'offrait pas sujet à médisance, mais il se racontait des choses désobligeantes sur l'inconstance de son caractère, que l'on associait à celui de son défunt frère. Marthe s'inquiétait pour son fils, à l'inverse d'Étienne, qui balayait ses craintes d'un revers de main.

— Thomas a la tête sur les épaules, crois-moi. Ce sont ses affaires, nous n'avons rien à dire.

— Quand même ! objectait-elle. Je ne voudrais pas le voir souffrir.

— Laisse-le donc, il a vingt-deux ans. La vérité, c'est que tu n'aimes pas Madeleine.

Marthe aurait voulu protester, au moins pour la forme, mais sa sincérité l'en empêchait. Le fait est qu'elle n'appréciait pas Madeleine, dont elle évitait de prononcer le nom, dans l'optique plus ou moins consciente de le vouer à l'oubli.

Chaque après-midi, Thomas sautait sur la vieille mobylette bleue de son père pour ne reparaître qu'à la nuit tombante.

— Tu peux prendre la voiture, si tu veux, lui proposa ce dernier un jour, t'auras l'air moins cloche.

Le jeune homme se levait d'un bond le matin, avec le même appétit, la même fougue que s'il s'apprêtait à dévorer le monde. Premier debout, Étienne l'accueillait en bas au son de la radio, dans une odeur de café chaud et de pain grillé, le petit-déjeuner sur la table.

— Papa, je peux le faire, protestait mollement Thomas quand son père lui remplissait son bol de café noir.

Étienne savourait ces moments rares de bavardage ou de silence entre eux, exempts d'arrière-pensées ou de sous-entendus. Des moments de pur plaisir. Il avait son fils pour lui seul, qu'il revoyait gamin à travers sa façon de tenir son bol à deux mains ou de mordre dans sa tartine grillée. Il se prenait alors à regretter de ne pas lui avoir consacré plus de temps, tel que l'emmener à la pêche, se pencher sur ses bulletins scolaires – tâche qu'il avait déléguée à Marthe – ou partager des occasions qui ne se représenteraient pas. Pourtant, ce n'était pas faute de l'aimer, ce fils, d'un amour inquiet à l'idée de le savoir désormais au loin, mêlé au flux grouillant de la capitale. Sur ce point, il ne différait guère de Marthe, même s'il eût préféré se trancher la langue plutôt que de l'admettre.

— Je me demande ce qu'ils peuvent bien fabriquer ensemble des après-midi entières, marmonnait celle-ci en le voyant prendre le volant de la R5.

— La même chose que nous à leur âge, rétorquait-il avec une œillade malicieuse. Tu ne te souviens pas ?

— Humm, concédait-elle, l'air faussement pincé.

Le point de chute de Madeleine et Thomas avait pour nom *Le Relais,* le café de la place Gambetta, au centre du Thillais. Ils s'asseyaient à la terrasse, commandaient une bière, bavardaient des heures entières. La conversation tournait autour d'eux, de leur avenir dont ils avaient jeté les plans, dérivait quelquefois vers leur famille pour aboutir à celle de Madeleine, laquelle égrenait dans le désordre des épisodes du roman familial que Thomas recomposait au fur et à mesure. Les relations conflictuelles au sein du couple n'étaient un secret pour personne et constituaient un sujet de discussion pour leur entourage, que Philippe Decourtieux se faisait fort d'alimenter. Tout comme il n'avait pas fait mystère de la bêtise de son fils, il n'avait pas occulté les infidélités de sa femme, prenant le monde à témoin de ses malheurs.

— Ils se sont lancés dans une guerre d'usure, chacun se rejetant la responsabilité du suicide de Louis. Autrefois, ils se contrôlaient en notre présence, mais maintenant, ils se fichent que je les entende ou non. J'espérais un peu de répit avec les vacances, au lieu de quoi Decourtieux a épanché l'ennui de son temps libre sur ma mère. Je ne l'excuse pas pour autant, elle, tu sais. Sous ses airs de *mater dolorosa* gavée d'anxiolytiques et de somnifères, elle n'est pas meilleure que lui. D'ailleurs, je ne prends parti ni n'interviens jamais dans leurs histoires. Quand j'étais petite, ça me bouleversait de les entendre, à présent, j'en rigolerais presque si ce n'était pas aussi sordide.

Thomas l'écoutait, troublé par le détachement apparent avec lequel elle relatait les choses, comme si elle avait épuisé le sujet, sachant qu'il n'en était rien. Lui qui avait grandi au sein d'un foyer aimant et attentionné échouait à comprendre ce type de comportement ; pour quelles raisons des adultes, parents qui plus est, s'évertuaient-ils à ruiner la vie de leur famille, à détruire leurs enfants ?

— J'aimais bien Louis, poursuivait-elle, même si ce n'était pas le grand amour entre nous, plutôt une forme d'indifférence au diapason du climat familial. On se parlait peu, encore moins lorsqu'il est parti au collège. Il n'avait rien de l'imbécile décrié par son père. Il vivait dans un désarroi et une solitude immenses, sans personne vers qui se tourner, souffrant terriblement de se voir moqué, humilié en permanence, jusqu'au jour où la souffrance lui est devenue intolérable. Decourtieux l'a tué à petit feu, aussi sûrement que s'il l'avait empoisonné jour après jour, mais elle, de son côté, n'a pas fait grand-chose pour l'en empêcher, mis à part de vagues protestations. Après, elle a pleuré, gémi suivant son habitude, et doublé sa dose d'antidépresseurs. Elle prend des cachets comme d'autres des cachous.

Thomas se souvenait d'une femme belle et élégante, qu'il avait vue la première fois dans une robe vert amande, une autre fois dans une tenue rose thé – toujours des teintes pastel –, nimbée d'une aura d'ennui et de grisaille. Il avait remarqué, sous l'amabilité un peu lasse, des manières lisses et une diction soignée qui l'opposaient à la rustrerie de son mari.

— Mais pourquoi restent-ils ensemble, dans ces conditions ? demanda-t-il.

Madeleine le gratifia d'une moue indécise. Malgré sa bonne volonté, Thomas demeurerait toujours à la lisière de ce qu'elle avait vécu. C'est aussi pour cela qu'elle l'aimait, pour cette forme de méconnaissance qui le rendait inapte à lui emboîter le pas dans les zones sombres et marécageuses où elle se débattait parfois.

Étranger à ces contrées, il serait là pour lui tendre la main et la hisser sur la rive en cas de besoin.

— Il existe entre eux une alchimie particulière, malsaine, destructrice, expliqua-t-elle. Ils s'accablent de reproches incessants et, même dans les moments de calme, la tension qui les habite est si forte qu'elle imprègne toute la maison. Ils sont prisonniers d'une spirale infernale dont ils ne savent comment sortir. Au fond, ils se ressemblent. Après avoir quitté Decourtieux, il y a vingt ans, ma mère est revenue au bout de six mois, parce que son amant était, disons, à l'étroit financièrement. Elle est revenue telle qu'elle était partie, avec sa valise, et moi dans le ventre.

— Pour l'argent ?

— Oui, et tout ce que ça lui procurait, que n'aurait jamais pu lui offrir son petit directeur d'agence immobilière.

— Quoi qu'il en soit, déclara Thomas, Decourtieux a toujours été très aimable avec moi.

— Bien sûr. À ses yeux, tu es l'incarnation de ce qui faisait défaut à Louis, son vivant contraire. Il lui arrive de parler de toi, toujours dans les meilleurs termes. Je suis certaine qu'il rêverait de te mettre le grappin dessus.

— Oublions-le, dit le jeune homme après avoir réglé les consommations, ce sont nos vacances.

Deux minutes plus tard, à bord de la R5, ils s'enfonçaient dans les petites routes de campagne.

Stella avait cessé d'attendre les retours de Thomas, toutefois elle lui faisait bonne figure lorsqu'ils se voyaient. Violette l'avait fait embaucher à la conserverie trois semaines en juillet, en sorte qu'elle eût un peu d'argent pour ses vacances en Bretagne.

Le dimanche, elle invitait les Lesquen à déjeuner dans son jardin. Marthe apportait le dessert, Étienne l'apéritif. À l'ombre du cerisier, le repas s'éternisait, débordait sur l'après-midi, ponctué de silences et de rêvasseries. En fait, on grignotait plus qu'on ne mangeait, l'estomac alourdi de vin cuit, de pistaches grillées et de crackers, sans compter que la chaleur méridienne n'incitait guère aux agapes. On calait au moment du dessert, sous le sourcil réprobateur de Marthe qui avait garni une pâte feuilletée maison de reines-claudes cueillies de sa main, et qui se faisait fort, elle, de terminer sa part de tarte. À la fin, on se lavait la bouche d'un grand verre d'eau fraîche et l'on passait en revue l'actualité en sirotant un café – le temps, les incendies dans le Midi, les sempiternelles rediffusions de la télé, Mitterrand qu'on accusait de changer de cap et de s'aligner sur Maastricht, les Joubert qui prévoyaient de partir à R. On n'oubliait pas de faire le point sur Raimondo pour dire le bien qu'on en pensait. Qui aurait pu présager une telle évolution de sa part ? Récemment passé chef d'atelier, il gagnait plus qu'honorablement sa vie, caquetait sa mère. Stella détournait la tête, le regard s'échappant vers les profondeurs du jardin, ou bien elle se levait de table au prétexte d'aller remplir la carafe d'eau. Violette, prenant ses invités à témoin, s'inquiétait de ne pas savoir comment sa fille allait occuper son année. Elle pouvait la faire entrer à la conserverie en attendant, certes, mais en attendant quoi ? Stella n'avait aucun projet, rien de concret en vue. L'intéressée levait les yeux au ciel, enrageant contre sa mère.

— C'est vrai, ça, renchérissait celle-ci, piquée du manque de soutien des Marthe et d'Étienne (elle n'espérait rien du côté de Thomas), tu ne vas pas passer ta vie au village !

Faute de réponse, la discussion tournait court, installant entre les deux femmes une bouderie qui ne se dissiperait pas de la journée. Quelques jours plus tard, Thomas conduisit son amie à la gare de R. où elle retrouverait Anne-Lise.

Elle avait bourré son sac à dos de vêtements et glissé sous le rabat un modèle léger de canadienne deux places. C'était la première fois qu'elle partait au loin, nantie d'une foule de conseils et de recommandations.

— Ma mère m'a fait promettre de lui téléphoner chaque jour, confia-t-elle à Thomas. On dirait que je pars à l'autre bout du monde.

— La mienne faisait pareil au début. C'est normal qu'elle s'inquiète, elle n'a que toi.

— Je sais. Je l'encourage à sortir, à rencontrer des gens, mais elle s'y refuse. Nos vivons avec des fantômes, elle dans le souvenir d'Armand et moi entre un pseudo-père et un géniteur évanoui dans la nature.

— Qu'est-ce qui te retient ? Il n'y a pas d'avenir pour toi au village. Je suis sûr que ta mère voudrait que tu partes.

— J'ai plutôt l'impression du contraire.

— À mon avis, elle craint que tu ne t'enracines dans ce trou, que tu perdes l'envie d'en sortir, que tu suives son exemple, en somme.

— Ça n'arrivera pas, crois-moi. Tôt ou tard, je partirai.

Thomas eut un peu de mal à reconnaître Anne-Lise sous les traits de la jeune fille qui vint au-devant d'eux. Elle était plus mince que dans son souvenir, plus élancée aussi. Sous l'air sérieux, les cheveux bruns coupés droit et le visage sévère, le jeune homme retrouva la même impression que lors de la petite sauterie chez Nicolas : une sorte de méfiance instinctive dans le regard doublée d'une promptitude à jauger autrui. Comme s'il s'agissait avant tout d'atteindre la vérité de l'âme, sa forme *sincère* sous le paraître et la sociabilité. Anne-Lise avait développé une aptitude remarquable à ce jeu-là, qui ne manquait jamais de surprendre Stella. Moyennant quoi, elle avait en quelques secondes une idée assez juste de qui lui faisait face. Thomas songea que l'élégance vestimentaire ne devait pas être son souci premier, toutefois, elle ne manquait pas d'allure en jean et chandail noir à manches longues, les pieds chaussés de sandales à lanières de cuir. Elle dégageait un charme curieux, intrigant, d'autant plus singulier qu'elle ne faisait pas l'effort de le cultiver. Anne-Lise était un être à part, à cheval sur deux univers inconciliables, d'où l'espèce de raideur du corps et des gestes qui témoignait de sa difficulté à trouver sa place. Le sourire qui étira ses lèvres dès qu'elle reconnut le jeune homme la rendit sinon jolie, du moins avenante. Elle ne cacha pas son plaisir de changer d'air après quelques semaines de vacances en famille. Elle se sentait à l'étroit parmi les siens, confia-t-elle avec une pointe d'amertume, ils ne parlaient plus la même langue. Ils restèrent à bavarder sur le quai en attendant l'arrivée du train. Quand, au moment du départ, Thomas se pencha pour donner l'accolade à Anne-Lise, ainsi qu'il l'avait fait à Stella, celle-ci eut un mouvement de recul et lui tendit la main. Sa poigne était ferme, presque masculine. En regardant le train s'éloigner, Thomas médita sur l'attitude énigmatique de la jeune fille. Avait-il fait ou dit quelque chose qui lui avait déplu ? Quatre ans après leur première rencontre, elle demeurait aussi indéchiffrable qu'une page blanche.

Une semaine plus tard arriva chez les Lesquen une carte postale montrant la cathédrale de Quimper sous un ciel myosotis. Au dos, quelques lignes déclaraient que tout allait bien, qu'il faisait un temps extra et que la région était magnifique. Le même jour, Violette annonça qu'elle en avait également reçu une, que Stella lui avait téléphoné, sans autre précision. Sous les yeux de Marthe, elle ne cessait de triturer la carte, hésitant entre rire et larmes, comme si ce simple rectangle de carton apportait la preuve que sa fille, après avoir échappé à on ne sait quel péril, était saine et sauve à l'autre bout du pays. Marthe se fit la remarque en l'observant qu'elle n'avait pas dû dormir beaucoup depuis le départ de sa fille et qu'elle ne dormirait probablement pas davantage avant son retour.

— Tu vois, dit-elle, tout va bien. On se fait un sang d'encre pour ces saletés de gosses, on imagine le pire et, pour finir, ils s'en sortent très bien sans nous.

Violette éclata de rire et la regarda avec gratitude.

— Oui, tu as raison, on s'inquiète trop pour eux.

Le dernier dimanche d'août, Thomas fila à la gare pour récupérer Stella, à la suite de l'appel de celle-ci l'informant de son retour. Il avisa sa silhouette parmi la foule des voyageurs descendant du Corail. Lunettes noires sur la tête, chevelure bricolée en chignon, teint hâlé et regard hésitant, elle ressemblait à n'importe quel touriste posant le pied dans une ville inconnue.

Dès qu'elle aperçut son ami, une mimique soulagée détendit son visage. Après l'avoir embrassée, Thomas s'empara de son sac à dos et s'étonna de l'absence d'Anne-Lise.

— Elle est restée à Paris. Elle doit trouver un studio avant sa rentrée en fac.

— Tu étais au courant ?

— Non, elle me l'a appris en Bretagne.

— Tant mieux pour elle. Parle-moi de tes vacances.

Ils se mêlèrent à la cohue qui s'éparpilla sur le parking. Arrivée près de la voiture, Stella s'immobilisa et descendit ses lunettes sur ses yeux.

— Allons prendre un verre, dit-elle, je meurs de soif.

Ils traversèrent le boulevard Blanqui et s'assirent à la terrasse du premier café venu. Thomas passa commande, puis étudia le visage de la jeune fille :

— Qu'est-ce qu'il y a ? demanda-t-il.

À sa façon de se cacher derrière ses verres teintés, de ne rien laisser paraître, il avait compris qu'elle avait quelque chose à lui dire, quelque chose d'important qui exigeait à la fois du courage et un peu de temps.

— Je t'écoute.

Il la vit poser les coudes sur la table, croiser les mains sous son menton et prendre une longue inspiration.

— Je ne suis pas allée en Bretagne uniquement pour faire du tourisme, commença-t-elle, j'y suis allée pour voir mon père.

— Quoi ?

— S'il te plaît, ne m'interromps pas. J'ai réussi non sans mal à retrouver sa trace. Je savais par ma mère qu'il travaillait chez Lobel quand ils se sont rencontrés, mais je ne voyais pas comment obtenir son nom et ses coordonnées. Je connais un peu Marc Lobel, qui a repris l'entreprise de son vieux, mais pas au point de lui demander d'éplucher ses registres. Quand j'ai raconté l'histoire à Raimondo, il m'a proposé son aide. Il s'entend très bien avec Luisa, la comptable de son patron qui travaille également pour Lobel. J'ignore ce qu'il lui a dit – il a dû la baratiner un peu et sortir son numéro de charme –, toujours est-il que quinze jours plus tard, j'avais le nom et l'adresse du type : Jean-Yves Le Querré, habitant à Langolen, près de Quimper. À partir de ce moment, je n'ai plus eu qu'une idée en tête : aller là-bas. Ma mère ne s'est doutée de rien, elle ne connaît du mec que son prénom.

À ce stade, la jeune fille marqua une pause et, ayant retiré ses lunettes, trempa les lèvres dans son verre. Les yeux sur la table, Thomas patientait.

— Arrivée à Quimper, je me suis précipitée à la poste pour consulter l'annuaire.

Je ne parvenais pas à croire que son nom y figurait, depuis le temps qu'il se défilait. Pourtant, il était là, parmi un tas d'autres Le Querré, et le simple fait de poser le doigt dessus, de relever son adresse et son numéro de téléphone m'a plongée dans un mélange de panique et d'exaltation. J'avais le sentiment de vivre un moment décisif, comme si le voile de ma généalogie se levait enfin. Il y avait deux adresses au nom de Le Querré, l'une qui correspondait à celle que m'avait donnée Raimondo, l'autre à celle de Jean-Yves. J'ai noté les deux numéros et j'ai composé le premier. Quelqu'un a décroché presque aussitôt et, à la voix, j'ai compris qu'il s'agissait d'un homme âgé. J'ai raccroché sans un mot, supposant que c'était son père. Je n'ai pas osé appeler l'autre numéro.

Stella garda un silence méditatif, le regard absent, subitement rappelée à ce moment d'intense émotion.

— Et ensuite ? demanda Thomas.

Elle revint à lui, effleura son visage sans le voir, reprit le fil de son récit.

— Nous sommes allées au camping, nous avons planté la tente. Je me souviens qu'il y avait une famille à côté de nous, des Vendéens, je ne sais pas pourquoi ce détail m'a frappée. Ils nous ont invitées à dîner, c'était gentil, mais j'étais tellement occupée à chercher un moyen d'entrer en contact avec Le Querré que je n'ai quasiment pas ouvert la bouche de la soirée. C'est Anne-

Lise qui, pour une fois, a fait les frais de la conversation.

— Et elle, que disait-elle de tout ça ?

— Je ne lui avais pas caché le vrai motif de notre séjour en Bretagne. Elle s'en fichait. Les états d'âme, les sentiments, les histoires de famille, ce sont des conneries à ses yeux, des cailloux dans ta chaussure destinés à t'empêcher d'avancer, selon sa formule. En somme, de l'énergie gâchée et du temps perdu.

— Hum, hum.

— Le matin, elle sautait dans un bus pour aller en ville ou à la plage... Le surlendemain de notre arrivée, j'ai fait du stop jusqu'à Langolen. Là, je me suis rendue à l'adresse, une maison cossue à la lisière du bourg. Les volets étaient ouverts, mais curieusement, elle semblait inhabitée. Je n'osais pas aller frapper à la porte. J'ai arpenté la rue pendant un moment en me demandant ce que je fichais là, à attendre quelqu'un qui était peut-être parti en vacances. À un moment donné, j'ai eu l'impression que les personnes que je croisais me regardaient bizarrement, comme si ma présence leur paraissait suspecte, alors j'ai rebroussé chemin et je suis revenue au camping. J'étais découragée et, en même temps, soulagée.

Stella s'interrompit et vida la moitié de son verre. Son regard rencontra celui de Thomas.

— Je ne t'ennuie pas ? demanda-t-elle.

— Non, tu ne m'ennuies pas, bien sûr que non !

— Allons-nous-en, je te raconterai la suite en route.

Ils gagnèrent le parking et montèrent à bord de la R5. Une fois à la périphérie de R., Thomas s'engagea sur une petite départementale au lieu de la grand-route du Thillais, afin que Stella pût reprendre tranquillement le cours de son récit. Elle avait baissé sa vitre et contemplait la campagne d'un œil rêveur, mains sagement serrées entre les genoux, cheveux au vent. Son acolyte se garda d'interrompre sa méditation. Elle le pria de faire halte quand apparut au loin le clocher de la chapelle Saint-Lyphard. Il se gara sur le bas-côté et lui offrit une cigarette, qu'elle accepta en le remerciant d'un sourire. Qui, dans son entourage, lui témoignait une telle sollicitude ? Thomas était cet ami véritable à qui elle pouvait se confier sans crainte, ce jeune homme parfait qu'elle ne cesserait jamais d'aimer. Non, parfait n'était pas le mot exact, sans quoi il l'aurait aimée pareillement. Depuis leur dernière discussion, elle s'employait à l'aimer autrement, un exercice moins ardu qu'elle ne l'aurait supposé. En Bretagne, elle n'avait presque pas pensé à lui.

— J'y suis retournée le lendemain après-midi, déclara-t-elle d'une voix monocorde. Je me suis postée en face de la maison, déterminée à attendre jusqu'à la nuit. Aux alentours de dix-neuf heures, une camionnette s'est arrêtée devant le portail et quand le conducteur est sorti du véhicule, je n'ai pas hésité une seconde. J'ai traversé la route et je me suis plantée devant lui. Jean-Yves Le Querré ? j'ai demandé. Sous la surprise, il a sursauté, puis m'a dévisagée étrangement. Je n'oublierai jamais cet instant. Aussi incroyable que ça paraisse, à travers nos regards échangés, nous nous sommes *reconnus*. Je ne peux pas expliquer le phénomène, mais c'est un fait, nous savions intimement qui nous étions l'un pour l'autre. J'étais là, devant lui, mon courage à mes pieds, et s'il m'avait ordonné de décamper, je me serais exécutée sur-le-champ. Qui êtes-vous ? a-t-il répliqué. Une ribambelle de mots a franchi mes lèvres, comme dans une bande dessinée. Il m'a fait signe de l'accompagner. Pas bavard, le gars, apparemment. On est entrés dans la maison, il y avait un salon-salle à manger d'où se dégageait une impression de froid, de vide. Une grande baie vitrée donnant sur le jardin éclairait la pièce. Tout était silencieux, d'une propreté méticuleuse. Je me suis mise à me traiter d'imbécile, à blâmer mon imprudence et à penser à des trucs affreux contre lesquels ma mère m'avait mise en garde. Pourtant, une voix m'affirmait que je n'avais rien à craindre, car bien que le mec n'ait pas répondu à ma question, je n'avais aucun doute sur son identité. Il m'a invitée à m'asseoir sur le canapé avant de s'éclipser dans la cuisine. Mon œil a été attiré par une photo sur une console montrant deux adolescents, une fille et un garçon. J'ai immédiatement compris le trouble qui avait saisi Le Querré en me voyant et qui m'a saisie à mon tour : ma ressemblance avec la fille, quoique plus jeune que moi, était stupéfiante. Mes enfants, a-t-il dit en revenant. Nous nous sommes assis face à face, un verre de tonic à la main, et nous avons parlé. Il n'a posé aucune question. Il se souvenait très bien de la jeune femme qu'il avait croisée le 14 juillet 63 au Thillais, belle, distante, dans une élégante robe rouge. En la quittant, il lui avait proposé de la revoir – il était célibataire à l'époque –, mais elle avait refusé catégoriquement, ajoutant qu'elle était mariée. Il m'a dit que j'avais de la chance, car étant en instance de divorce, il habitait dans le centre de Langolen avec sa nouvelle compagne. Il ne passait chez lui qu'une fois par semaine pour prendre des affaires. Sous peu, la maison serait mise en vente. Brusquement, j'ai réalisé qu'il n'y aurait pas de vraie rencontre entre nous. Je me suis levée pour partir et je l'ai remercié de son accueil. Il m'a accompagnée jusqu'au portail et m'a tendu la main. Quand je lui ai tendu la mienne et qu'il a vu la paume, il s'est exclamé :

— Oh, par exemple ! Ma mère avait la même chose. Elle a gardé ça jusqu'à la mort.

Je l'ai retirée, lui refusant cet unique contact entre nous, et je l'ai détesté pour ces paroles qui m'ont paru une manière de me bannir de sa vie. J'étais tellement chamboulée en regagnant le centre-ville que j'ai pris un taxi pour revenir au camping. Voilà, fin de l'histoire.

Une main sur le volant, Thomas avait écouté Stella sans broncher. Elle, que cette question de paternité hantait depuis l'enfance, affichait un calme surprenant. Le visage serein, elle semblait délestée de l'amertume qui l'animait souvent lorsqu'elle évoquait le sujet. Elle avait tiré les choses au clair, accompli la moitié du chemin vers ce père qui n'avait pas fait un pas dans sa direction. Comment l'aurait-il pu, d'ailleurs, alors qu'elle déboulait à l'improviste, qu'il ignorait son existence une heure auparavant ! Stella ne portait pas de jugement sur son attitude, elle avait eu le temps de réfléchir à tout cela en Bretagne.

— Tu ne m'as rien dit de lui, murmura Thomas, comment était-il ?

— Grand, beau, la quarantaine séduisante, l'incarnation de ce que j'avais toujours rêvé, entre un Armand de papier et une projection de mon imagination. Une image du père idéal qui a volé en éclats dès que j'ai réalisé combien il était ordinaire. Je ne lui tiens pas rigueur d'être un homme ordinaire, les gens sont ce qu'ils sont, je lui tiens rigueur d'être un père ordinaire.

— Tu le reverras ?

— Je ne crois pas, j'en ai fini de cavaler après des chimères. De ce point de vue, la confrontation avec la réalité m'a été salutaire.

7

Quand Madeleine rejoignit Thomas à Paris, ils vécurent quelques mois dans le studio de la rue d'Alésia avant de se mettre en quête d'un appartement. Fort de sa fraîche expérience d'usager des transports en commun, le jeune homme entendait simplifier ses trajets au maximum pour se rendre au travail. Aussi étudièrent-ils avec grand soin la carte du métro.

Finalement, leur choix se porta sur un trois-pièces aux Halles, ce qui leur sembla un bon compromis, la ligne au départ de Châtelet ne comptant qu'une seule correspondance jusqu'à la station Billancourt, outre qu'ils étaient idéalement situés au cœur de la capitale.

Ils emménagèrent un samedi d'avril 84, aidés d'Anthony Corbel et de Brice Ackermann, deux collègues de Thomas recrutés en même temps que lui.

L'immeuble de la rue Berger était récent, l'appartement clair et spacieux, le quatrième étage leur offrait une assez jolie vue sur les squares du Forum et l'église Saint-Eustache.

Madeleine s'acclimata facilement à sa nouvelle vie auprès de Thomas, soulagée de surcroît d'avoir quitté les Essarts. Elle avait posé le pied gare de l'Est avec pour tout bagage un sac et deux valises. À sa grande surprise, Ève s'était mise à lui téléphoner toutes les semaines, la voix éthérée que Madeleine lui avait toujours connue rehaussée d'une touche d'affliction que la jeune femme interprétait comme une manière déguisée de lui reprocher son départ. Une attitude d'autant plus étrange que l'affection et la complicité n'avaient jamais été au cœur de leurs relations. Sans doute Ève ne voyait-elle personne d'autre vers qui se tourner face à un homme qu'elle haïssait et le maigre renfort des antidépresseurs. Elle entretenait Madeleine de choses sans importance auxquelles celle-ci répondait par monosyllabes avant de raccrocher. La jeune femme n'évoquait jamais les Essarts et ses habitants, sinon quand Thomas venait à aborder le sujet.

Cela faisait plus de six mois qu'il avait entamé sa vie de cadre chez Lérins. Il se sentait comme un poisson dans l'eau au sein de ce vivier bouillonnant d'énergie et d'idées, convoquant la rigueur et l'exigence derrière une apparente décontraction. Aucun des membres du collectif (exclusivement masculin) n'était dupe de la situation de l'entreprise, d'où l'espèce de courant de fébrilité que l'on sentait passer entre eux.

Ils l'avaient intégrée en connaissance de cause, moins par appât du gain que par goût du défi. Si Lérins rémunérait correctement ses cadres (modérément en proportion de la somme de travail fournie), c'était moins que la moyenne des boîtes du secteur.

Le premier vendredi de septembre, Marc Perrugin réunit son staff dans la salle du conseil d'administration, au dernier étage des locaux. Une réunion de deux heures durant lesquelles il dressa un état des lieux sans concession, graphiques à l'appui – bilans des deux dernières années, chiffre d'affaires, endettement, etc. Tout était repris, disséqué, analysé dans un copieux dossier dont chacun se vit remettre un exemplaire, avec consigne de l'étudier en détail pendant le week-end. Le constat était rude, pour ne pas dire alarmant. Du même ton, Perrugin énonça les objectifs de la maison pour les deux prochaines années, la situation financière ne permettant pas de se projeter au-delà. Le site de Grasse, où se trouvait le laboratoire, ferait l'objet d'une restructuration incluant un plan social. On ne toucherait pas à celui d'Évreux qui abritait l'unité de production avec la mise en flacon et l'emballage, bien qu'elle tournât au ralenti. Enfin, il fallait revoir de fond en comble la stratégie marketing. La publicité, la vente et la diffusion en seraient le cœur de cible avec, selon les termes du PDG, une politique audacieuse. C'est là, précisa-t-il, qu'il attendait son équipe.

— Souvenez-vous d'une chose, vous n'êtes pas seulement des commerciaux, des cadres, des employés, vous êtes avant tout des hommes, des maris, des amants et des consommateurs. Le parfum fait – devra faire – partie de votre vie encore et surtout dès que vous sortirez d'ici. Alors, observez, humez, comparez les parfums, les *packagings*, les *designs*, respirez l'air du temps, instruisez-vous, fabriquez-vous votre propre culture. Je veux des gens polyvalents, chauffés à blanc, capables de sortir de leur pré carré pour aller fouiner dans celui des voisins. Lérins, c'est un trésor que nous avons entre les mains, conclut-il, un fleuron de la parfumerie française qu'il n'est pas question de voir disparaître ou avalé par des étrangers. Maintenant, les gars, au boulot !

Perrugin n'en était pas à son coup d'essai avec Lérins. Il avait déjà redressé deux boîtes au bord de la faillite – une dans l'alimentaire, l'autre dans la chaussure. Sa démarche consistant à sauver des entreprises (et accessoirement des dizaines d'emplois) lui valait le respect de ses homologues et la confiance des banques. Toutefois, celles-ci avaient relevé leurs conditions au motif qu'il s'attaquait à un secteur très différent de celui de l'utilitaire, le segment du parfum, basé sur l'émotion, volatil par définition, fondé sur une marque démodée et quasiment inconnue de la jeune génération, s'inscrivant en plus dans un marché français très concurrentiel et disputé par les géants du luxe. Allégations que Perrugin n'avait nullement contestées ; conscient de s'engager sur un terrain glissant, il n'écartait pas le risque de se casser la figure.

L'homme se singularisait autant par son physique de bûcheron que par la franchise dans ses relations avec autrui. Son talent reposait entre autres sur le choix de ses collaborateurs et la direction de ses équipes. L'expérience du terrain avait affûté chez lui un art quasi divinatoire de l'âme humaine. Cinq minutes d'entretien lui suffisaient à évaluer son interlocuteur, à dire si oui on non son profil correspondait à ses attentes. Sa poignée de main était ferme, son regard direct, il ne s'embarrassait pas de préambules ni de salamalecs, il allait d'emblée à l'essentiel, autrement dit à ce qui intéressait l'entreprise, le reste lui étant indifférent. D'un abord courtois, ignorant la familiarité, il entretenait avec chacun des rapports cordiaux qui ne s'éloignaient jamais du champ professionnel. Ceci étant, on sentait chez lui quelque chose de féroce, d'implacable, sa bienveillance s'arrêtait à un point au-delà duquel il valait mieux ne pas le *chercher*. On savait qu'il habitait à Versailles, qu'il était marié à Marika Deenvers, d'origine suédoise et ancienne gloire lyrique des années 60.

À ce stade précoce de son itinéraire professionnel, Thomas n'avait pas de plan de carrière défini, mais il avait l'ambition de réussir, quel que soit le sens que revêtait ce terme, prêt à donner le meilleur de lui-même et, en cela, les arguments de Lefort l'avaient convaincu qu'œuvrer aux côtés de Perrugin constituait un formidable challenge.

Il s'agissait dès à présent de « monter au créneau », tout devait être prêt pour le lancement du prochain féminin auquel travaillait l'équipe de Grasse depuis un an, baptisé $\mathcal{L}$ (jouant sur la sonorité et l'initiale de la marque). Pour ce faire, Perrugin s'était alloué les talents d'Henri-Michel Koenig, l'un des plus fameux nez d'Hermès et d'Yves Saint-Laurent. Koenig avait créé un jus destiné aux femmes de moins de quarante ans, utilisant les codes olfactifs en vogue sublimés par des notes marines plus spécifiques des masculins, voué à renforcer la singularité de Lérins. Un pari audacieux né d'une longue concertation entre les deux hommes et Anne Berthon, responsable historique du laboratoire de Grasse.

Tôt le matin, attaché-case en main, Thomas sautait dans une rame, saisissant avec une pointe d'amusement son reflet de jeune cadre dynamique dans la vitre du wagon. Il avait fait siens les nouveaux codes du monde de l'entreprise, tenue vestimentaire rompant avec le style guindé des années 70, langage truffé d'anglicismes, relations professionnelles débarrassées du vernis protocolaire. Tout cela faisait partie de la panoplie qu'on lui avait inculquée à HEC et qu'il mettait à profit à l'instar de ses jeunes collègues.

Quand il distinguait sa silhouette dans le métro fonçant vers Boulogne-Billancourt, il ne reconnaissait rien de l'adolescent qu'il avait été.

En quittant le village, il avait troqué un monde pour un autre monde où l'attendait son destin. Lérins constituait la première étape d'une épopée fabuleuse qui le propulserait au sommet de la réussite, sur le podium des *winners*. Il possédait la flamme, les compétences, il ne lui déplaisait pas de se voir sous les traits d'un nouvel Icare, mais un Icare suffisamment avisé pour ne pas se brûler les ailes, lui.

Sur place, il faisait équipe avec Brice et Anthony. À l'étage en dessous travaillaient Arnaud, Kévin, Léo et Damien, recrutés quelques mois plus tôt. Leurs journées s'écoulaient fébrilement entre concertations, coups de fil, études de dossiers pour la mise en forme du projet qu'ils auraient à présenter bientôt. Leur temps était compté, la tâche complexe, Perrugin les avait prévenus :

— Il ne s'agit pas de faire du neuf avec du vieux. Notre future création est investie d'un double objectif, à savoir se positionner parmi les *premiums* du secteur et rendre à la marque, non pas ses lettres de noblesse, qui sont irréfutables, mais sa visibilité. D'ordinaire, c'est la marque qui porte le produit, là, c'est le contraire. Vous allez devoir vous creuser les méninges pour ne pas rater notre cible.

Tâche aussi grisante qu'ardue à laquelle s'étaient attelés les trois hommes, éreintant les dossiers, passant au crible la stratégie *marketing* des concurrents, croisant les tuyaux transmis par leurs différents réseaux, fouillant les archives de la maison pour en saisir l'esprit. Tout ça sous l'œil de Lefort. Ils quittaient le siège bien après que l'équipe de ménage eut pris son service à dix-neuf heures. Thomas filait au métro Billancourt ou trottait jusqu'à Marcel Sembat, histoire de se purger du trop-plein d'énergie emmagasinée au long des heures. Il sortait rarement de la station Châtelet avant vingt heures.

Derrière la porte de l'appartement l'attendait Madeleine, assise en tailleur sur le canapé, un œil sur la télé ou un ouvrage d'art entre les mains. Les jours où elle travaillait, il n'était pas rare qu'elle rentrât aussi tard que lui.

En arrivant à Paris, elle s'était inscrite à l'École du Louvre, où elle avait sympathisé avec Nadia. Après les cours, les deux femmes flânaient jusqu'à l'île de la Cité et, une fois franchi le pont Saint-Michel, s'arrêtaient dans un salon de thé du Quartier latin. Nadia regagnait ensuite le 18e où elle vivait avec Georges, fonctionnaire aux impôts en attente de sa mutation dans les Landes. Nadia annonça un jour à Madeleine qu'il l'avait enfin obtenue, qu'ils allaient partir en mars. Elle évoqua le nom d'Alexi Korma, dans la galerie duquel elle travaillait trois jours par semaine, proposa de le lui présenter. La renommée de Korma s'était construite dans les années 70 en misant sur la peinture sud-américaine, essentiellement brésilienne, avant qu'elle fût à la mode. Sa galerie exposait des toiles, des céramiques et quelques somptueuses pièces d'orfèvrerie. Deux fois par an, il s'envolait pour Rio, où il sélectionnait des œuvres d'artistes auxquels il était fidèle, ses « valeurs sûres », puis se mettait en quête de nouveaux talents. Moins qu'un style, son œil visait des toiles combinant les tons et la chaleur d'un Gauguin aux vibrations d'un Cézanne. C'était ce goût très sûr qui assurait le succès de sa galerie depuis plus de trois décennies.

Un jour de janvier, Nadia présenta Madeleine à Korma, vieil homme raffiné au crâne dégarni couronné d'une chevelure hirsute. Il lui tendit une main noueuse et parcheminée, agitée d'un léger tremblement. Au premier coup d'œil, il décela en elle une personne fine, intuitive, assez différente des femmes (toujours des femmes, qu'il jugeait plus aptes à ce genre d'emploi) qui s'étaient succédé dans sa galerie. Sous les cimaises s'alignaient des toiles de différents formats, aux teintes vives, brutes, minérales dont l'harmonie – en dépit des compositions et des signatures différentes –, rehaussée par la blancheur des murs, sautait aux yeux des visiteurs. Dès février, Madeleine se rendit les mardis, jeudis et vendredis rue des Saints-Pères, Korma se réservant les mercredis et samedis, jours attitrés de sa clientèle d'habitués. D'une rigueur extrême, il exigea qu'elle fût irréprochable dans tous ses domaines d'intervention, à savoir l'accueil du client, le langage à employer et celui à bannir, la parfaite connaissance tant picturale que biographique des peintres exposés, les modalités d'acquisition, de paiement et de livraison des œuvres, insista pour finir sur la tenue vestimentaire (le jean était interdit) et la présentation générale.

— L'art est l'une des choses les plus sérieuses au monde, mon petit, articula-t-il en frottant les r. Quiconque n'a jamais frémi à la vue de *L'Ange au Sourire* de Reims, versé une larme devant une fresque de Ghirlandaio ou *Les Noces de Cana* de Véronèse, est amputé d'une part de son humanité.

Le soir même, Madeleine rapporta à Thomas les propos de Korma, qui firent écho à ce que son savoir tout neuf en matière de parfum lui inspirait.

Ce n'était pas un produit comme un autre, il ne résultait pas simplement de l'assemblage de molécules étiquetées sous des noms aussi poétiques que *linalool, geraniol, coumarin* ou *citronellol*, il était le fruit d'une longue et savante recherche, d'une composition subtile, délicate, touchée et retouchée durant des mois par un nez que la sensibilité olfactive, la science des odeurs et l'expérience plaçaient à l'égal du peintre ou du sculpteur.

— Autrement dit, tu vas garder cet emploi ? demanda-t-il à Madeleine.

— Oui. Korma n'est pas n'importe qui sur le marché de l'art parisien. Travailler pour quelqu'un comme lui représente une chance que j'aurais tort de refuser, d'autant que le contact entre nous est bien passé.

— J'en suis heureux. Je craignais que tu ne t'ennuies un peu, entre tes cours et mes longues journées.

Elle répondit par un sourire assorti d'un haussement des sourcils. S'ennuyer ? Non, Madeleine ne s'ennuyait pas, Paris était une source d'inspiration et de découverte inépuisable. Après les Essarts, où elle n'avait jamais trouvé sa place, elle se sentait heureuse, encore que ce mot lui parût imprécis pour définir ce qu'elle éprouvait. Non, heureuse ne convenait pas vraiment, car elle était souvent traversée par de vives émotions, tel un kaléidoscope de couleurs d'intensité variable, qui surgissaient à l'improviste. Ce n'était pas toujours agréable, loin de là, mais elle les accueillait, ces émotions qui avaient partie liée avec son passé, comme la manifestation d'une délivrance, le signe d'un travail à l'œuvre dont il lui fallait s'acquitter. Seule, elle se serait peut-être égarée dans ce dédale sans fin, mais heureusement, il y avait Thomas qui, en l'attirant à lui, ramenait chaque chose à sa juste dimension. Elle ne savait pas au juste pourquoi elle l'aimait – ces questions-là sont souvent muettes –, mais ce dont elle était sûre, c'est qu'elle avait un besoin éperdu de lui, de sa force, de cette espèce de sérénité qui apaisait ses tempêtes intérieures.

Le mot bonheur lui semblait entaché de ridicule, elle ne l'utilisait jamais, ce qu'il décrivait appartenait selon elle à un état d'apesanteur propre à la fiction, quelque chose de figé ignorant de la réalité. Pourtant, il arrivait, quand elle s'éveillait au creux de la nuit avec le sentiment de sécurité que procure le contact du corps de l'autre – ce sentiment de sécurité longtemps refusé –, que ce mot glissât entre ses lèvres.

8

C'est à Brice que revint la palme de génie de la semaine en proposant Cécile Manguin comme nouvelle égérie de Lérins, après que l'équipe eut échoué à extraire un nom du milieu de la mode et du cinéma. Passé un instant d'hésitation, la proposition de Brice emporta l'adhésion générale.

La jeune navigatrice s'était récemment illustrée avec un tour du globe en solitaire sans escale, prouesse unanimement saluée qui la hissait au rang des grandes figures de l'aventure féminine. Pour nombre de jeunes femmes, elle incarnait une forme d'idéal en termes de courage, d'indépendance et de savoir-faire. De plus, c'était une très jolie fille doublée d'une nature heureuse, deux traits non négligeables en l'occurrence. Son exploit avait été largement relayé dans la presse et les médias, tout le monde ou presque connaissait son visage. Son nom n'était pas venu par hasard aux lèvres de Brice. Originaire du Croisic, il avait fréquenté le même lycée que Manguin, qu'il déclara modestement connaître *un peu*. Contactée par lui, la jeune fille, à court de financement pour son prochain projet, sauta sur l'occasion. Il y eut un premier *shooting* dix jours plus tard au studio Lacaze dans le 17e arrondissement, un second, très concluant – en plus d'être belle, Manguin était vraiment photogénique. La campagne publicitaire fut confiée à l'agence Champ-Libre sur les Champs-Élysées. Le début de juin fut consacré à composer les dossiers de presse, à renouer le contact avec les dépositaires, à organiser le lancement de la campagne publicitaire prévue en septembre. Le siège de Boulogne-Billancourt était en proie à un sentiment d'urgence, on frémissait d'impatience, on touchait au but. Au milieu de l'effervescence, Perrugin affichait un calme remarquable.

— Ne vous attendez pas à engranger des résultats à la rentrée, prévint-il. Il faudra compter six mois minimum pour tirer un premier bilan. En rodant le public à notre nouveauté dès septembre, il sera prêt pour les fêtes de fin d'année, qui constituent le plus gros des ventes, quatre mois qui ne seront pas de tout repos.

D'ici là, il y avait juillet et août, que l'on envisageait comme une aire de faux calme, un entre-deux soumis à la rotation des congés limités à quinze jours, en sorte d'empêcher le syndrome du « décrochage » estival.

Thomas ne fut pas fâché de boucler la porte de son bureau le dernier jour de juillet. Depuis presque un an, il s'était accordé peu de loisirs, réservant son temps libre à Madeleine. Le lendemain matin, ils prirent le train pour R., où Étienne les accueillit tout sourire. Père et fils ne s'étaient pas vus depuis septembre, et la première chose que remarqua Thomas fut ses tempes grisonnantes. Malgré l'âge, demeurait vissée en eux l'affection des premières années qui s'exprimait dans une étreinte silencieuse, presque une empoignade qui les gardait serrés une minute ou deux. Après quoi, Étienne embrassa Madeleine avec chaleur et s'empara de son sac : il avait toujours aimé Madeleine. Au sortir de la gare, Thomas nota de nombreuses transformations dans la ville – réfection des rues, ravalement des façades, allées piétonnes, ouverture d'une ligne de tram –, telle une prétention à s'inscrire dans la modernité en se dépouillant de ses frusques de vieille cité provinciale.

— La municipalité a bénéficié de subventions régionales et européennes, précisa Étienne comme s'il lisait dans ses pensées. Les jeunes continuent de ficher le camp faute de travail, mais les gens ont l'air contents, ajouta-t-il laconiquement.

En route, il leur confia que les Joubert avaient emménagé à R., que les Rizzoli envisageaient de faire de même pour se rapprocher de Raimondo. Bref, le village n'avait plus de village que le nom, y résidaient encore Violette, Marthe et lui.

— Sans mômes, ça fait vide, regretta-t-il.
— Et Stella ? s'enquit Thomas.
— Elle est en couple avec Raimondo.

En entendant la voiture, Marthe se précipita dehors, main en visière et sourire légèrement crispé. Elle était vêtue d'une longue robe anthracite boutonnée devant qui affinait sa silhouette et la rajeunissait. Toutefois, Thomas constata qu'elle s'était un peu tassée au cours de l'année. Elle l'embrassa avec l'espèce de brusquerie qu'elle lui réservait toujours afin de maîtriser son émotion. En cela, elle se distinguait d'Étienne, elle n'était pas moins aimante, mais des deux, c'était lui le plus doux. Puis elle donna l'accolade à Madeleine, juste ce qu'il fallait. Elle avait rafraîchi la chambre de Thomas, orné son bureau d'un bouquet de roses, parfumé l'air de brins de lavande.

Le soir, ils dînèrent dehors dans des odeurs d'herbe sèche et de terre chaude. Étienne avait invité Violette, laquelle avait décliné l'invitation au motif qu'ils devaient avoir des tas de choses à se raconter. Le fait est que la vie parisienne fournissait matière à discussion, non compris le travail de Thomas et de Madeleine. Marthe observait son fils, les marques de fatigue sous ses yeux, sa main négligemment posée sur le genou de la jeune femme tandis qu'ils buvaient leur café. Elle s'en voulait un peu de ne pas mieux l'aimer, cette fille, de lui refuser l'affection montrant qu'elle l'acceptait, qu'elle se réjouissait même de la voir avec Thomas, elle le regrettait d'autant plus que ce n'était rien de dire qu'ils s'aimaient à la folie. Son fils s'apercevait-il de sa distance à l'égard de sa compagne ? Sans aucun doute, futé comme il était, mais il ne laissait rien paraître. Elle se promit de faire des efforts, au moins pour lui.

— Irez-vous aux Essarts ? demanda-t-elle sans préciser à qui s'adressait la question (elle persistait à vouvoyer Madeleine).

— Oui, dit Thomas, nous sommes invités à déjeuner dimanche.

Il se levait de bonne heure pour profiter de la fraîcheur matinale et allait courir dans la campagne, ainsi qu'il le faisait chaque dimanche avec Brice sur les quais de la Seine. À son retour, il montait prendre une douche avant de faire un détour dans sa chambre, où on l'entendait rire et chuchoter avec Madeleine, puis il rejoignait ses parents dans la cuisine. Presque à leur insu, l'habitude leur était venue de parler à mi-voix par égard pour la jeune femme, qui se manifestait rarement avant onze heures.

Ils petit-déjeunaient au rythme d'autrefois, quand ils n'étaient que tous les trois. À un moment donné, Madeleine était là, en robe d'été si fluide et légère que c'en était presque indécent. Elle ânonnait un bonjour en réprimant un bâillement, se préparait un thé puis, s'asseyant près de Thomas, elle s'emparait de sa main, posait la tête sur son épaule et fermait les yeux, comme s'ils étaient seuls au monde. Malgré elle, Marthe se raidissait un peu, jetant un coup d'œil en biais sur le décolleté si profond qu'on ne pouvait pas ne pas voir ses seins nus sous le tissu. Et puis cette habitude de se dénuder les jambes jusqu'à mi-cuisses, quand même ! C'était une façon de se comporter chez les gens, ça, à la vue de tous ? Au fond, Marthe ne reprochait rien à Madeleine, sinon qu'elle ne correspondait pas à ce qu'elle aurait voulu pour son fils. Elle était belle, certes, d'une beauté supérieure à celle de beaucoup d'autres filles, ce n'était pas cela qui embêtait Marthe, mais cette espèce de trouble qui surgissait parfois dans son regard, qui échappait à Thomas, forcément, amoureux comme il était. Il fallait être une femme pour voir cela, même Étienne, qui détaillait tout mieux que personne, même lui, elle en était sûre, ne le remarquait pas.

Après déjeuner, il leur laissait la voiture. On les regardait filer, vitres ouvertes, musique à fond, sur la route du Thillais, où les attendaient des potes en compagnie desquels ils allaient piquer une tête au plan d'eau. Quand ils rentraient, on passait à table. Violette se joignit à eux deux ou trois fois. Étienne remplissait les verres de vin doux et savourait cet instant en faisant tourner le contenu de son verre entre ses doigts. C'était le moment de la journée qu'il préférait, quand le spectacle de son fils heureux avec Madeleine rejaillissait sur lui. Il avait pris ses vacances en août pour profiter de leur présence. Il les aimait, sans la réticence qui sourdait des paroles de Marthe à l'endroit de la jeune femme.

— Ils sont heureux, s'agaçait-il, ça ne te suffit pas ?

Un soir, alors qu'ils achevaient de dîner, Stella apparut à la porte du jardin. Thomas, en l'apercevant dans la pénombre, ne la reconnut pas tout de suite. Ses cheveux tombaient à présent en boucles sur ses épaules, sa silhouette en jean et chemisier s'était élancée, mais ce qui tranchait en premier sur la Stella de l'année passée, c'était une espèce d'assurance, de sérénité que le jeune homme ne lui connaissait pas.

— Ma mère m'a dit que vous étiez là, dit-elle en faisant un tour de table pour saluer chacun (Thomas lui sut gré de ce *vous* destiné aussi à Madeleine), alors j'ai accouru pour être sûre de ne pas vous rater.

Elle tira une chaise et s'assit parmi eux tandis que Marthe déposait devant elle une part de gâteau qu'elle refusa. Son plaisir de voir Thomas – et Madeleine, dans une moindre mesure – était manifeste. Lui la regardait pareillement, étudiait son visage, ses épaules, sa poitrine, découvrant à d'infimes détails combien elle avait changé. Rapidement, la conversation tourna au dialogue entre eux. Marthe se redressa et entreprit de débarrasser la table, un sourire entendu aux lèvres. Est-ce que ça ne crevait pas les yeux qu'ils étaient faits l'un pour l'autre ? Madeleine et Étienne quittèrent la table à leur tour, laissant Stella et Thomas à leur tête-à-tête.

— Mon père m'a dit que tu vivais à R. avec Raimondo.

— Oui, depuis six mois, on a loué un appartement. Ray a l'intention d'ouvrir un garage, il est sur une affaire. Ça devrait se concrétiser bientôt.

— C'est génial ! Et toi, dans tout ça ?

— Je prends des cours d'informatique et de comptabilité, il voudrait que je travaille avec lui.

— Ça te plaît ?

— Beaucoup. J'ai un peu hésité au départ, le secrétariat, c'est un truc auquel je n'avais jamais pensé, et puis je me suis dit qu'il était temps que je fasse quelque chose de ma vie. J'aurai un métier, je verrai du monde…

— Tu es heureuse ?

— Oui, répondit-elle sans l'ombre d'une hésitation. Plus heureuse que je ne l'ai jamais été.

Ils bavardèrent jusque tard dans la nuit. Au moment de se séparer, Thomas saisit la main de la jeune femme et la garda dans les siennes quelques instants.

— Je suis content pour toi, vraiment content.

— Tu sais, j'ai compris beaucoup de choses depuis un an, des choses que j'ai fini par accepter. Disons que j'ai grandi.

En franchissant la grille de la propriété au volant de la R5, Thomas se fit la remarque que son histoire avec Madeleine remontait déjà à six ans. À côté de lui, celle-ci s'efforçait de contenir sa nervosité. Elle n'avait pas vu ses parents depuis presque un an, mais ne semblait nullement pressée de les revoir.

Thomas avait téléphoné avant leur départ de Paris à Philippe Decourtieux qui les avait invités à un déjeuner « en famille », terme sur le sens duquel le jeune homme avait préféré ne pas s'appesantir. Ève les accueillit avec un sourire éteint, égale à elle-même, c'est-à-dire pâle et détachée, un peu plus amaigrie peut-être, tandis que Decourtieux paraissait au meilleur de sa forme. Sans doute était-ce le plaisir de revoir Thomas qui le mettait de si bonne humeur, car il le reçut avec un large sourire et le serra dans ses bras comme une vieille connaissance avant de formuler un vague bonjour à Madeleine. L'employée de maison avait dressé la table dehors, une bonne idée, jugea Thomas, qui gardait un souvenir pénible de sa première visite. Ils déjeunèrent à l'ombre d'un magnifique érable du Japon, les deux hommes animant l'essentiel de la conversation. Decourtieux informa Thomas que Christiane, sa mère, était décédée trois ans plus tôt (ce qu'il avait appris de la bouche de Madeleine), et qu'elle laissait un grand vide dans la maison, précisa-t-il avec un soupir ému. Il avait vieilli, ses cheveux s'étaient clairsemés, on voyait le rosé du crâne tandis qu'il dégustait son homard à l'armoricaine. Près de lui, Ève picorait dans son assiette sans se départir d'un demi-sourire appuyé de petits hochements de tête censés traduire l'intérêt qu'elle prenait à l'écouter, mais son manque de conviction était tel qu'elle échouait à masquer l'ennui que lui causait ce déjeuner. Régulièrement, ses mains fines se posaient de chaque côté de son assiette et, du pouce, elle jouait avec le chaton de la bague ornant son annulaire droit.

Après le café, Decourtieux entraîna Thomas dans le parc, laissant la mère et la fille dans un silencieux face-à-face. Le hasard les guida jusqu'à l'endroit précis où l'avait conduit Louis douze ans plus tôt. Decourtieux marchait d'un pas lourd (il avait encore grossi), les mains dans les poches de son blazer, mais son regard n'avait rien perdu de son acuité.

— Je suis content de te voir, dit-il, les yeux sur l'horizon, j'aurais été déçu que tu ne viennes pas… Avant que tu ne repartes, il faut que tu entendes ce que j'ai à te dire. *Primo*, je n'ai pas perdu l'espoir de te voir travailler un jour avec moi. Je ne t'apprends rien, tu l'as toujours su. *Secundo*, tu n'ignores pas que je n'ai pas d'héritier et que si tu épouses Madeleine, tu entreras dans la famille, avec ce que ça implique. Autrement dit, le moment venu, c'est toi qui prendras la tête de « Decourtieux Cartonnages ». Le parfum, Paris, tout ça, c'est très bien, mais réfléchis à ce que tu aurais à gagner en travaillant ici.

Le silence se referma sur ces derniers mots et, durant un instant, on n'entendit que le crissement du gravier sous le pas des deux hommes.

— Je ne ferme aucune porte, répondit Thomas posément, et je vous remercie de votre proposition, mais en l'état actuel des choses, je ne peux pas rêver meilleur poste que celui que j'occupe chez Lérins.

— Tu sais, insista Decourtieux, je suis quinquagénaire et mon état de santé n'est pas très bon. Il n'est pas trop tôt pour me préoccuper de ma succession.

— Enfin, Philippe, est-ce que vous n'avez pas tendance à noircir le tableau ? De ce que j'en sais, votre entreprise se porte mieux que jamais et vous êtes bien entouré.

— Tu parles de mes cadres ? Pas suffisamment investis, en tout cas pas comme toi. Ils enfilent un costume soldé Armand Thiery, et ça leur suffit pour se croire irrésistibles. Ce ne sont pas de mauvais bougres, remarque, ils font le job, mais ça manque d'envergure, ça manque d'ambition. À dix-huit heures tapantes, ils sont dans leur bagnole pour rejoindre leur pavillon à la périphérie de R. où les attendent femme et enfants. Tu vois le profil ? C'est pas comme ça qu'on gagne.

Il marqua une pause et, faisant face à Thomas, le fixa intensément.

— Je ne devrais peut-être pas te dire ça, je ne l'ai jamais dit à personne, mais il faut que ça sorte, parce que ça m'empoisonne… Je n'ai jamais aimé Louis, je ne l'aimais déjà pas au berceau, quand je l'entendais brailler la nuit. Je jugeais que ce n'était pas important, l'amour filial, l'important étant qu'il me succède un jour, parce que l'entreprise, tu le sais, c'est toute ma vie. La première fois que je t'ai rencontré – en 72, tu te souviens ? –, j'ai été frappé par l'évidence, tu étais l'antithèse de Louis, exactement ce que j'aurais voulu qu'il soit. Jusque-là, j'avais feint de croire qu'il changerait en grandissant. À cet instant, j'ai compris pourquoi je ne l'aimais pas : il était mon vivant portrait et il avait peur de moi. Toi, tu n'as jamais eu peur de moi. Pour autant, je ne lui souhaitais pas de mal. Certains jours, il m'arrive de regretter qu'il… bref, je ne voulais pas ça.

L'homme n'acheva pas. Il baissa les paupières et les traits de son visage s'affaissèrent. Un voile de sueur huilait son front, ses joues avaient pris une teinte cireuse. Thomas laissa filer quelques secondes avant de répliquer sèchement :

— J'en suis sûr, toutefois, vous n'avez rien fait pour l'aider.

En croyant toucher le cœur de Thomas, Decourtieux avait espéré un peu de compassion, pas une répartie de cette nature. Sur le coup, il eut un imperceptible froncement de sourcils et sa bouche se pinça. Qui d'autre dans son entourage s'autorisait à lui parler ainsi ? Cependant, la réponse de Thomas n'était pas dénuée d'une justesse que l'intéressé, passé un premier mouvement d'humeur, apprécia en ce qu'elle témoignait d'un caractère plus affirmé qu'il ne l'avait supposé, un caractère qui, avec la maturité, se parerait des vertus du dirigeant d'entreprise tel que lui, Decourtieux, le concevait : rude à la tâche, déterminé, exigeant, maître de ses décisions. Sous peu, Thomas serait prêt à prendre la relève. Certes, il n'avait pas achevé sa mue, mais Decourtieux devinait chez lui une ambition qui ne demandait qu'à se déployer.

— C'est ce que je me dis parfois, conclut-il.

Puis, comme s'il voulait alléger la gravité de ses paroles, il émit un gloussement saugrenu assorti d'un hochement de tête. En une fraction de seconde, Decourtieux avait recomposé sa carapace, songeant qu'il venait peut-être de compromettre ses chances de rallier Thomas à ses vues en lui révélant une face haïssable de sa personnalité, mais balaya ses doutes en se disant que ce garçon était incapable de haïr qui que ce soit.

Dès que la voiture eut quitté la propriété, Madeleine se mit à pleurer si violemment que Thomas s'arrêta et la prit dans ses bras.

— Raconte-moi ce qui s'est passé.

La tête au creux de son épaule, elle sanglotait sur une douleur ancienne, si puissante qu'elle en était effrayée. À Paris, au moins, elle avait le pouvoir de la tenir à distance. Son compagnon attendit qu'elle se calme, sa main caressant son dos. Jamais encore il ne l'avait vue si bouleversée.

— Je ne veux plus jamais remettre les pieds là-bas, dit-elle après un hoquet. On a bavardé un peu, Ève et moi (Madeleine n'appelait jamais sa mère autrement que par son prénom), et au fil de la conversation, elle s'est laissé aller à quelques confidences. Elle dit qu'il est plus gentil avec elle, qu'ils vont de temps en temps au restaurant ou au cinéma. Ils me font peur, tous les deux, aussi fous l'un que l'autre. Tu l'as vue, elle ? C'est un spectre, elle ne tient qu'à coups de psychotropes. Je suis terrifiée à l'idée de vieillir comme elle, de finir par lui ressembler. Comment ai-je pu rester si longtemps avec eux ? Comment peut-on se sentir étranger à ce point à sa propre famille ?

Thomas n'avait pas les réponses aux questions de Madeleine, mais il fit de son mieux.

— Tu ne vieilliras pas comme elle, je te le promets, parce que nous sommes différents, parce que nous sommes ensemble.

Il ne révéla rien de l'entrevue qu'il avait eue avec Decourtieux, rien non plus de ce que ce dernier lui avait confié à propos de Louis ni de la désinvolture avec laquelle il avait clos l'entretien.

Il voyait plus clair en cet homme qui lui avait toujours témoigné de l'affection, qui nourrissait l'espoir de le voir intégrer l'entreprise, se demandant s'il le voulait à ses côtés pour mettre à profit ses compétences ou pour incarner son rêve avorté de fils idéal. Dans un cas comme dans l'autre, Thomas eut la certitude que dès qu'il répondrait à sa demande, Decourtieux le traiterait avec un mépris égal à celui qu'il manifestait à autrui.

9

La campagne publicitaire débuta le 10 septembre, conformément au calendrier établi par Perrugin.

— Inutile de se précipiter, avait-il déclaré fin août après avoir réuni son staff. Début septembre, les gens ont repris le travail, mais ils ont encore la tête en vacances, des problèmes de fric, à quoi s'ajoute la rentrée scolaire. Ils ont besoin de temps pour se remettre dans le bain. À compter du 10, on attaque avec un gros coup de projecteur : *Paris-Match, Elle, Madame Figaro*, une page entière dans l'édition week-end du *Monde* et du *Figaro,* voilà pour la presse papier ; côté public, panneaux JCDecaux, abribus, métro et RER jusqu'à la fin du mois dans Paris et la banlieue ainsi que dans les dix plus grandes villes de France, le temps que notre image imprime les rétines.

— Rien dans les aéroports ? demanda quelqu'un.

— Non, notre budget publicitaire nous l'interdit, moyennant quoi on se cale sur la clientèle hexagonale… On renouvelle l'opération à la mi-novembre afin de rafraîchir les mémoires jusqu'aux fêtes de fin d'année. Je sais que mi-novembre, c'est un peu court, mais nous sommes contraints de modérer nos ambitions. De toute façon, il ne faut pas s'attendre à des résultats faramineux. Ce qu'on entreprend, vous le savez, c'est un travail de longue haleine.

Lefort, assis à côté de Perrugin, approuvait de la tête, les paupières lourdes et la mine terne. Il avait différé ses vacances après que Perrugin eut avancé son entrevue avec Koenig et Anne Berthon, afin de planifier la mise en œuvre du projet 2, à savoir un parfum masculin, ce que la marque, campant sur ses positions, s'était toujours refusée à faire. Lefort avait admirablement assuré l'intérim, néanmoins on observait chez lui par moments un certain flottement, en particulier après le déjeuner. De temps à autre, ses yeux se posaient rêveusement sur une grande affiche fixée au mur révélant un visage féminin légèrement tourné vers la droite, le regard d'un bleu magnétique fixé dans le lointain, un imperceptible sourire aux lèvres. La chevelure blond clair dégageait le cou et les épaules par un savant décoiffé. Nul ne pouvait ignorer qu'il s'agissait de Cécile Manguin, sublimée par un visagiste de chez *Carita*. En retrait, le ciel bleu cobalt s'opposait à la mer émeraude dans un contraste visant à accentuer le côté tonique et volontaire de la jeune femme. Enfin, l'angle gauche de l'affiche présentait le flacon de parfum associé au slogan « *L*, parfum d'aventure » souligné du monogramme de la marque spécialement rafraîchi pour la circonstance. Le visage de Manguin reflétait un mélange de douceur et de détermination tandis que le décor suggérait la chaleur des tropiques. La photo, contrairement à ce qu'elle laissait supposer, avait été prise aux Glénan, les recadrages et la composition réalisés à Paris. Le résultat était moderne, naturel, classieux. Perrugin avait refusé trois maquettes, qu'il avait jugées trop conventionnelles, mais au bout du compte, Champ-Libre avait fait du bon travail, tout le monde en convenait. Manguin, avec sa jeunesse et son éclat, figurait une admirable ambassadrice de la marque. En ce début d'automne, son visage radieux sur fond océanique exposé partout défraya la morosité de la capitale. La presse féminine salua le renouveau d'une marque « presque oubliée », qu'elle loua pour le choix de son modèle, symbole de la jeune génération. Le *Figaro* économi*e* consacra sa une à Marc Perrugin sous forme d'un long entretien dans lequel il présenta les grandes lignes de son plan de redressement, affirmant son ambition de voir Lérins regagner le premier rang de la parfumerie française. En d'autres termes, la prose des médias fut à la hauteur de ce que l'on espérait. Une légère excitation se répandit dans les bureaux de Boulogne-Billancourt.

Chaque fois que Thomas apercevait le visage de Manguin dans le métro ou au détour d'une rue, il songeait avec fierté que ce qu'il avait sous les yeux était le premier jalon d'un périple filant vers le succès. Il était heureux de s'inscrire dans une histoire singulière, de faire corps avec une maison dont la remise à flot exigerait du temps, de l'imagination, du talent, mais qui finirait par récolter le fruit de ses efforts. Il avait confiance en Perrugin, il le savait féroce, ambitieux, résolu à ne pas perdre, capable de soulever des montagnes pour parvenir à ses fins. Si sa vie parisienne répondait à ses vœux, il s'interrogeait toutefois sur ce qu'elle serait dans quelques années. Lérins constituait un terrain d'expérimentation unique qu'il saurait négocier le moment venu, car viendrait forcément un jour où il désirerait changer d'horizon.

Quant à Madeleine, elle savourait son existence au jour le jour entre Thomas, la galerie et leurs amis. Elle ne s'était jamais sentie si bien, en paix avec elle-même, près de l'homme qu'elle aimait. Ève continuait de l'appeler à intervalles réguliers, de sa petite voix quémandant un peu de reconnaissance. Madeleine l'entendait ressasser des thèmes qu'elle creusait jusqu'à l'épuisement, tournant autour des affaires domestiques et de sa garde-robe, attendu que sa vie se résumait à cela. Elle passait sous silence le nom de Decourtieux, un silence qui en disait long sur sa solitude et la nature de leurs relations. Loin des Essarts, un semblant de compassion s'était substitué au ressentiment de Madeleine, mais l'écart entre la mère et la fille était si large et si ancien qu'il condamnait d'avance tout embryon de complicité ou de tendresse. Pourtant, n'était-ce pas ce que réclamait Ève, se demandait la jeune femme, quand elle téléphonait pour ne rien dire au seul être humain avec qui elle eût encore un lien ? Après avoir raccroché, s'ensuivait un moment de confusion qui replongeait Madeleine dans son passé. Tout ce qui précédait son arrivée à Paris, à l'exception de sa rencontre avec Thomas, lui paraissait irréel.

Elle se rappelait ses années de collège où, à travers les confidences échangées entre copines, s'esquissaient des vies de familles totalement opposées à la sienne. Elle s'était rendu compte que les choses ne tournaient pas rond aux Essarts, mais elle n'avait eu jusque-là aucun point de comparaison, aucune idée de ce qu'était la norme. Elle avait réalisé que la violence n'était pas consubstantielle aux relations familiales (les Lesquen en étaient l'éclatante illustration), que le mal-être qui la hantait depuis l'enfance puisait ailleurs que dans son for intérieur. À partir de ce moment, elle s'était écartée le plus possible d'Ève et de Decourtieux en sorte de se soustraire au climat toxique qui infectait la maison et, à l'aune du constat terrible qu'elle avait porté sur eux, elle avait reconsidéré le suicide de Louis.

Qui sait ce qu'elle-même aurait fait, déboussolée comme elle l'était, s'interrogeait-elle, si Thomas n'avait pas fait irruption sur sa route ? Aujourd'hui, elle était sujette à des crises d'angoisse, de brusques retours de mémoire, mais le sentiment de sécurité que lui procurait sa nouvelle vie lui permettait de ne pas perdre pied.

En octobre, les commerciaux se répartirent le territoire, Kévin, Arnaud, Damien et Léo dans le nord, l'est et le centre, tandis que Thomas, Brice et Anthony se partageaient le sud et l'ouest de la France, afin d'étendre le réseau des diffuseurs. Il leur arrivait de s'absenter plusieurs jours de suite.

Un soir qu'elle était seule, Madeleine eut la surprise de recevoir un coup de téléphone de Stella. C'était la première fois qu'elle appelait et Madeleine sentit une légère déception lorsque l'intéressée reconnut sa voix. Stella avait cessé de la considérer comme une rivale. Elles entretenaient une relation de bonne intelligence quand elles se voyaient, néanmoins un brin de gêne ou de méfiance persistait de part et d'autre. Le temps était venu, concédaient-elles en secret, de passer à autre chose.

Après quelques mots, Stella l'instruisit de la raison de son appel ; elle s'apprêtait à épouser Raimondo, le mariage aurait lieu en mai, elle désirait que Thomas soit son témoin. Madeleine lui adressa ses félicitations, elle ne connaissait pas Raimondo, ne gardait de lui qu'une image imprécise pour l'avoir aperçu une ou deux fois. Elle transmettrait le message à Thomas dès son retour, dit-elle, il ne manquerait pas de la rappeler. Ce qu'il fit en rentrant d'une semaine passée à sillonner les Pays de la Loire et la Bretagne, d'Angers à Rennes puis Nantes via Lorient à bord d'une voiture de location. Il se félicitait du succès de sa mission, il avait reçu un excellent accueil chez les diffuseurs, qu'il mit au crédit de la récente campagne médiatique.

Partout on s'accordait sur le fait que Cécile Manguin – une icône dans le Grand Ouest – était la personne idéale pour rafraîchir une marque dont les jeunes n'avaient bien souvent que le nom en mémoire. De sorte que Thomas avait non seulement renforcé son ancrage territorial, mais étendu son réseau d'une dizaine de points de vente d'où la marque avait été retirée des présentoirs. Si cela n'augurait pas d'un succès commercial immédiat, au moins les conditions étaient-elles réunies pour l'envisager dans un avenir proche.

Il invita Madeleine à dîner dans un restaurant voisin du jardin du Luxembourg qu'ils réservaient aux occasions exceptionnelles. Le froid les piqua en sortant, mais ils ne se privèrent pas du plaisir de regagner les Halles à pied, sous les vitrines vivement éclairées du boulevard Saint-Michel. Paris préparait Noël à sa façon, entre scintillement multicolore et étalage commercial. Les publicités lumineuses s'affichaient à chaque coin de rue, un majestueux sapin se dressait sur le parvis de Notre-Dame. Thomas attendit le week-end pour rappeler Stella.

— J'attendais ton appel, dit-elle. Alors, c'est oui ?

— Bien sûr que c'est oui, tu en doutais ?

— Non, mais je voulais l'entendre de ta bouche.

Ils n'avaient pas pour principe de se téléphoner souvent, mais lorsque l'occasion se présentait, ils éprouvaient toujours le même sentiment que s'ils s'étaient parlé la semaine précédente. Thomas raccrocha au bout de dix minutes, tous les détails du mariage en tête, depuis la liste des invités jusqu'au déroulement de la cérémonie. Il n'avait rien appris de la vie de Stella, toutefois il avait retenu qu'elle était heureuse ; nulle trace de regret ou de mélancolie dans sa voix.

— J'ai également invité Anne-Lise et Nicolas. Je suis sûre que vous serez ravis de vous retrouver tous ici.

Thomas avait écarté Anne-Lise de ses pensées, mais pas Nicolas, dont il regrettait le silence et auquel il songeait souvent, Nicolas qu'il n'avait pas osé recontacter depuis leur dispute, un an et demi auparavant. Tout avait filé si vite après le regrettable incident à Montparnasse ! Trois mois plus tard, Thomas avait soldé sa vie d'étudiant pour une vie professionnelle et sentimentale sans le moindre état d'âme tant cette mutation lui semblait aller de soi. Son existence de citadin, Madeleine, son poste à Lérins, tout cela constituait l'aboutissement de ce qu'il avait voulu. *Est-ce tout ?* se demanda-t-il pour la première fois, et cette simple question fit vaciller quelque chose au plus profond de lui. Non, ce n'était pas tout, il voulait plus, sans cerner précisément les contours de ce que ce *plus* renfermait. Dans sa conscience s'esquissait le désir de s'affranchir un jour du cadre dans lequel il évoluait et dont il commençait à entrevoir les limites. Sa vie ne se résumerait pas à Lérins, de cela il était sûr.

— Battre le fer tant qu'il est chaud, telle est ma devise, décréta Perrugin en préambule à la réunion du vendredi, la dernière de l'année.

À la surprise générale, il avait décidé de fermer le site pendant les fêtes, alléguant que cela n'avait rien d'irraisonnable après les efforts accomplis par l'équipe depuis plus d'un an. Son annonce avait déclenché un frisson de contentement soigneusement maîtrisé. Dehors, le ciel d'un gris terne infusait une atmosphère particulière au sein du groupe, comme un début de lâcher-prise. On révisait ses plans pour la semaine suivante, ces dix jours de vacances offraient des perspectives imprévues et donnaient matière à réflexion, si bien que le niveau de concentration général avait sensiblement fléchi.

— Nous avons le vent en poupe, poursuivit le président, j'ai quelques remontées de nos ventes, non définitives certes, mais qui s'annoncent plus qu'honorables. Cécile Manguin était en une de l'édition dominicale de *Ouest-France* dans laquelle notre marque est abondamment citée. Je lui ai d'ailleurs envoyé un message de remerciement. Pour l'heure, notre priorité s'appelle projet 2, à défaut d'autre nom, qui vise la clientèle masculine et sera le pendant de *L*. La concurrence est un peu moins rude sur ce créneau que sur le féminin, mais ne nous leurrons pas, nous sommes face à Saint-Laurent, Gauthier, Armani et consorts, autrement dit des signatures bien identifiées des consommateurs. Nous avons pour nous l'avantage de la nouveauté, mais cela ne suffit pas. Pour exister, nous devons occuper les présentoirs, et pour cela, il nous faut élargir la gamme. Le projet 2 est formulé, il nous reste à le baptiser et à finaliser le *marketing*. Si tout se passe comme prévu, les premiers flacons sortiront de l'unité d'Évreux en avril et la commercialisation débutera en mai. Je ne vous cache pas que d'ici là, nous aurons du pain sur la planche. En attendant, profitez bien de vos vacances.

Sur ces mots, Perrugin leva la réunion et invita son équipe à passer dans la salle voisine où avait été dressé un buffet derrière lequel se tenaient deux serveurs en tenue de réception.

— À mon avis, le boss ne nous aurait pas sorti le grand jeu s'il n'avait quelques raisons de se réjouir, glissa Brice à l'oreille de Thomas.

— Hum, hum. S'il n'a pas les chiffres officiels, il doit en tout cas disposer de sources bien renseignées, ce qui signifie que les ventes sont sûrement meilleures qu'espérées.

Thomas se saisit de deux coupes de champagne, en tendit une à Brice.

— Au succès ! dit-il en levant son verre.

Il but une gorgée, puis observa les bulles dorées éclater à la surface du liquide.

— Cette semaine de vacances tombe à pic, déclara Brice. Je vais pouvoir me reposer un peu. Tu as des projets ?

— Rien, à part une visite éclair chez mes parents. Si on avait été prévenus plus tôt, on aurait prévu quelque chose, mais là…

— Pourquoi ne pas vous joindre à nous ? Sarah et moi partons quelques jours en Normandie dans la maison de mes parents. Venez avec nous ! On pourra courir tous les jours, respirer le grand air. Quoi de mieux pour faire le plein d'énergie ?

Juste à cet instant, Perrugin fit irruption dans le champ de vision de Thomas. Les trois hommes trinquèrent, échangèrent des propos sans importance, l'heure n'était plus au travail.

— Thomas, passez me voir avant de partir, ça ne vous prendra qu'un instant, déclara Perrugin, mi-figue, mi-raisin, avant de s'esquiver.

Les deux hommes le regardèrent s'éloigner, distribuer quelques poignées de main.

— Tu sais ce qu'il te veut ? demanda Brice.

— Aucune idée.

— Bizarre. À propos, c'est oui ou c'est non pour la Normandie ?

— Pour moi, c'est oui, mais il faut que j'en parle à Madeleine. Je t'appelle ce soir.

Sur quoi, Thomas fila dans son bureau, classa ses dossiers et après avoir salué ses collègues, descendit au premier étage. Dans l'ascenseur, il se remémora le ton de Perrugin, qui lui avait laissé une curieuse impression. Cela tranchait avec la façon qu'il avait d'ordinaire de s'adresser aux gens. Il frappa à la porte du bureau directorial, attendit quelques secondes.

— Entrez et asseyez-vous, le pria Perrugin, je suis à vous dans un instant.

Le jeune homme jeta un œil circulaire sur la pièce, impressionné comme chaque fois par ses dimensions. Des rayonnages en mélaminé noir occupaient le mur gauche, tandis qu'un large pan du droit accueillait une vitrine présentant les dix-sept créations de Lérins depuis les débuts de la marque. Exclusivement des féminins aux noms démodés : *Séduction d'un soir, Rosée d'Avril, Frisson d'audace,* etc.

De part et d'autre étaient encadrées d'anciennes publicités pour magazines non moins désuètes. Sur un chevalet trônait un portrait en pied de Marika Deenvers au temps de sa gloire, seule concession à la vie privée de Perrugin. Thomas vit celui-ci rassembler des notes, les ranger dans une chemise dont il coiffa une pile de dossiers. Après quoi, il se renversa dans son fauteuil et considéra le jeune cadre une seconde ou deux.

— Excusez mon ton un peu sec de tout à l'heure, commença-t-il. C'était à dessein, afin de ne rien laisser paraître de ce que j'ai à vous dire.

Il caressa furtivement sa barbe, puis croisa les doigts sur son ventre.

— J'ai pris connaissance des résultats de votre virée dans le Grand Ouest. Votre dossier est précis, concis, structuré, votre bilan remarquable. Non seulement vous avez accru l'implantation de notre marque dans la région, mais vous avez densifié notre maillage régional de dix points de vente supplémentaires. Félicitations, c'est de l'excellent travail !

Thomas ne s'attendait pas à une telle déclaration. Il l'écouta posément, n'en conçut pas d'émotion particulière.

— Vous savez, dit-il, ce n'était pas très difficile. Là-bas, tout le monde connaît Cécile Manguin, c'est une fille du pays, les gens avaient associé son visage à notre marque. D'une certaine manière, je suis arrivé en terrain conquis.

Perrugin lui retourna une moue railleuse.

— Ne soyez pas si modeste, Lesquen. Dans notre secteur, la modestie n'est pas une qualité, l'orgueil non plus, d'ailleurs, que j'abandonne aux imbéciles. Vous débutez dans le métier, mais vous apprenez vite. J'observe que vous êtes sur la bonne voie et je me félicite de vous avoir à mes côtés.

En bref, je compte m'appuyer davantage sur vous à l'avenir. Ne me décevez pas.

La maison de Brice était une authentique normande nichée dans un vallon non loin d'Étretat. Un endroit ravissant pour un séjour tranquille à la campagne, que la pluie quotidienne finit cependant par gâcher.

La demeure, inhabitée la majeure partie de l'année, baignait dans une humidité que les feux de cheminée échouèrent à déloger en dépit de l'opiniâtreté de Brice et de Thomas à les alimenter continûment. Tous les quatre fêtèrent Noël au son de *carols* anglais dans le salon devant une grande flambée, enveloppés de plaids, un verre de vin à la main. La soirée se prolongea autour d'une partie de Scrabble que remporta Sarah, puis ils se remémorèrent leurs Noëls en famille, sur lesquels Madeleine se fit très discrète.

Deux jours plus tard, ils bouclèrent leurs bagages et regagnèrent Paris. Ces quelques jours avaient au moins eu le mérite de resserrer leur amitié et Thomas sut gré à Brice de ne pas lui avoir demandé pour quelle raison Perrugin l'avait convoqué dans son bureau.

À la fin du mois de janvier tombèrent les premiers chiffres, que Thomas étudia attentivement. Globalement, ils étaient bons. On observait des disparités régionales, bien sûr, avec trois tendances fortes, le sud-est fidèle à une marque ancrée dans le pays, l'ouest acquis à la notoriété de Manguin, enfin l'Île-de-France qui avait fait l'objet d'un matraquage publicitaire. Perrugin s'empressa de les commenter lors de la première réunion de l'année.

— Nous avons dépassé nos objectifs, ce dont nous pourrions nous réjouir si nous n'avions quelques raisons de nous inquiéter. Jugez plutôt.

Lefort alluma le rétroprojecteur et la carte de France apparut sur l'écran placé contre le mur. L'image parlait d'elle-même. Le territoire national se déclinait selon une gradation variant du rouge vif au rose pâle indiquant le volume des ventes réalisées depuis septembre. Schématiquement, l'ouest et le sud offraient une relative homogénéité de rouge contrastant avec le quart nord-est et le centre dramatiquement pâles. Perrugin manœuvra le curseur lumineux sur ces deux zones.

— C'est là que nous allons concentrer nos efforts. Anthony, Thomas, vous quadrillerez le grand-est, Brice, le centre. Pas question de revoir une carte pareille au prochain relevé.

Le ton était posé, la voix calme, mais il n'échappait à personne que Perrugin était mécontent.

— D'ici là, nous devons préparer la fête des Mères et la sortie du projet 2, sur le nom duquel nous achoppons toujours. Anne Berthon propose « île », dans le sillage de $\mathcal{L}$ bien sûr – qui est pertinent avec le nom de

Lérins –, mais que j'écarte au motif que baptiser un masculin d'un nom féminin serait une grossière erreur stratégique et un fiasco assuré sur le plan commercial. J'attends vos suggestions. Léo, Damien, Arnaud, Kévin, je vous attends dans mon bureau !

Sur quoi, Perrugin quitta la salle de réunion, suivi de Lefort, laissant place à un silence embarrassé. Les quatre dénommés sortirent de la salle à leur tour, blêmes, mâchoires serrées.

— La volée de bois vert, c'est maintenant, tenta de plaisanter Brice.

— Avant notre tour, dit Thomas.

— Non, pas toi, asséna sèchement Anthony, le patron t'a à la bonne !

— Jusqu'au premier faux pas, rétorqua l'intéressé.

Dans son bureau, il considéra de nouveau les chiffres du trimestre. Ceux-ci auraient demandé à être affinés par département. Comment comparer les trois métropoles qu'il avait visitées avec certaines des zones « blanches » moins importantes démographiquement ?

Il résolut de faire une étude de ces données et de les croiser afin d'en fournir une lecture plus détaillée.

À cet instant, ses réflexions furent interrompues par Brice :

— Tu comptes passer le week-end ici ? Tout le monde est parti.

— Je m'en vais, dit-il, j'ai encore deux ou trois choses à boucler.

En réalité, lui trottait dans la tête depuis un moment le nom proposé par Anne Berthon : île qui s'accointait judicieusement du point de vue phonétique à *L*. Il traça les trois lettres en script sur une feuille blanche, biffa le e : *ÎL*. L'évidence lui sauta aux yeux. L'accent circonflexe, en conférant au mot une touche de distinction, faisait toute la différence. Thomas eut la certitude que ces deux majuscules condensaient à merveille les subtilités du nouveau masculin de Lérins. Il griffonna quelques mots en dessous et, après avoir enfilé son manteau, dévala l'escalier jusqu'au premier étage. Il glissa la feuille sous la porte de Perrugin et sortit de l'immeuble sans se douter que ce dernier l'observait depuis la baie vitrée de son bureau.

Comme un fait exprès, l'ondée cessa à la fin de la cérémonie.

— Mariage pluvieux, mariage heureux ! commenta Violette, chapeautée et toute vêtue de rose.

L'inquiétude qui la travaillait depuis des semaines s'était dissipée. Des doutes la tiraillaient parfois sur la capacité de Raimondo à rendre sa fille heureuse, c'est le temps qui le dirait, en tout cas, on ne pouvait nier qu'ils s'aimaient et ça, c'était bon signe. La nuit précédente, elle s'était longuement entretenue avec Armand, oui, car quoi qu'on dise, Armand demeurerait à jamais le père de Stella. L'autre, Le Querré – Stella avait tout révélé à sa mère de son enquête finistérienne –, n'avait été pour ainsi dire qu'un intermédiaire. La paternité, c'était quelque chose de plus complexe qu'une histoire de graine semée au hasard d'une rencontre, c'était de l'amour, de la présence et Armand avait été là à chaque instant de leur vie. Ensemble, ils étaient convenus qu'élever Stella n'avait pas été une sinécure, mais ils avaient fait de leur mieux, le temps était venu de passer le relais. Armand l'avait rassurée, Raimondo ferait un bon époux.

Le vent avait chassé les nuages, l'herbe scintillait d'éclats de verre. Quand les mariés sortirent de la chapelle Saint-Lyphard, une pluie de riz s'abattit sur eux, qui fit pousser des cris de joie à Stella. Depuis le matin, tout s'était déroulé selon ses vœux. Les dizaines de visages amis, le paysage printanier s'étaient donné rendez-vous pour ce qui serait le plus beau jour de sa vie. Elle avait envoyé un courrier à Le Querré pour lui annoncer son mariage, précisant qu'il serait le bienvenu, mais la lettre était revenue avec la mention « Inconnu à l'adresse indiquée ». *Tant pis,* songea-t-elle, *il était dit que nous ne devions pas nous rencontrer.* Elle fut à deux doigts de se rallier à la position de Violette, considérant somme toute qu'Armand avait été un fantôme de père beaucoup plus attentionné que son géniteur.

On composa un décor fleuri de bouquets et de paniers de roses devant le porche afin de procéder au rituel des photos sous les applaudissements et les plaisanteries de l'assemblée.

Graziella en tailleur vert prairie et Guido dans un costume gris dont le pantalon fronçait sur les souliers posèrent avec leur fils, le père tout sourire, la mère avec un air crispé témoignant de la défiance que lui inspirait cette union. En toute sincérité, Graziella voyait plutôt d'un bon œil le mariage de son fils chéri, mais comment se dédire sans perdre la face après qu'elle eut ignoré Stella pendant tant d'années ? Elle convenait que cela ne tenait pas debout, qu'elle avait voulu se donner le beau rôle en matière de moralité aux dépens d'une fillette innocente, mais ses justes conclusions se heurtant à une intelligence moyenne peinaient à lui indiquer une issue honorable. En attendant, elle campait en femme inflexible et rancunière, une posture qui lui garantissait que nul ne viendrait lui chercher des poux. Le cortège s'achemina bruyamment vers le bas de la colline, où attendait une interminable rangée de voitures. Raimondo rayonnait en redingote et haut-de-forme, Stella à son bras dans une longue robe de satin ivoire, les cheveux piqués de rubans ornés de fleurs roses et bleues. L'avait-on déjà vue plus heureuse, plus belle, plus épanouie ?

Le convoi traversa le village déserté dans un concert de klaxons avant de prendre la route du Thillais.

— Ces idiots ont réservé à *La Garrigue*, souffla Marthe à l'adresse de Thomas et Madeleine à l'arrière de la voiture, le restaurant gastronomique le plus cher des environs. Soixante-quinze couverts, vous vous rendez compte ?

La remarque arracha un sourire à Thomas.

— Maman, c'est leur mariage, ça leur fait plaisir.

— C'est vrai, approuva Étienne, ça les regarde, ils savent ce qu'ils font.

Marthe ouvrit la bouche pour répliquer, y renonça, sachant que face au père et au fils, elle ne faisait pas le poids.

En pénétrant dans la chapelle sur les pas des futurs mariés, Thomas avait aperçu Nicolas et Anne-Lise de dos au milieu de l'assistance. Il n'avait pas pu les saluer, mais la cérémonie achevée, il s'était dirigé vers eux. Nicolas avait légèrement pâli en le voyant, puis un sourire embarrassé avait adouci ses traits. Ils s'étaient fait face un instant, trop émus pour parler, avant de tomber dans les bras l'un de l'autre.

En deux ans, il s'était passé bien des choses. Habilement épaulé par Anne-Lise, Nicolas avait monté sa boîte. L'année précédente, *Les Chocolats de Nicolas* avait vu le jour rue du Bac, dans le 7e arrondissement, le début d'une longue chaîne de boutiques, espérait-il. À cette occasion, Anne-Lise s'était découvert une vocation de femme d'affaires. Après s'être associée à lui, elle avait redéfini les grandes lignes de l'entreprise et pris les choses en main :

à lui le secteur commercial et créatif, à elle la partie juridique et financière. Désormais, c'est avec elle que traitaient les banquiers, dans un face-à-face un peu tendu d'où elle ressortait chaque fois la tête haute. Animée d'un esprit de revanche, elle se posait d'emblée en égale, repérant les faiblesses et déjouant les pièges de ces messieurs pour les retourner à son avantage. Allant droit au but, elle s'épargnait les sourires et les marques d'amabilité, assurée que sa rigueur la protégeait des chausse-trappes du système. On l'accueillait sans déplaisir, elle était ponctuelle et courtoise, juste ce qu'il fallait, mais on savait d'avance la partie ardue. D'une fois sur l'autre, on alternait les négociateurs dans le but de la séduire, sinon de l'amadouer, sans succès. Anne-Lise se fichait des hommes, beaux ou laids, ce qu'elle retenait d'eux, c'est qu'ils étaient juste bons à vous faire des mômes. Avec Nicolas, elle était tranquille.

— Vous êtes en couple ? demanda Thomas à son ami lorsqu'ils se retrouvèrent seuls.

— Non, notre relation est strictement professionnelle.

La salle du restaurant ouvrait sur un parc verdoyant qui descendait en pente douce jusqu'à un plan d'eau. L'endroit était ravissant et, en flânant au hasard des allées avec Nicolas, Thomas songea que les mariés n'avaient pas lésiné sur les moyens pour que cette journée fût mémorable. Il était presque dix-sept heures et le repas qui s'était éternisé retenait encore à table quelques convives. L'air était étonnamment chaud pour un mois de mai. Les baies largement ouvertes renvoyaient l'écho de chansons ponctuées d'éclats de rire, de cris de joie et d'applaudissements. Les deux hommes firent halte sur un banc, à l'ombre d'un marronnier. Thomas savourait ses retrouvailles avec Nicolas, heureux de constater que leur amitié n'avait pas trop souffert de ces deux années de brouille.

— Pourquoi n'as-tu pas répondu à ma lettre ? demanda-t-il. Ça nous aurait évité cette rupture inutile.

Nicolas garda le silence, le regard au loin, comme s'il n'avait pas entendu la question.

— Pas inutile, murmura-t-il au bout d'un instant. Cette séparation m'était nécessaire, je l'ai compris ce soir-là, à Montparnasse.

— Je ne te suis pas.

— C'est pourtant simple. Tu avais choisi ta voie, entre Madeleine et Lérins, une voie opposée à la mienne. Quand tu as rejeté ma proposition d'association, c'est moi que tu as rejeté.

— Pas du tout, s'insurgea l'intéressé, tu es mon ami, jamais je n'aurais fait une chose pareille.

— Enfin, Thomas, arrête de jouer les imbéciles. Qu'est-ce que tu n'as pas compris quand je t'ai dit que je te voulais à mes côtés ? Parce que moi, j'avais besoin de toi, parce que je t'aimais.

Puis, observant son ami avec une expression à la fois tendre et désolée :

— Quand je dis que je t'aimais, il ne s'agit pas d'une formule de style. Je t'aimais déjà au collège, je t'ai aimé dès que nous sommes devenus potes. Tu vois ce que je veux dire ?

Thomas ferma les yeux. Oui, il voyait, avec plus de lucidité qu'il n'en avait jamais eue. L'absence de femmes dans la vie de Nicolas, les regards furtifs posés sur lui, qu'il surprenait à l'occasion, et qui se transformaient en sourires, ce n'était pas de l'amitié, ça, c'était autre chose, des sentiments sur lesquels Thomas n'avait jamais mis de nom.

— Je suis désolé, articula-t-il au bout d'une minute, je n'ai rien vu.

— Tu n'as rien vu parce que tu ne voulais rien voir. Le monde tourne autour de toi comme il l'a toujours fait, et tu ne vois que ce qui t'arrange.

— Ne sois pas injuste.

— Je ne t'en veux pas, du reste, on n'est pas l'unique artisan de sa propre histoire, contrairement à ce qu'affirme Anne-Lise. Est-ce que tu saisis, maintenant, pourquoi j'ai refusé de répondre à ta lettre et de te contacter pendant tout ce temps ?

Il se redressa et effleura la joue de Thomas du revers de la main.

— Combien de fois ai-je rêvé de faire ce geste, et bien plus encore ! dit-il avec une légère fêlure dans la voix.

— Tu aurais dû me parler. Depuis le temps qu'on se connaît.

— Te parler ! Bon sang, Thomas, sur quelle planète vis-tu ? Nous sommes en 1985 et l'homosexualité est toujours un sujet tabou. Mon père et ma famille ont sûrement quelques doutes, mais comme ils m'ont vu deux ou trois fois avec Anne-Lise, ils se sont tricoté un roman à leur convenance.

— Comment peux-tu croire que moi, je t'aurais écarté de ma vie en raison de tes préférences amoureuses ?

— Parce que mes préférences amoureuses, c'était toi, Thomas, uniquement toi, et c'est encore vrai aujourd'hui.

À travers les feuillages, les rayons obliques répandaient sur le sol de grandes taches lumineuses. Le regard de Thomas se posa sur certaines d'entre elles, comme il faisait enfant, jouant à sauter d'un pied sur l'autre pour esquiver les zones d'ombre. Pour la première fois de sa vie, il se demanda si, de la même manière, il n'avait pas toujours agi en sorte de se tenir hors de portée des sujets embarrassants, de ne voir que ce qui l'arrangeait, ainsi que le lui avait dit Nicolas. Sans un mot, il glissa le bras sur l'épaule de son ami et l'attira contre lui. À cet instant retentit la voix de Raimondo battant le rappel pour le dîner. Plusieurs des invités étant partis, le plan de table fut laissé à l'appréciation des présents. Thomas, entre

Stella et Madeleine, prit place face à Anne-Lise et Nicolas.

— Ce fut une magnifique journée, confia-t-il à la mariée, réussie sur tous les plans.

Ce n'était pas tout fait vrai, le concernant. Celle-ci se terminait sur une fausse note, après sa conversation avec Nicolas.

— Oui, tout s'est déroulé à la perfection, même mieux que je ne l'imaginais avec ce temps digne d'un mois de juillet, confirma Stella en s'emparant de la main de Raimondo.

De fil en aiguille, les cinq amis revisitèrent ce fond commun, inépuisable, que constituaient leurs années de collège, ramenant à la surface des visages, des moments savoureux, des épisodes plus ou moins lumineux, sous l'ombre de Louis, dont le nom demeura soigneusement tu.

10

Même les plus avisés des experts se trompent parfois dans leurs prévisions. Qui aurait pu présager le succès que rencontra *ÎL* dès son lancement ? La campagne publicitaire, confiée à Champ-Libre, fut l'objet d'une attention particulière de la part des médias concernés, essentiellement la presse papier.

L'empressement de Lérins à présenter une nouvelle création quelques mois seulement après la sortie de *L̂* fit l'effet d'un coup d'éclat dans la profession, qui examina le nouveau venu avec un frémissement agacé. Le marché était déjà saturé, non extensible, les hommes ne se précipitaient pas dans les parfumeries, plus de la moitié des masculins étaient achetés par les épouses, mères, filles, amantes. Les marques n'en finissaient pas d'encombrer les étals de nouveaux modèles dont la plupart disparaissaient au bout d'un an, faute d'avoir séduit un public. Dès lors, pour quelles raisons s'inquiéter de l'arrivée de *ÎL,* qui risquait non moins que d'autres de sombrer rapidement dans l'oubli ? À vrai dire, il y en avait plusieurs. Perrugin avait donné carte blanche à Henri-Michel Koenig, qui avait élaboré un jus aux notes de tête hespéridées frottées de menthe andalouse relevées d'une finale de cardamome. Le résultat défrayait les codes, piquait par son originalité en apportant au caractère tonique une touche d'impertinence et de sensualité. Une eau masculine destinée à une jeunesse fringante, urbaine et plurielle, désireuse de vaincre les *a priori*. On gardait en tête la marche des Beurs de 83, réitérée en 84, les banlieues aspiraient à être partie prenante d'un pays sommé d'admettre sa diversité. Les marques s'étalaient partout, sur les murs comme sur les vêtements, c'était désormais le langage des villes et des quartiers. *ÎL* arriva à point nommé, devint parmi d'autres un marqueur de cette génération. Pour illustrer sa campagne, Champ-Libre choisit le visage cuivré d'un jeune inconnu quoique étrangement familier en ceci que chacun l'avait croisé, lui ou son frère, dans le bus, le métro, au coin de sa rue, n'importe où. Le vivant contraire du glamour sur papier glacé. Saisi en contre-plongée, l'homme observait les passants avec un mélange d'impertinence et de séduction qui reflétait exactement ce message : « Vous m'avez vu, vous me voyez, vous me verrez partout où vos yeux se tourneront, je suis la jeunesse de ce pays. » Au regard du quidam s'opposait, dans une sorte d'affrontement muet et néanmoins terriblement éloquent, celui, imperturbable, du jeune homme à qui allait l'avantage. L'affiche ne se distinguait ni par l'esthétisme ni par la recherche affectée, un peu désabusée, avec lesquelles ce type d'image est traité d'ordinaire. Champ-Libre n'avait pas jugé bon d'ajouter un slogan au nom de Lérins qui, en grandes capitales, s'arrogeait tout le bas de l'affiche tandis que le flacon, aux faces guillochées et frappées d'un élégant *ÎL* doré, campait en surimpression, presque en position accessoire.

Comme on pouvait s'y attendre, la courbe des ventes fléchit durant l'été avant de se redresser en octobre et d'atteindre un pic à la fin de l'année, au point que l'unité de production d'Évreux dut embaucher une dizaine de personnes. Nul n'obtint de réponse à ses questions sur la paternité du nom, et Perrugin n'en fit pas davantage mention lorsqu'il commenta en réunion le succès du parfum, chiffres et graphiques à l'appui. Néanmoins, il ne négligea pas de remercier Thomas en aparté pour son « heureuse contribution », qu'il assortit d'une prime substantielle. En moins de trois ans, Perrugin avait réussi l'exploit de sauver Lérins et de donner un sacré coup de jeune à la marque. Il l'avait extirpée du carcan des vieilleries dans laquelle elle végétait et, avec la souplesse d'esprit de son équipe de novices alliée à des méthodes inédites tirées de ses précédentes expériences, l'avait replacée sur le devant de la scène. Ses pairs admettaient – la plupart du bout des lèvres –

qu'il avait habilement géré les choses. Certains d'ailleurs, et non des moindres, après le succès inattendu de *ÎL* et conscients qu'il faudrait désormais compter avec lui, s'étaient fendus de messages de félicitations plus ou moins sincères. Si Perrugin pouvait se targuer d'avoir « sauvé la baraque », il n'omettait pas pour autant de marteler en réunion que le plus dur restait à faire, c'est-à-dire consolider l'assise de la marque, assainir les finances, étoffer la gamme. Entendu, on avait franchi la première étape, la plus difficile, grâce à un travail acharné et à une créativité audacieuse ajoutés à la conjonction de bonnes ondes indispensables à ce genre d'entreprise. Tout cela n'augurait en rien de l'avenir, un faux pas et l'on retombait à zéro. Il fallait peaufiner la stratégie, réviser les objectifs à court et moyen terme, bref, la partie n'était pas gagnée, donc pas question de relâcher la pression si l'on nourrissait le projet de jouer dans la cour des grands. Perrugin n'avait pas son pareil pour doper son équipe, des jeunes au profil clairement engagé tels que Thomas et Brice, contrairement à Damien et Léo, qu'il avait licenciés après leurs opérations manquées dans le Grand Est et le Centre. Il n'hésitait pas en réunion à consulter les deux hommes sur des sujets extérieurs à leur domaine de compétences. Le procédé consistait à établir une forme de hiérarchie au sein de son équipe et à resserrer autour de lui un cercle de confiance duquel Lefort, plus assez investi, se voyait progressivement écarté. Thomas n'appréciait guère la mise en place d'un système basé sur la compétition qui ne pouvait qu'engendrer des rivalités et, à terme, nuire à la bonne marche de l'entreprise. Il s'étonnait même que Perrugin pût se commettre à ce genre de manœuvre.

— Je constate un certain relâchement parmi des membres de l'équipe qui se croient sans doute « arrivés » depuis les bons résultats que nous avons engrangés ces derniers mois, commenta le PDG après que Thomas lui eut fait part de son analyse. Ils ont tort, on ne peut pas se permettre de se reposer sur nos lauriers. Je sais qu'à ce stade, il s'agit d'un processus normal, pour l'avoir déjà expérimenté. En agissant ainsi que je le fais, je crée une nouvelle dynamique, de la compétition certes, mais avant tout, je remobilise mes troupes, si vous me passez l'expression. Je n'exclus d'ailleurs pas, au risque de vous heurter, quelques licenciements. En intégrant Lérins, les gens savaient où ils mettaient les pieds. Personne ne peut me reprocher d'avoir fait mystère de mes exigences. Au stade où j'en suis, pas question de commettre le moindre faux pas. J'espère que vous me suivez sur ce terrain, Thomas, ajouta-t-il fraîchement.

Le soir même, Thomas entraîna Madeleine dans l'un de leurs restaurants préférés de la rue Montorgueil. Il lui fit un résumé de son entretien avec Perrugin dont il ne contestait pas le point de vue, mais dont il jugeait la réaction brutale au regard d'une équipe qui avait donné le meilleur d'elle-même.

— C'est un autodidacte, plaida Madeleine, il a fait un pari risqué en reprenant Lérins. Il portera l'entreprise à bout de bras si nécessaire pour la sauver parce qu'il ne conçoit pas de perdre. Peu lui importe que ses collaborateurs l'apprécient ou non, ce qu'il exige d'eux, c'est qu'ils fassent tourner la machine. Leurs failles, leurs états d'âme, il s'en fiche. Actuellement, entre vous, c'est la lune de miel, mais si un jour tu flanches, ne crois surtout pas qu'il hésitera à te virer.

Thomas leva les yeux de son assiette et considéra Madeleine avec étonnement. Celle-ci lui retourna un petit sourire lourd de sens.

— D'où te vient cette certitude ? demanda-t-il. Tu ne le connais pas.

— Non, en effet, je ne l'ai vu que deux fois, lors de ses vœux de Nouvel An, mais ajouté à ce que tu me dis régulièrement de lui, je n'ai pas besoin d'en savoir plus pour me faire une opinion. Souviens-toi que j'ai été à bonne école avec Decourtieux. Entre eux deux, il y a beaucoup de similitudes, que l'on peut même étendre à l'apparence physique, non ?

Thomas posa ses couverts et, mains sur la bouche, médita les paroles de Madeleine. Celles-ci traduisaient l'exacte vérité, une vérité qu'il n'avait pas perçue avec autant d'acuité, une vérité qu'il avait fait mine de ne pas voir. Lui revinrent en mémoire les mots de Nicolas quelques mois plus tôt. « Tu n'as rien vu parce que tu ne voulais rien voir. »

Se pouvait-il qu'il fût atteint de cécité sélective ? Fermant les yeux, il superposa la silhouette de Perrugin à celle de Decourtieux, même carrure, même abdomen proéminent, même dégaine. Le premier était plus jeune que le beau-père de Madeleine, mais il ne faisait aucun doute que d'ici quelques années, il en serait la copie conforme. *Oui, et alors ?* s'avisa-t-il. *Quelle signification donner à tout ça ? Aucune.* Les deux hommes se ressemblaient par le plus grand des hasards, on pouvait gloser là-dessus à l'infini sans en tirer de conclusion.

— À propos, s'enquit Madeleine, étrangère au trouble qu'elle avait provoqué chez Thomas, as-tu déjà rencontré sa femme ?

Non, il n'avait jamais vu Marika Deenvers autrement que sur le portrait que Perrugin exposait dans son bureau, ce qui, à la réflexion, lui parut étrange.

— Je crois savoir qu'elle est malade, s'entendit-il répondre.

C'était faux, il ne savait rien de la santé de Marika Deenvers ni quoi que ce soit la concernant.

— Ah ! s'étonna Madeleine. Tu sais ce qu'elle a ?

— Non, Perrugin reste très discret sur le sujet.

Il s'en voulut d'avoir menti à sa compagne, mais il était trop tard pour se dédire.

Il coupa court à la discussion en demandant l'addition.

Ils empruntèrent un dédale de ruelles qui les mena au pied de la tour Saint-Jacques. Le fond de l'air était doux, il flottait sur Paris comme un avant-goût d'été, les gens s'affichaient aux terrasses des cafés dans des tenues légères et décontractées.

Madeleine prenait plaisir aux flâneries tardives dans la capitale. Au fil du temps, son œil s'était exercé à y déceler des charmes et des beautés que l'agitation de la vie diurne interdisait d'apprécier. Korma avait beaucoup travaillé à lui enseigner l'essentiel de la peinture contemporaine dont les œuvres exposées dans sa galerie reflétaient certaines des tendances, lui ouvrant sa bibliothèque, dans laquelle elle avait abondamment puisé. Elle avait appris à réviser ses certitudes en matière d'art, à se défier des jugements hâtifs, de sorte qu'elle avait développé un sens de l'esthétique qui échappait à Thomas, qu'elle se faisait fort d'éclairer quand l'occasion se présentait. Elle avait été sincèrement peinée d'apprendre que le vieil homme était atteint d'un cancer incurable et qu'à la prochaine rentrée, c'était son neveu qui prendrait la gérance de la galerie.

— Comment va-t-il ? demanda Thomas.

— Pas très fort, mais il met un point d'honneur à être présent chaque jour. Je suppose que ça lui donne l'impression d'avoir toujours son affaire en main, bien qu'il m'ait délégué la plupart des tâches qu'il se réservait naguère. À partir de septembre, je travaillerai cinq jours par semaine.

En vérité, le sort de Korma n'intéressait Thomas que de loin. Il avait rencontré le vieil homme à deux reprises, la première fois lors d'un vernissage, la seconde à un dîner qu'il avait donné pour remercier Madeleine après qu'elle eut conclu une vente importante au terme de laborieuses négociations. Thomas avait été séduit par les manières raffinées du vieil homme, son éducation d'un autre âge et son langage qui ne souffrait aucune compromission avec les facilités d'usage. Korma appartenait à une espèce en voie de disparition dont la parole portait l'écho d'une époque révolue. Pour l'heure, le jeune homme cogitait sur la spontanéité avec laquelle il avait menti à Madeleine et s'était menti à lui-même. Il se sentait miteux face au portrait incisif qu'elle avait fait de Perrugin, qui prenait sous ses mots un relief inédit, troublant de justesse. Comment avait-il pu ignorer l'évidence de ce qui rapprochait son patron de Decourtieux, et pourquoi s'était-il cru obligé de mentir dans un réflexe de défense ou d'excuse à son endroit ? Cette dernière question entrouvrait la porte à des réponses qu'il préféra laisser de côté.

Étienne s'essuya le front du revers de la main, couva de l'œil son fils assis face à lui. Même sous le figuier, la chaleur était accablante. Depuis plusieurs jours que le soleil cognait, pas le moindre souffle de vent n'était venu rafraîchir l'atmosphère. Marthe avait suggéré de déjeuner dans la salle à manger, proposition qu'Étienne avait déclinée au motif qu'elle était sombre et peu accueillante.

Il soupira d'agacement à la vue de sa femme, coiffée d'un chapeau de paille, qui faisait la navette entre le jardin et la cuisine. Dans le four achevait de cuire le poulet – un poulet par cette chaleur ! – qu'on mangerait avec les haricots verts du potager. Il n'aurait rien contre une sieste après le déjeuner, dans un endroit tranquille et ombragé. D'ici là, il gardait les yeux rivés sur les grands verres de pastis dont les glaçons cristallins lui procuraient une impression de fraîcheur. À côté étaient réparties des assiettes de biscuits salés et de cacahuètes grillées auxquelles nul ne toucherait.

Madeleine, que l'on attendait pour se mettre à table, apparut, divinement belle dans une robe de coton écru tenue aux épaules par deux fines bretelles de satin. Thomas la dévora des yeux tandis que sa mère, en la voyant, ne put se défendre de pincer les lèvres – cette manière de s'habiller, quand même ! – quoiqu'elle fût moins portée à la critique que par le passé. La jeune femme s'approcha de Thomas et, s'appuyant de la hanche contre son épaule, déposa un baiser sur son front. De sa place, Étienne sentait son parfum, frais, fleuri et soyeux comme elle, à qui il trouvait, ainsi vêtue, une grâce de ballerine, une légèreté de phalène. Enfin,

Marthe daigna s'asseoir et l'on grignota des radis fraîchement cueillis avec le pastis.

— Violette nous a invités à prendre le dessert, annonça-t-elle en découpant le poulet. Je lui ai dit que vous n'étiez là que pour trois jours, alors forcément, elle se réjouit de vous voir.

À cette nouvelle, Étienne fronça les sourcils, sa sieste risquait bien de lui passer sous le nez. Avec Violette, on savait quand ça commençait, jamais quand ça se terminait, trop heureuse de voir du monde. Depuis le départ de Stella, elle n'avait plus pour compagnie que son couple de voisins et ses collègues de la conserverie. À plusieurs reprises, elle avait laissé entendre qu'elle s'établirait à R. à la retraite, ce qui n'était pas pour demain.

— Rendras-tu visite à tes parents avant de repartir ? demanda Marthe à Madeleine.

— Non, décréta celle-ci. D'ailleurs, je ne les ai pas prévenus que je venais.

— C'est dommage, non ?

— Absolument pas, trancha la jeune femme avec une véhémence signifiant à Marthe qu'elle s'aventurait en terrain miné.

Celle-ci connaissait peu de choses de la famille Decourtieux sinon ce que Thomas lui en avait touché à demi-mot, à savoir les grandes lignes d'une histoire chaotique qu'il avait expurgée des drames et des tourments qu'avait vécus Madeleine. Marthe surprit sur elle le regard contrarié d'Étienne : *De quoi tu te mêles ?* Ne lui avaient pas échappé le frémissement de la jeune femme à la première question, la crispation de sa main sur la fourchette, la roseur inondant ses joues. Il en savait un peu plus, lui, sur ce zèbre de Decourtieux, la dépression chronique de sa femme, la naissance illégitime de Madeleine, sans compter la rumeur selon laquelle il n'était pas totalement innocent du suicide de son fils. Ça surtout, ça d'abord, qui demeurait gravé dans le nom de Philippe Decourtieux.

La conversation roula sur la chronique moins brûlante des Joubert et des Rizzoli que l'on suivait en pointillés, suivie des faits divers qui assaisonnaient l'actualité locale. Puis on se rendit chez Violette, où ils furent accueillis par Stella.

— Ne faites pas cette tête, s'esclaffa-t-elle en les invitant à entrer, vous ne vous attendiez pas à me voir, d'accord, mais quand même !

Non, la surprise ne venait pas de ce qu'ils s'étaient trouvé nez à nez avec elle, mais de son ventre alourdi d'une grossesse de six mois.

— Ça alors ! s'exclama Marthe à l'adresse de Violette, tu t'es bien gardée de nous mettre dans la confidence.

— J'avais pour consigne de ne rien dire jusqu'à l'arrivée de Thomas et de Madeleine.

Exécutant un tour sur elle-même, Stella offrit le spectacle de sa nouvelle silhouette sous les félicitations.

— Raimondo n'est pas là ? s'étonna Thomas.

— Non, toujours débordé de travail. Je suis venue pour vous faire la surprise.

Ils s'installèrent à l'ombre du cerisier, où Violette avait tiré la table de jardin sur laquelle trônait une appétissante tarte au citron meringuée. Combien de temps Thomas et Stella avaient-ils passé sous cet arbre ? Que n'avait-il entendu de leurs rêves, de leurs inquiétudes et de leurs espoirs ! Témoin et confident de leurs secrets, il en conservait la liste silencieuse sous l'écorce et dans l'épaisseur de ses ramures. Observant son amie d'enfance, femme et presque mère, le jeune homme se souvenait de moments où elle énumérait ses doutes et ses questions à propos d'un père inconnu à qui allait son imagination. Elle était si fragile, si peu sûre d'elle alors ! Que de chemin parcouru depuis ! Lui revint en mémoire cette après-midi d'été où elle lui avait déclaré son amour. Aujourd'hui, c'était peu dire qu'elle était heureuse, elle aimait Raimondo, Raimondo l'aimait, elle portait leur enfant.

— Avez-vous choisi un prénom ? demanda Madeleine.

— Hum, c'est un sujet de discussion sans fin, dit Stella avec une grimace.

Violette revint de la cuisine avec des boissons fraîches et entreprit de découper la tarte. Thomas se fit la remarque que dans sa longue robe baroque et colorée, elle ressemblait à une gitane ou une diseuse de bonne aventure. Contrairement à Marthe, dont la taille s'épaississait avec l'âge, celle-ci conservait la silhouette déliée de sa jeunesse.

Quand chacun fut servi, on s'accorda un moment de silence, troublé seulement par le tintement des fourchettes sur la porcelaine des assiettes.

— Je regrette que vous partiez dans deux jours, dit Stella au bout d'un moment, on vous voit de moins en moins souvent.

— C'est vrai, intervint Marthe.

Les remarques de l'une et de l'autre tombèrent à plat. Madeleine et Thomas avaient choisi de rompre les amarres en s'octroyant un séjour en Crête, dans un hôtel-club au bord de la mer. Besoin de changer d'horizon, de sortir du cercle familial, du village et de tout ce qu'il trimballait de déjà-vu-su-connu. Ils avaient consenti à faire une visite rapide, mais il leur tardait de monter dans l'avion et de se dépayser sous le soleil de la Méditerranée. Avec la maladie de Korma d'un côté, la pression chez Lérins de l'autre, ils étaient convenus que quinze jours de repos hors des sentiers battus seraient un minimum avant de reprendre le collier.

— Et vous ? demanda Violette, vous n'avez pas de projet d'enfant ?

Ceux-ci échangèrent un regard, puis s'esclaffèrent comme des gosses farceurs pris sur le fait.

— Ben quoi ! Qu'y a-t-il de si drôle ? s'étonna Marthe.

— On y pense, concéda Thomas en reprenant son sérieux, mais pour l'instant, nous avons d'autres priorités.

— Eh bien, moi, déclara sentencieusement sa mère, je n'aurais rien contre le fait de jouer les grand-mères.

Étienne, paupières mi-closes, lui décocha un regard de côté : tout ça parce que, pour une fois, Violette avait la primeur !

— Quand partez-vous ? demanda celle-ci.

— Après-demain matin.

— Je me ferai un plaisir de vous conduire à la gare, si vous voulez, proposa Stella.

Thomas gardait l'habitude des levers matinaux grâce auxquels il avait son père pour lui seul. Quand il mettait le pied dans la cuisine, il le trouvait invariablement assis devant son petit-déjeuner, rasé et coiffé de frais, l'oreille sur le transistor. Il lui glissait un bras sur l'épaule, effleurait son front d'un baiser pour ne pas troubler son attention. Puis, en silence, se coupait deux tranches de pain qu'il glissait dans le grille-pain, se versait un plein bol de café noir, le bol en faïence bleu et blanc de son enfance. À Paris, il se préparait un *breakfast* – céréales, jus d'orange, yaourt et thé vert –, mais ici, il reprenait ses habitudes provinciales. Là-bas, il était un jeune citadin en phase avec son époque, ici, il redevenait le fils d'Étienne et de Marthe, un habitant du village. Il s'amusait de cet écart, conscient de cultiver la nostalgie de l'enfance le temps d'un bref séjour, pas davantage, parce qu'elle lui faisait l'effet de se glisser dans de vieux vêtements étriqués. Il lui arrivait de se demander s'il pourrait de nouveau vivre dans la région, à R. ou au Thillais par exemple, s'insérer dans ce monde qu'il avait quitté et dont il avait oublié certains usages et, chaque fois, sa raison lui affirmait que oui, que peut-être même il y reviendrait un jour.

Il s'assit face à son père, l'observa à la dérobée en train d'écouter la radio, l'œil vague. Il nota les tempes grisonnantes, la couperose sur les pommettes et les ailes du nez, le sillon des joues à peine marqué l'année d'avant, au mariage de Stella et Raimondo. Tandis que sa mère s'empâtait, son père se décharnait.

— L'idée ne vous est jamais venue d'aller habiter à R. ? demanda-t-il subitement.

C'était une question qu'à peine formulée, il s'en voulut d'avoir posée, comme s'il l'avait longtemps méditée, ce qui n'était pas le cas.

— Pour quoi faire ? Qu'aurions-nous là-bas que nous n'avons pas ici ?

— Des commodités, les commerces, le médecin, les activités, enfin, tout.

— Tu parles ! On est bien mieux ici, répondit doctement Étienne.

Ce fut tout. Thomas se retint de sourire, son père n'avait pas encore cinquante ans. Pourquoi les voir déjà vieux, sa mère et lui ? Pourquoi cette peur tapie en lui, la conscience tragique qu'il pourrait un jour les perdre ?

Ils burent leur café en silence, à petites gorgées, laissant à leurs pensées le temps de se défroisser.

Stella conduisait prudemment, dûment prévenue des dangers des petites routes de campagne. Thomas lui avait offert de prendre le volant, ce qu'elle avait refusé en riant.

— Je suis enceinte, pas malade.

En voyant sa mine resplendissante, il ne put s'empêcher de lui en faire la remarque.

— C'est vrai, admit-elle, j'ai deux bonnes raisons pour ça, la première, c'est que je vais mettre un enfant au monde, la seconde, c'est qu'il aura un père, autrement dit, il n'aura pas à se poser les questions sans réponses qui ont hanté mon enfance.

Elle garda un silence songeur, puis se tournant vers son passager, lui lança un clin d'œil malicieux.

— J'ai même une troisième raison d'être heureuse, jubila-t-elle. Regarde !

Sa main droite quitta le volant et s'ouvrit sous le nez de Thomas. La paume en était parfaitement lisse et saine, sans la vilaine corne qui l'avait tant affligée les années précédentes.

— C'est pas vrai ! s'exclama son ami. Qu'est-ce qui s'est passé ? Tu as enfin trouvé le remède miracle ?

Il s'empara de la main de Stella, en caressa la peau du pouce comme pour s'assurer que ses yeux ne le trompaient pas.

— Je n'ai rien fait, déclara fièrement la jeune femme, la corne a commencé à disparaître le jour où j'ai appris que j'étais enceinte.

— Incroyable !

— C'est la vérité, reprit Stella le plus sérieusement du monde. Et tu sais quoi ? La nuit suivante, j'ai rêvé d'Armand. J'ai vu son visage heureux, détendu, souriant, il m'a affirmé que c'était fini, que ça ne reviendrait plus jamais. J'ai entendu sa voix, une voix que je ne connaissais pas, c'était la sienne. Libre à toi de croire ou non à ce que je te raconte, mais c'est la vérité.

— Je te crois, affirma son ami.

Quelques minutes plus tard, elle les déposa devant la gare, embrassa Madeleine et serra Thomas tendrement contre elle.

— J'espère vous voir pour la naissance du bébé. D'ici là, n'oubliez pas de m'envoyer une carte postale.

11

— Tu dois être capable de lacer tes souliers tout seul, affirma Madeleine, tu es assez grand pour ça.

— Je sais, acquiesça Jérémie du haut de ses quatre ans, mais j'ai besoin que tu m'aides encore un peu.

Sa mère déposa la bouteille de jus de fruits sur la table en laissant échapper un soupir *(raisonneur comme son père)* et observa son fils, pied gauche relevé sur la chaise, en train de batailler avec le lacet de sa basket. S'approchant de lui, elle posa un genou au sol avec précaution – son ventre rebondi imposait la prudence –, et prit entre ses doigts les deux extrémités du lacet.

— Regarde bien, je te montre une nouvelle fois.

Avec une lenteur étudiée, elle décomposa chaque mouvement sous l'œil attentif du garçon – la première boucle, pas de problème, c'est après que cela se compliquait –, et conclut l'opération par un joli nœud.

— Voilà, tu as compris ? À toi, maintenant.

L'enfant, s'appliquant à reproduire un à un les gestes de sa mère, parvint à exécuter cette satanée seconde boucle, qu'il défit aussitôt.

— Pourquoi tu défais ce nœud ?

— Pour être sûr de pas oublier.

Et il s'employa à le refaire aussitôt. Madeleine hocha la tête en souriant *(son père tout craché)*.

— C'est bien. Tu pourras annoncer tout à l'heure à ta maîtresse que tu sais nouer tes lacets. Maintenant, dépêche-toi, sinon on va être en retard.

Fier de lui, Jérémie se mit à table et attaqua ses céréales tandis que Madeleine se servait un verre de jus d'orange. Depuis quelques jours, c'est tout ce que son estomac tolérait en guise de petit-déjeuner. Elle songea avec regret que dans une semaine, date inaugurale de son congé maternité, elle cesserait son activité à la galerie. Depuis le décès de Korma, elle faisait équipe avec son neveu, Dimitri, lequel n'avait hérité de son oncle ni la rigueur ni la pondération, encore moins le regard éclairé de l'amateur d'art. C'était un quadragénaire qui se vantait d'aimer la vie, euphémisme recouvrant différentes choses parmi lesquelles le jeu, les femmes et l'argent, surtout l'argent. Il avait délégué à Madeleine le choix des œuvres après qu'il se fut aperçu que son incompétence risquait de précipiter la faillite de la galerie. La jeune femme continuait à se fournir auprès de ses habitués avec un œil à peine moins sûr que celui de Korma, sans avoir jamais le sentiment de trahir son vieux maître ou ses goûts propres. En ce domaine, Dimitri lui laissait toute latitude, se réservant la partie comptable de l'affaire. Malgré les efforts de Madeleine, la réputation de la galerie avait notablement pâli et en ce matin de septembre, elle se demandait avec appréhension si celle-ci, abandonnée aux mains et à l'inconstance de Dimitri, se relèverait de son absence. Elle but son jus d'orange à petites gorgées, un œil sur la verdure anémique du Forum que se disputait une escouade de pigeons, en attendant que Jérémie eût terminé son petit-déjeuner.

Cinq minutes plus tard, ils sortirent dans la fraîcheur matinale, la main de Madeleine enserrant celle du petit garçon. Devant l'école, elle lui donna un baiser, murmura quelques mots tendres à son oreille et le regarda franchir le portail avant de se mêler à la cohue des enfants. Puis, tranquillement, elle prit le chemin de la galerie, une bonne demi-heure de marche qu'elle préférait au bus bondé qui mettait à l'épreuve ses nerfs et sa fatigue. En outre, le trajet jusqu'à la rue des Saints-Pères n'avait rien de désagréable.

Combien lui plaisait ce moment de tête à tête avec elle-même où, mêlée au flot des passants, elle faisait corps avec eux, tous ces inconnus subrepticement croisés qui se hâtaient vers le but de leur journée, regard pointé sur leur futur immédiat, les prochains instants à conquérir ! Elle, enfermée dans sa bulle, se noyait dans le tumulte ambiant, surprenant ici un visage, là une vue inédite de Paris. Chaque jour prodiguait son lot de découvertes, d'étonnement, la mettait au défi de déceler d'infimes nuances et changements sous ce qu'elle croyait acquis. Depuis le temps qu'elle effectuait ce trajet, elle aurait pu le faire les yeux fermés, mais non, il y avait toujours à voir, à apprendre. Elle n'ignorait pas que c'était à Korma qu'elle devait ce don, Korma qui avait affûté son œil, le formant à regarder en détail, en profondeur, pour ainsi dire au-delà de la seule apparence, règle de base pour un marchand d'art. C'était un cadeau précieux que lui avait fait son vieux maître.

Elle avait pour habitude d'emprunter la rue des Halles à grands pas – humant l'air parfumé de fugaces odeurs de café et de croissant chaud – et, depuis la place du Châtelet, de traverser l'île de la Cité par le pont au Change. Cela faisait un détour, mais c'était ce Paris-là qu'elle aimait, pas seulement celui des édifices, mais de la foule qui l'animait de bon matin. Avec sa grossesse, elle allait au plus court, coupant par le Pont-Neuf, puis descendait le quai Conti en lorgnant sur la rive droite, vers le Louvre, qu'elle ne se lassait pas d'admirer. « Marcher n'est nullement déconseillé, l'avait informée son gynécologue, à condition d'y aller à votre rythme, sans vous fatiguer. » Non seulement elle n'était pas fatiguée, mais elle ne se souvenait pas de s'être jamais sentie si bien, mieux qu'en attendant Jérémie, qui lui avait causé quelques moments d'angoisse. L'échographie avait révélé un fœtus de sexe féminin. L'enfant s'appellerait Esther. Aux nombreux coups de pied qu'elle donnait, Madeleine présageait une nature remuante. Elle fit une pause en arrivant à hauteur de la passerelle des Arts. Encore un endroit qu'elle affectionnait. Accoudée au parapet, elle s'accorda une minute à contempler la radieuse lumière de septembre, les eaux brunes de la Seine, les gens parmi lesquels il lui semblait qu'elle eût pu se faire des amis de certains d'entre eux, après quoi elle reprit sa marche. Non, elle n'avait jamais été aussi heureuse, aussi pleinement heureuse, entre ses deux hommes et cette petite fille à naître. Un bonheur grisant, voire un peu effrayant, en ce que c'est sa brièveté même qui donne au bonheur tout son sel. Elle s'avisait aussi par moments avec une pointe d'appréhension que sa famille calquait le modèle Decourtieux, mais Thomas n'était pas son beau-père, pas plus qu'elle n'était Ève. Elle remonta la rue des Saints-Pères, ombreuse et froide en toute saison, s'arrêta devant la galerie. La peinture bordeaux de la façade s'écaillait par endroits, signe du désintérêt manifeste de son nouveau propriétaire. Lorsqu'elle lui en faisait la remarque, arguant que cela nuisait à l'image de l'enseigne, Dimitri répondait qu'il allait faire le nécessaire, sans jamais tenir parole.

Arrivée la première, elle ouvrit la porte, ramassa le courrier du jour glissé en dessous, débrancha l'alarme et illumina la salle. Elle aimait cet endroit où subsistait – mais pour combien de temps ? – l'âme de Korma. Le jour où celle-ci aurait déserté les murs, c'en serait fini de la galerie, Madeleine en eut la certitude en apercevant un nouveau rappel des impôts adressé à Dimitri.

Ce dernier, surgissant en début d'après-midi dans son éternelle veste bleu marine, émit un juron en découvrant la lettre, qu'il fourra dans sa poche avant de repartir. Madeleine ne le revit pas de la semaine. Le soir, elle avança la fermeture d'une heure. Le lundi n'était pas jour d'affluence, certes, mais là, elle n'avait vu personne, pas même l'un de ces visiteurs qui, après un rapide tour de salle, ressortent aussi silencieusement qu'ils sont entrés. Sa bonne humeur du matin évaporée, elle allongea le pas quai Malaquais, impatiente de retrouver Jérémie, confié après l'école aux bons soins de madame Corti. Les retrouvailles étaient chaque fois bruyantes, joyeuses, tactiles, ce qui n'empêchait pas l'enfant de poser un regard perplexe sur le ventre maternel. La perspective d'avoir une sœur l'enchantait moyennement. Lorsque Madeleine poussa la porte de l'appartement, il se jeta contre elle, l'enveloppa de ses bras avec cette spontanéité qu'il tenait de son père, sous l'œil attendri de la baby-sitter. Jérémie était un enfant heureux, sans détour, tel qu'avait été son père. Elle se pencha sur lui, heureuse aussi quoiqu'un peu lasse, et répondit à ses baisers.

Il gardait un léger hâle de son séjour chez Marthe et Étienne en compagnie de François, le fils de Stella et Raimondo. Bien que séparés de trois ans, les deux garçons s'entendaient comme larrons en foire. Les parents de François, toujours débordés de travail, avaient pour habitude de confier leur rejeton à sa grand-mère une partie des vacances scolaires. Violette était ravie de ce compagnonnage qui la distrayait de sa solitude, plus encore quand les deux garçons – les seuls du village désormais – occupaient sa maison.

Dès la première minute, Jérémie avait aimé François, en qui il avait vu un grand frère, un complice, un modèle. Une curieuse alchimie, peut-être empruntée à leurs parents, convenaient parfois Marthe et Violette non sans arrière-pensées, les portait l'un vers l'autre. Ils pouvaient disparaître des heures entières et nul ne savait où ils étaient ni ce qu'ils fabriquaient, mais, étrangement, la nature anxieuse de Violette ne s'alarmait pas. Puis, aussi soudainement qu'ils avaient disparu, ils s'en revenaient les yeux brillants, la bouche avide et les joues rougies du bonheur d'avoir goûté la vie à sa source, d'avoir savouré ces purs moments d'enfance qui fondent l'existence. Après la naissance de Jérémie, Madeleine s'était fait un devoir de le présenter à ses parents.

En pénétrant dans la grande maison des Essarts, le couple avait été impressionné par le silence régnant entre les murs. Decourtieux avait considéré le nouveau-né d'un œil pensif tandis que les lèvres pâles d'Ève s'étiraient sur un sourire ému. Madeleine n'avait pu réprimer un frisson en la voyant caresser d'un index décharné la joue de son fils, un geste qui n'était pourtant pas exempt de tendresse. Sans surprise, ils avaient décliné l'invitation au baptême, prétextant le mauvais état de santé d'Ève. Le fait est que celle-ci, flottant dans une combinaison Courrèges très datée, faisait peine à voir, comme rongée de l'intérieur par un mal incurable. Le cheveu terne, l'épiderme froissé et le geste parcimonieux, tout en elle accusait l'échec et le renoncement, le glissement vers une vieillesse prématurée alors qu'elle n'avait pas soixante ans. Pour sa part, Decourtieux, enflé de mauvaise graisse, tâchait de faire illusion sous d'amples tenues signées et une superbe de façade. C'est à peine s'il avait adressé la parole à Madeleine, non par dédain ou hostilité, mais parce qu'elle ne lui avait jamais inspiré autre chose qu'une forme d'indifférence. Sa sympathie était allée à Thomas, avec qui il avait discuté travail, l'interrogeant sur le fonctionnement de son entreprise, son rôle au sein de celle-ci, ponctuant chacune de ses réponses de « bien… bien » engageants, suivis du sempiternel « souviens-toi que ma porte t'est toujours grande ouverte ». Une fois, par mégarde, il l'avait appelé Louis, s'était repris aussitôt avec une expression fautive. Peu après, Ève avait raccompagné le couple à la grille de son petit pas de vieille.

— Il geint la nuit, avait-elle articulé, il pleure son fils, pourtant, ça fait presque vingt ans que Louis est mort. Il ne dit rien, mais je sais que ça le dévaste.

Un commentaire surprenant aux oreilles de Thomas, qui contredisait le laïus que Decourtieux lui avait confié à propos de son fils.

Thomas rentrait rarement avant vingt heures. Brice et lui s'arrangeaient pour quitter leur bureau en même temps, afin de prendre le métro ensemble. L'amitié entre eux s'était renforcée depuis leurs débuts à Lérins, amitié que n'avait pas entachée la préférence évidente de Perrugin pour Thomas.

En général, la conversation entre les deux hommes tournait autour du travail, bien que Brice manifestât depuis peu une impatience croissante en lui préférant sa vie personnelle. Il était le père d'un fils d'un an qu'il déplorait de ne pas voir suffisamment. Quand il rentrait, l'enfant dormait et c'est à peine s'il avait le temps de lui murmurer deux mots et de l'embrasser avant de repartir le lendemain. Sarah gardait un silence résigné, mais elle s'agaçait d'un rien, assumait toutes les tâches domestiques, en plus de son travail. Brice concevait une réelle amertume à ne pas pouvoir se consacrer davantage aux siens. Jeune trentenaire, il désirait assister aux premiers pas de Nathan, le voir grandir, avoir une vraie vie de famille. Combien de couples de son entourage s'étaient séparés parce que l'un des deux avait tout sacrifié à son job, aspiré par la quête infernale de la performance ? Un soir, peut-être plus fatigué que d'habitude, il confia à Thomas qu'il avait en tête de chercher *autre chose.* Il laissa ces derniers mots en suspens, le regard voilé sur la vitre du compartiment, face à lui-même.

— J'ai beaucoup – nous avons – beaucoup donné à Lérins et finalement, je me demande si nous ne sommes pas en train de passer à côté du plus important de notre vie.

La question s'était posée à Thomas, ou plutôt l'avait effleuré à plusieurs reprises, mais il avait refusé de la creuser, la mettant sur le compte de la fatigue ou d'une surcharge de travail. Il aimait son métier, le contact, se complaisait dans l'espèce d'excitation permanente que savait insuffler Perrugin à son équipe. L'admiration qu'il avait de l'homme s'était un peu émoussée, bien sûr, toutefois il lui reconnaissait des qualités de meneur de troupe, un instinct pour sentir les choses avant tout le monde, un courage rare pour se lancer dans des défis à haut risque. Peu d'hommes, il est vrai, autour de Thomas, possédaient cette énergie, cette opiniâtreté synonyme de lutte destinée à repousser les limites, cette capacité à ne jamais baisser la garde et à maintenir le cap, quoi qu'il advînt. La création d'*Alliage,* en 1992, avait consacré le nom de Lérins et sa place parmi les marques les plus en vue du moment. Une prouesse rarissime dans l'industrie des cosmétiques, encensée par la presse, notamment après que Perrugin, à la surprise générale, se fut offert une page publicitaire dans l'édition américaine de *Vogue*.

— Nos deux premières créations ont, pour ainsi dire, fait office de mises en bouche, détailla le président en réunion. Nous aurions pu nous planter, mais grâce à l'addition de nos efforts, de notre volonté, grâce à notre coopération avec Champ-Libre, nous avons réussi, notamment avec la sortie d'*ÎL*. Ces deux eaux, au-delà de leur succès propre, ont permis de braquer les projecteurs sur la marque tout en la rajeunissant. Aujourd'hui, notre situation financière est encore fragile mais saine, les banques sont prêtes à nous renouveler leur confiance, autrement dit, nous avons les coudées franches pour envisager des projets de plus grande envergure. *Alliage*, notre dernier féminin, s'adresse à un public de plus de trente ans, ce qui permet d'élargir notre clientèle. Je ne vous apprends rien en vous disant ça, et les chiffres récents révèlent que, sur ce créneau non plus, nous ne nous sommes pas trompés. Il ne s'agit pas pour autant de s'endormir sur nos lauriers car, comme vous le savez, un succès ne fait pas l'autre et rien n'est plus aléatoire que le succès d'un parfum. Nous devons d'ores et déjà songer au prochain masculin, pour lequel je nourris de grandes ambitions.

Apercevant un rai de lumière sous la porte du président lorsqu'il partait, Thomas se demandait parfois s'il ne passait pas ses nuits au bureau. Perrugin n'arrêtait jamais, il semblait animé d'une sorte de feu perpétuel, comme s'il générait son propre combustible. Ce fonctionnement irradiait l'équipe, renforçait sa cohésion en stimulant son potentiel et sa créativité. Quiconque n'épousait pas cet état d'esprit finissait par décamper, tel Lefort l'année précédente. C'est pourquoi la remarque de Brice surprit Thomas. Il était membre du premier cercle, l'un de ceux qui avaient acquis leurs galons à la force du poignet tout en participant à la gloire de Lérins. La perspective de quitter l'entreprise, la « maison », ainsi que se plaisaient à dire les *anciens,* était inconcevable pour Thomas. En attendant, qu'avait-il fait chez Lérins depuis ses débuts sinon du surplace, s'enlisant dans la routine et le confort que lui procurait sa position de bras droit de Perrugin ? Qu'avait-il fait de ses ambitions, de sa stratégie d'escalade qui devait le mener haut et loin ? Il avait soldé ses promesses de jeunesse en échange d'une vie parisienne bien huilée, à l'abri des soucis financiers, épousant la formule honnie du métro-boulot-dodo. Les années avaient roulé sur ses épaules de manière indolore.

Il les avait empilées, se contentant de ce que la vie lui offrait, s'estimant même chanceux d'être logé à si bonne enseigne. Tout cela n'était pas très glorieux, en tout cas pas à la mesure de ses prétentions. Il se remémora les paroles de Decourtieux dégoisant sur ses cadres : « ... Ils font le job, bien sûr, mais ça manque d'ambition, ça manque d'envergure. » Lui ne portait pas un costume trois-pièces dégriffé, n'empêche, il s'était glissé dans l'uniforme du cadre *lambda* dont il voyait chaque jour les copies par dizaines dans le métro. Il était l'un d'eux, alors qu'il avait fait vœu d'être unique, d'évoluer au-dessus de la mêlée. Le fait de changer de poste ou de boîte, à l'instar de Brice, ne changerait rien. Ce qu'il voulait, c'était tutoyer les hauteurs, prendre la tête d'une entreprise et se colleter aux responsabilités afférentes. Or – le constat lui arracha un soupir amer –, il s'était satisfait d'une vie au ras du sol, tirant fierté de sa proximité avec Perrugin comme un rentier de ses titres.

Ce soir-là, en sortant de la station Châtelet, il se remémora les paroles de son ami, compara leurs situations respectives. Brice envisageait un déplacement horizontal, une sortie par la petite porte, quand Thomas, lui, projetait d'enfourcher la fusée Ariane et de s'élever dans les airs. Projet fou sur lequel il était vain de rêver si on ne finissait pas par le mettre à exécution. Il avait ses propres portes à ouvrir, entre lesquelles il s'était enclos par paresse et qu'il regardait en se disant qu'il en forcerait bientôt la poignée. Mensonge puéril qui ne le trompait qu'à moitié. Le temps était venu de rompre avec le confort de l'esquive. Dans la foulée, ses pensées le ramenèrent à son foyer. À l'exemple de Sarah, Madeleine *aussi* travaillait, elle s'occupait du ménage, de Jérémie, elle non plus ne disait rien, ne se plaignait pas. Et elle était enceinte. Une pointe douloureuse griffa sa poitrine, y ouvrant une petite brèche et le forçant à accélérer le pas.

En poussant la porte de l'appartement, il entendit le babil de Jérémie dans son bain auquel répondait la voix de Madeleine. Elle possédait cette qualité que lui enviait Thomas (mais qu'il considérait comme spécifiquement féminine) de savoir se rendre entièrement disponible pour son fils durant le temps qu'ils passaient ensemble. Souvent, le dimanche matin, il emmenait Jérémie au Jardin des Plantes afin de lui consacrer quelques heures. Cependant, il ne pouvait s'empêcher de glisser dans un ennui plus ou moins avoué alors qu'il suivait des yeux son fils courant dans les allées. En général, le vagabondage de ses pensées le ramenait à son travail, dont il avait le plus grand mal à se détacher. Il pouvait bien ironiser sur le temps que passait Perrugin dans son bureau !

Ce soir-là, il acheva de faire prendre son bain à son fils, puis il lui fit enfiler son pyjama et le mit au lit. L'enfant saisit la main de son père afin de le garder près de lui.

— Lis-moi une histoire, papa, s'il te plaît.

— D'accord. Laquelle tu veux ?

Thomas s'empara de l'album qui trônait sur la pile à côté du lit de Jérémie : *Les trois brigands*. À en juger par l'usure de la couverture bleu et noir, il semblait qu'il eût déjà une longue carrière derrière lui. Thomas commença la lecture avec une application d'écolier, dénotant à la fois le manque de pratique et le souci de ceux qui ont quelque chose à se faire pardonner. Il s'aperçut au bout d'une minute que n'importe quelle recette de cuisine eût aussi bien fait l'affaire, car Jérémie ne l'écoutait pas. Trop heureux d'avoir son père (dont il n'avait pas lâché la main) pour lui, le garçon s'était abandonné à la contemplation rêveuse du visage paternel, les coins de la bouche retroussés sur un léger sourire. Cette bouffée d'amour, cette coulée d'or pur était comme l'expression d'un repentir, d'une douleur dans le cœur du père se mordant les lèvres pour ne pas pleurer.

Thomas manquait à son fils, et il se trompait lourdement s'il pensait qu'une sortie hebdomadaire au Jardin des Plantes ou quelques minutes grappillées de-ci, de-là dans un agenda surchargé suffisaient à combler ce manque. Il eut la révélation, alors qu'une vague de chagrin s'abattait sur lui, que c'était moins de temps que de présence dont Jérémie avait besoin. Une présence que Thomas avait sacrifiée à Lérins. Quand il referma le livre, le garçon dormait, la main serrant encore celle de son père.

Étienne avait été le père présent dont rêve chaque enfant, il avait toujours été là pour son fils, et Thomas, en faisant le parallèle avec sa situation, songea qu'il avait vécu comme une évidence ce qui ne l'était pas. Son père l'avait épaulé durant son enfance et même au-delà, il l'avait aidé à tracer sa route, à construire sa vie d'homme, il n'avait jamais failli quand son fils avait eu besoin de lui, quelle que fût la tâche qui l'occupait.

Brice avait raison, ils avaient beaucoup donné à Lérins – beaucoup reçu aussi –, mais leur famille ne méritait pas moins de leur générosité. Au cours du dîner, Madeleine évoqua sa journée, pointa la fuite en avant de Dimitri, ses doutes sur l'avenir de la galerie.

— Je le suspecte de vouloir la vendre pour éponger ses dettes. Je ne serais pas étonnée qu'elle change de propriétaire d'ici peu.

— Ce n'est pas dramatique, si le nouveau est compétent. Tu reprendras ton emploi avec lui après ton congé maternité.

— Non, je n'en ai plus envie, à moins de tomber sur quelqu'un qui ait la stature de Korma, ce dont je doute.

— Tu as d'autres projets ?

— Oui, dit-elle en acquiesçant du menton, j'ai l'intention de prendre une année sabbatique.

Les yeux de Thomas s'arrondirent sous la surprise.

— Tu parles sérieusement ?

— Tout à fait. J'ai beaucoup réfléchi ces dernières semaines et ça me semble la meilleure option... parce que deux enfants en bas âge m'occuperont à plein temps. C'est un luxe rare aujourd'hui, j'en conviens, mais que nous pouvons nous permettre avec ton salaire. Qu'en dis-tu ?

Thomas haussa les sourcils, vaguement décontenancé.

— Ma foi, pourquoi pas, mais tu n'as pas peur de t'ennuyer ? Tu mènes une vie active, tu es habituée à côtoyer des gens, ton expérience est reconnue... est-ce bien sage de lâcher tout ça maintenant ?

Madeleine eut un petit sourire et, repoussant son assiette, croisa les bras sur la table.

— Je sais, mais je te rappelle que nous aurons deux enfants en décembre et je considère qu'ils sont prioritaires sur mon travail. Je ne veux pas être une mère à mi-temps, toujours pressée, stressée, partagée entre son métier et sa famille.

Puis, posant la main sur le bras de Thomas :

— Nous n'avons pas fait des enfants pour ça, n'est-ce pas ?

L'intéressé ne répondit pas tout de suite, piqué pour la seconde fois de la soirée par une pointe de culpabilité.

— Non, bien sûr, dit-il, mais franchement, tu te vois en mère au foyer ?

Ce fut au tour de Madeleine de prendre la mouche.

— Ça n'a rien de déshonorant, répliqua-t-elle sèchement. Tu ne sais pas, toi, ce que c'est que de vivre dans une famille où les parents sont absents, où tu te trouves livré à toi-même dans ta propre maison. Je ne veux pas de cette vie-là pour nos enfants.

Et, profitant de l'avantage, elle porta le coup que Thomas sentait se profiler depuis un instant en déclarant d'une voix blanche :

— T'es-tu jamais demandé combien de temps tu passes avec ton fils quand tu rentres le soir ? T'es-tu déjà posé la question ?

— C'est un reproche ?

— Non, je sais à quel point ton métier est prenant, mais ça justifie qu'au moins l'un de nous deux soit là pour eux, nous leur devons ça. Je ne peux pas concevoir qu'ils soient seuls ou confiés à des étrangers une partie de la journée.

Ce n'était pas une dispute, pas encore, mais le terrain s'y prêtait. Madeleine disait vrai et Thomas, à moins de mauvaise foi, n'avait pas grand-chose à lui opposer. Pour la première fois peut-être, il se sentit atteint dans son intégrité, comme si une main traîtresse avait égratigné son portrait bien cadré de jeune homme irréprochable. Une brèche, ouverte sous l'impulsion de Brice, s'était élargie devant le regard innocent de Jérémie et les arguments de Madeleine. Dès l'école, il avait coché tous les items de l'excellence et personne n'avait jamais remis en cause la conviction qu'il avait d'accomplir un parcours sans faute. Ce n'était pas de l'immodestie de sa part, plutôt un état d'esprit forgé depuis l'enfance. Or, en ce soir de septembre, il réalisait avec stupeur qu'il était en train de faillir à ce qu'il avait de plus cher : sa famille. Il s'était aveuglé en croyant que la réussite professionnelle embarquerait le reste sur sa lancée. Encore une fois, il n'avait vu que ce qu'il lui plaisait de voir.

— Tu sais, poursuivit Madeleine, j'ai une conception de la femme au foyer différente de la tienne. Je continuerai à sortir, à voir du monde, à vivre tout simplement… et plus tard, je reprendrai mon travail, quand les enfants auront grandi, qu'ils seront autonomes. Tu comprends ?

Oui, il comprenait, pourtant, en cet instant, il butait sur un sentiment d'échec, d'autant plus douloureux que c'était nouveau pour lui.

— Tu es heureuse ? hasarda-t-il, assailli par le doute.

S'emparant de sa main, Madeleine sourit de nouveau et le regarda droit dans les yeux.

— Oui, parce que je n'ai jamais imaginé vivre sans toi. J'aime ma vie avec toi, avec Jérémie. Nous avons fondé une famille et tu sais que rien n'est plus important pour moi.

Thomas s'éveilla au creux de la nuit, tenaillé par la désagréable sensation que son esprit continuait à turbiner sans lui. Il prêta l'oreille au silence, à peine défloré par les bruits diffus de l'extérieur, le souffle de Madeleine. Au fond, celle-ci se satisfaisait de peu. Vivre auprès de lui et de leur fils, loin des Essarts, d'un passé en charpie, suffisait à son bonheur. Son histoire l'avait enracinée dans un sentiment d'insécurité qu'elle était parvenue à museler en arrivant à Paris, mais elle ne s'y trompait pas, il était là, aux aguets, prêt à mordre à la première occasion. Thomas prit la mesure de cela, de cet abîme qu'elle se gardait de sonder, revenant rarement sur ce qui avait détruit son enfance, à savoir la folie de ses parents, la solitude, les crises, la violence des mots se fracassant contre les murs et, pire que tout, le suicide de Louis. Madeleine, à vrai dire, vivait séparée d'autrui. D'un naturel sociable, elle avait des *contacts*, mais ses amitiés vraies demeuraient rares. Il y avait Sarah, Brice, il y avait eu le vénérable, l'incomparable Korma qui, outre son amitié, lui avait fait don de son savoir et qu'elle avait profondément aimé. Elle avait cette manière singulière d'effleurer les gens comme on effleure du regard, de loin, sans s'attarder, en détournant rapidement les yeux. C'est ainsi qu'elle se comportait encore avec Étienne, Marthe – surtout Marthe –, ses anciennes connaissances… Jamais un mot plus haut que l'autre, jamais une altercation.

Se tournant vers la fenêtre, Thomas s'absorba dans la contemplation du ciel nocturne patiné par les lumières de la capitale.

Le constat qu'il dressa fut plutôt rude. Soit, Madeleine était heureuse, en ce sens que sa vie parisienne lui avait procuré un havre de paix à l'écart duquel elle avait rejeté ses fantômes, que celle-ci répondait à ce qu'elle pouvait souhaiter de mieux. Rien que de très ordinaire du reste, mais d'un prix dont Thomas, heureux rejeton d'un foyer aimant, n'avait pas évalué l'importance. S'il avait beaucoup donné à Lérins, elle-même n'avait pas été en reste. Elle lui avait permis de tracer sa route, participant dans l'ombre à sa réussite en le libérant des obligations familiales. En sus de son travail, du foyer, elle assumait quasiment seule l'éducation de Jérémie. Tout cela sans un mot, à l'égal de ce dernier, qui avait signifié son besoin du père à travers un regard débordant d'amour.

Sur le rectangle de la fenêtre s'écrivirent les actes du procès que Thomas se fit à lui-même, sans oublier la liste de ses manques, de ses défaillances, le décompte de ses absences. Les larmes aux yeux, il plaida coupable avant d'apposer sa signature au bas du document.

12

En juin 95, soit onze ans après la rue du Bac, Nicolas ouvrit sa seconde boutique rue de Rennes, exacte réplique de la première. Il invita Madeleine et Thomas à l'inauguration, puis les convia dans un restaurant huppé de la rue de Vaugirard.

Elégamment vêtu, flanqué de Bastien, son ami du moment, il imposait désormais son image de *self-made-man* avec l'ostentation maladroite du nouveau riche. Nicolas était fier de sa réussite et ne se privait pas de le faire savoir. Ainsi, l'emplacement de la table qu'il avait réservée avait été choisi en sorte qu'il fût le point de mire de tous les regards. Au fil du temps, il avait acquis un sens du détail frisant la maniaquerie, qu'il expliquait par le fait qu'il ne fallait rien abandonner au hasard. Le hasard, arguait-il, était un ennemi implacable susceptible de ruiner vos efforts sans rien faire. Suivant ce principe, il avait la main sur chaque étape de la chaîne de production et de fabrication, depuis l'origine des fèves de cacao en passant par la création et la présentation du produit fini. Il travaillait beaucoup – trop, concédat-il – et envisageait parfois de s'associer, sans s'attarder sur le sens exact qu'il donnait à ce mot. Il commanda du champagne et tous les quatre trinquèrent au succès de son nouveau temple de la gourmandise. Madeleine regretta l'absence d'Anne-Lise.

— Elle bosse comme une folle depuis qu'elle a décroché un poste chez Ferney.

— Le cabinet d'avocats de la rue de Courcelles ?

— Exactement. Ils ne se sont pas fait prier pour la recruter, conquis par son caractère coriace, tu la connais.

Thomas esquissa un sourire entendu.

— Elle va bien, sinon ? demanda-t-il.

— Oh oui ! Elle s'emploie à améliorer sa coiffure et sa garde-robe dans le but louable de se rendre présentable, mais côté sourire et affabilité… peut mieux faire.

Sous les paroles de Nicolas perçait une vraie tendresse qu'il n'avait jamais cherché à cacher. Étrange appariement que ces deux êtres, au sein duquel les pièces rapportées – en l'occurrence, Bastien après d'autres – étaient tenues de ne pas s'immiscer. Nicolas aimait à dire qu'ils formaient un vieux couple, bien plus solide que la plupart de ceux qu'il connaissait, en ce qu'ils n'empiétaient pas l'un sur l'autre, respectaient leur liberté, partageaient un égal amour du travail.

— Elle a quelqu'un dans sa vie ? s'enquit laconiquement Madeleine.

— Certainement pas, elle déteste les hommes… les femmes aussi, d'ailleurs. Je suis son unique ami. Bref, c'est son histoire.

L'attention se tourna vers Bastien qui, jusqu'ici, avait fait preuve d'une discrétion remarquable.

Le jeune homme prêtait l'oreille à la conversation moins par intérêt que par timidité, en jeune provincial ignorant des codes et des subtilités de langage de la capitale, craignant par-dessus tout de se fourvoyer en ouvrant la bouche. Les joues fiévreuses, il déclina sa qualité d'étudiant, sans préciser l'objet de ses études ni l'usage qu'il comptait en faire. Thomas se contenta de hocher la tête, jugeant sage de ne pas ajouter à son malaise. Pour sa part, Nicolas toisait l'intéressé avec une mimique goguenarde, comme s'il prenait plaisir au spectacle de son embarras. Ce Bastien n'était pas le premier du genre qu'il ferrait. Lorsque les deux amis se retrouvaient – de plus en plus rarement – pour boire un verre quelque part, il arrivait que l'entrepreneur fût escorté d'un de ces jeunes, toujours les mêmes, à savoir la vingtaine balbutiante, un éclat affolé dans les yeux, l'air plus ou moins perdu. Des proies faciles étrangement semblables, que Nicolas collectionnait, aurait-on dit, pour l'unique plaisir de les mettre à sa botte. Le plus navrant peut-être était le manque de considération qu'il leur témoignait en public. Certains, Thomas l'avait constaté, étaient sincèrement épris de lui. Ceux-là,

Nicolas les traitait avec plus de dureté encore.

Par courtoisie, ce dernier s'avisa de la santé du bébé (il ne se souvenait plus s'il s'agissait d'une fille ou d'un garçon), dont, à vrai dire, il se contrefichait. Nicolas n'aimait pas les enfants, surtout les nourrissons. C'était plus fort que lui, la vue de ces petites créatures bêlantes lui inspirait un sentiment hésitant entre l'effroi et le dégoût.

— Oh, Esther va bien ! s'anima Madeleine. Elle avance sur ses dix-huit mois. Elle ne tient pas en place, elle essaye d'imiter tout ce que fait Jérémie et le suit comme son ombre.

— C'est vrai qu'ils s'entendent bien, renchérit Thomas.

Un sourire fugace étira les lèvres de Nicolas.

Devait-il aussi demander des nouvelles de l'aîné ? Hum, non. Il avait fait allégeance aux règles de la politesse, le chapitre progéniture était clos, on pouvait changer de sujet.

— À part ça, vous avez des projets ?

Thomas leva le nez de son dessert avec une moue dubitative.

— Nous allons passer la première quinzaine d'août chez mes parents. Ça fera du bien aux enfants et à nous aussi, par la même occasion. Jérémie est impatient de revoir François.

— Je faisais allusion au travail, précisa Nicolas.

— Non, rien, la routine. Notre dernière création marche bien et *Alliage* est déjà en passe de devenir un classique. Nous sommes ravis.

Nous sommes ravis. Combien cette formule sonnait mal aux oreilles de Nicolas !

— Et toi, demanda Thomas, un nouveau défi ?

Un nouveau défi ! Quel con ! Nicolas s'essuya la bouche du coin de sa serviette pour réprimer son agacement.

— Hum. Je ne compte pas m'arrêter en si bon chemin. J'envisage de m'implanter à Londres d'ici deux ou trois ans. J'ai une carte à jouer là-bas, à condition de ne pas tarder. Les Anglais bouffent des barres chocolatées à longueur de journée, mais ils n'ont pas le goût du vrai chocolat, je veux dire du chocolat de qualité. Il est temps de les éduquer sur ce point, d'autant qu'ils ne sont pas insensibles au luxe, surtout *made in France*. J'ai commencé à poser quelques jalons là-bas.

— Génial ! commenta Thomas avec indifférence.

Son ami lui décocha un bref coup d'œil. Dire qu'il avait fondé tellement d'espoirs sur ce mec ! Aujourd'hui, ce qu'il en distinguait s'apparentait à une figure de petit bourgeois, affligeant de conformisme, lesté d'une femme et de deux mômes, à jamais empêché dans ses rêves avortés. Sa bourgeoise et lui formaient un joli tableau, oui, mais c'était une pâle copie du Thomas de naguère, l'ambitieux, le fougueux, l'idéaliste. Aussi lisse et terne qu'une page blanche, voilà ce qu'il était devenu. Nicolas aurait parié qu'il n'avait jamais trompé sa bonne femme, même pour une banale histoire de cul. Pourtant, ce n'étaient sûrement pas les occasions qui manquaient, beau comme il était. Comment se faisait-il qu'il fût devenu la caricature de ce que Nicolas méprisait, alors qu'il n'avait jamais cessé de l'aimer ! Les autres ? Des passe-temps pour de distrayantes galipettes. De jeunes paumés racolés rue Sainte-Anne, que sa prestance et son fric éblouissaient. Ça s'arrêtait là. Il en changeait à peu près toutes les semaines, leur faisait payer cher son amour déçu. Il sentit approcher la chape de cafard qui lui tombait dessus chaque fois qu'il pensait à Thomas. Il regretta de l'avoir invité, il n'aurait pas dû. En réglant l'addition, tandis qu'il sifflait sa dernière gorgée de champagne, il résolut de le voir moins, de ne le voir plus. Ils se séparèrent en hâte sur le trottoir, alléguant le réveil tôtif du lendemain.

Madeleine et Thomas gardèrent un goût amer de cette soirée. Ils convinrent que Nicolas s'était conduit comme un imbécile de la pire espèce, pas seulement avec Bastien, mais avec lui-même. Qu'il veuille se rassurer ou donner le change sur une vie personnelle en morceaux ne l'obligeait nullement à se comporter en goujat et en parvenu. Le Nicolas de ce soir-là n'était pas le vrai, Thomas le savait mieux que quiconque. Qu'était devenu l'autre ? Dans quel recoin obscur s'était-il retranché ?

Il y avait désaccord au sein de Lérins quant au nom du nouveau masculin. Une composition formulée sur une base de notes froides, minérales, contrastées d'une pointe de poivre du Sichuan. Tous les mâles de l'équipe furent mis à contribution, d'abord pour tester le produit en s'imprégnant de ses essences, de ses subtilités olfactives, avant de le faire *parler*, d'écouter son langage intime.

De cette opération, plus ou moins fructueuse, ressortit une liste de noms que l'on s'employa à étudier, à trier d'après un répertoire de critères *marketing*. Le nom se devait de *chanter* à l'oreille du client, de le séduire sans occulter sa virilité. Nombreuses furent les propositions, souvent farfelues, parfois originales, toutes également promues à la corbeille. Perrugin souligna qu'il s'agissait moins de fournir un nom qu'une signature. Anne Berthon, encore elle, suggéra *Graphite*. De l'avis général, *Graphite* sonnait bien, définissait le produit, oui, on pouvait difficilement trouver mieux. Perrugin médita le mot quelques secondes, le jugea *intéressant*, mais s'abstint de tout commentaire, ce qui n'était pas bon signe. La dernière réunion de juillet s'acheva sans qu'on eût tranché en faveur de telle ou telle proposition. Perrugin quitta la salle en décrétant qu'on remettrait le sujet sur la table en septembre.

De retour dans son bureau, Thomas eut la surprise d'entendre sonner son téléphone et la voix du président au bout du fil.

— Thomas, passez me voir avant de partir.

Ce dernier poussa un soupir, il avait promis aux enfants de les emmener au McDo du Forum. Il devait avant cela récupérer chez Avis la voiture qu'il avait louée pour faire le trajet jusqu'à R. le lendemain. L'année avait encore été très chargée et il attendait ces vacances avec impatience. Madeleine, pour sa part, n'était pas fâchée de quitter Paris et de rompre momentanément avec son quotidien de mère de famille. La routine commençait à lui peser et elle envisageait de reprendre le travail après les prochaines vacances de Pâques, quand Esther ferait sa rentrée scolaire. Elle avait contacté plusieurs galeries où elle savait que le nom de Korma lui garantissait le meilleur des CV. Deux s'étaient montrées intéressées par sa candidature, dont celle de Monica Frazzi, une amie de Korma, qui l'avait invitée à la recontacter dès qu'elle serait disponible. Fait étrange, Madeleine avait parfois l'impression que l'ombre du vieil homme continuait de veiller sur elle.

À dix-sept heures, soit une heure en avance sur son horaire habituel, Thomas frappa à la porte de Perrugin.

— Je ne t'attendais pas si tôt, nota ce dernier en consultant sa montre.

— J'ai une longue soirée qui m'attend, se contenta de répondre l'intéressé.

— Je comprends...

À vrai dire, Perrugin comprenait moyennement, le travail passant avant tout. Il ne lui avait pas échappé que Thomas partait une heure plus tôt certains soirs de la semaine, mais ses résultats n'en souffrant pas, il s'était gardé de faire le moindre commentaire. Après l'avoir invité à s'asseoir, il lui proposa un verre, que ce dernier déclina. Perrugin ouvrit l'un des panneaux de la bibliothèque, dévoilant un minibar d'où il sortit un pur malt écossais dont il versa une rasade dans un verre à whisky. Thomas l'observa tandis qu'il regagnait son bureau. L'homme avait grossi, son ventre débordait du pantalon, une succession de plis creusait son front. Après toutes ces années, on ne savait toujours quasiment rien de lui. Il semblait que l'essentiel de sa vie se résumât au travail. Il ne se confiait pas, ne trahissait pas d'émotions ou d'affections particulières. Perrugin était une énigme sur laquelle on butait. Une nouvelle fois, la ressemblance avec Decourtieux frappa Thomas, bien qu'il n'eût pas vu celui-ci depuis la naissance de Jérémie. Perrugin s'assit lourdement, posa sur son bureau le verre qu'il garda en main. Une mèche avait glissé sur son front, accusant la fatigue de ses traits. Durant quelques secondes, il fixa sur Thomas le noir de ses pupilles.

— Que penses-tu de la proposition d'Anne Berthon ? demanda-t-il.

— Élégant, concis, *Graphite* illustre parfaitement notre produit.

Perrugin s'adossa à son fauteuil, croisa les doigts sur son ventre.

— C'est vrai, mais pour l'instant, je préfère le mettre de côté. En fait, je voulais te voir pour parler d'un sujet auquel je réfléchis depuis un moment. Je crois qu'il est temps d'offrir à notre marque la place qu'elle mérite en lui conférant une stature internationale.

— D'accord, approuva Thomas, mais quel rapport avec *Graphite* ?

— J'y viens… À la suite de la présentation d'*Alliage* dans l'un des *Vogue* de 92, tu te souviens, j'avais été contacté par deux distributeurs américains, non des moindres, Skelter.inc et Brilliant. Ils évoquaient une possible association à laquelle je n'avais pas donné suite, la jugeant prématurée. Cela dit, il faut croire qu'ils ont flairé la bonne affaire au vu de nos récents succès car ils m'ont recontacté et proposent de conclure un partenariat afin de distribuer nos parfums à New York et dans le New Jersey.

— Proposition alléchante mais hasardeuse concernant Brilliant, déclara Thomas du tac au tac, dont personne n'ignore qu'il est au bord du dépôt de bilan.

Perrugin apprécia le commentaire à sa juste valeur ; combien de ses cadres épluchaient les revues économiques avec autant de soin ? Une nouvelle fois, il se félicita d'avoir Thomas dans ses rangs, le mec était incollable.

— Je sais tout ça, répliqua-t-il, mais je connais aussi les Américains. Dans l'art de rebondir, Brilliant n'est pas le plus mal placé. Ce n'est pas la première fois qu'il se trouve en mauvaise posture, ce qui ne l'a pas empêché il y a quatre ans de vouloir avaler Skelter.inc en lançant une OPA, tentative avortée mais qui a fait grand bruit à l'époque.

Sur ces mots, Perrugin plissa les paupières et garda le silence une poignée de secondes avant d'ajouter :

— Alors, qu'en dis-tu ?

Thomas inspira profondément et pesa ses mots avant de répondre.

— Je pense en effet qu'il y a là une opportunité à saisir, à condition de savoir où nous mettons les pieds. Brilliant a la main sur un réseau de parfumeries plus important que Skelter.inc, mais son image est moins flatteuse que ce dernier qui, lui, bénéficie en plus d'une implantation à Los Angeles et San Francisco.

Perrugin considéra Thomas avec un sourire en coin.

— Je vois que tu as *un peu* potassé le sujet. Ça tombe bien, parce que je souhaite te confier la direction du projet, d'autant que tu maîtrises l'anglais commercial à la perfection, ce qui n'est pas mon cas. Je te préviens, ce ne sera pas de tout repos. J'aurai besoin de toi à mes côtés, besoin d'une disponibilité sans faille à chaque étape du *process*. Si ce n'est pas le cas, il faut me le dire tout de suite.

La réponse de Thomas ne se fit pas attendre.

— Je suis partant.

— Tant mieux, le contraire m'aurait déçu.

Perrugin se redressa, signant la fin de l'entrevue, et raccompagna Thomas à la porte.

— Merci, mon vieux, dit-il, je savais que je pouvais compter sur toi. Une dernière chose. Si un accord se conclut avec les Américains, notre nouveau parfum sortira en avant-première aux États-Unis. Il lui faut un nom qui parle à l'oreille des Amerloques, *Graphite* ne passera pas outre-Atlantique – trop daté, pas assez jeune –, d'où ma réticence à le garder. À l'occasion, réfléchis-y pendant les vacances. En attendant, je vais contacter notre conseil juridique, pour qu'il étudie la chose de près.

— Si vous me permettez, objecta Thomas, je crois avoir la personne qu'il nous faut.

Après avoir rendu les clés du véhicule de location à l'agence Avis, Thomas embarqua à bord de la R5, où l'attendaient Étienne, Madeleine et les enfants. L'odeur de l'habitacle réveilla chez lui une foule de souvenirs ; ses premières virées avec Madeleine, les baisers et les fous rires devant leur bonheur tout neuf, les fois où il conduisait Marthe au Thillais (elle avait toujours détesté prendre le volant), ainsi que celle où Stella, revenant de Bretagne, lui avait conté sa rencontre avec son père.

Comme un fait exprès, c'est sur cette même petite route qu'avait empruntée Thomas qu'Étienne lança la voiture. Quand, au détour d'un virage, se profila la chapelle Saint-Lyphard, lui revinrent en mémoire quelques-unes des paroles de Stella à ce propos. Il songea au courage qu'il lui avait fallu pour s'aventurer dans cette hasardeuse expédition. Il lui tardait de la revoir, de renouer le fil de leurs conversations en pointillés, d'une année sur l'autre, puisqu'ils ne se voyaient plus guère qu'aux vacances d'été. Le reste du temps, c'est Marthe et Étienne qui tenaient par téléphone la chronique villageoise élargie au Thillais et à R, où vivaient la plupart de leurs amis et connaissances. De manière délibérée ou non, ils ne faisaient jamais allusion aux Essarts. Étonnamment, il ne leur venait pas à l'idée que Thomas n'eût que faire de l'actualité de R. Ses années d'étudiant étaient loin, la plupart de ceux qu'il avait connus étaient partis, que lui importait que le fils Joubert franchît les grilles de la prison pour la deuxième fois ?

— Tu te rends compte, s'était exclamée Marthe face à son absence de réaction. Il a dévalisé une bijouterie, quand même !

Peut-être, mais Paris lui avait tanné le cuir avec ce genre de faits divers. Stella lui téléphonait de temps à autre, toujours le week-end, sans doute pour être sûre de tomber sur lui. Cela donnait lieu à une conversation inconsistante, poinçonnée de silences, comme si elle n'appelait que pour entendre sa voix. La nature de leurs relations ne pouvait s'accommoder de ces échanges, ils avaient besoin de se voir, de se toucher, de rattraper les mois d'absence. Thomas éprouvait toujours un sentiment d'irritation mêlé de frustration lorsqu'il raccrochait.

— Qu'est-ce qu'elle voulait ? demandait Madeleine.

— Prendre des nouvelles, répondait-il, ce qui n'était ni tout à fait exact ni tout à fait faux.

Marthe, flanquée de François, guettait l'arrivée de sa marmaille sur le pas de la porte. La voiture à peine arrêtée, Jérémie courut se jeter dans les bras de son ami avec des cris de joie, sous le regard attendri des aînés. On n'en revenait pas de voir les deux garçons si unis.

— Et moi, tu m'embrasses pas ? s'indigna sa grand-mère.

Si, évidemment, Jérémie n'était pas avare de son affection. Rien ne lui était plus agréable que le village et ses habitants, ce bout de campagne ceinturé de collines qui le coupaient de la ville. Jérémie n'était pas citadin, il n'aimait pas Paris, contrairement à Esther qui, très tôt, manifesta son goût pour la foule et l'animation. Soûle de fatigue, son père la monta à l'étage où l'attendait le lit qu'avait préparé Marthe, dans un angle de la chambre de Thomas. À peine la tête sur l'oreiller, la fillette s'endormit d'un sommeil de plomb.

Ils dînèrent tous les cinq sous la pergola, enveloppés d'effluves de citronnelle qu'avait vaporisée Marthe afin d'éloigner les moustiques.

— Stella a téléphoné pour dire qu'elle viendrait la semaine prochaine, annonça Marthe, et Violette nous a invités à dîner demain.

D'une année sur l'autre, rien ne changeait au village, songea Thomas avec l'impression que le temps s'était figé là, loin des soubresauts du monde. Le village était un vase clos passé maître dans l'art de faire la sourde oreille aux échos de la planète. Son père frôlait la soixantaine, d'ici un an ou deux il serait à la retraite, son univers n'était pas celui de son fils. Quant à sa mère, que savait-elle du monde un fois passées les limites du Thillais et de R ? Thomas se rappelait qu'une fois installé dans la capitale, il les avait invités le temps d'un week-end. Ils étaient venus, oui, et peut-être avaient-ils apprécié le panorama du haut de la tour Eiffel ou admiré Paris au cours d'une promenade en Bateau Mouche. Mais comment savoir ? Ils s'étaient comportés en touristes disciplinés, l'œil voguant à la surface des choses sans s'en pénétrer jamais, comme si le spectacle de la rue, les monuments leur étaient étrangers. L'empressement avec lequel ils avaient sauté dans le train du retour, le soulagement qui les autorisait enfin à rire et à se détendre ne lui avaient pas échappé. D'ailleurs, ils ne reparlaient jamais de ce week-end qu'ils semblaient avoir effacé de leur mémoire.

Une fois la maison endormie, Thomas repensa à son entretien de la veille et à la proposition de Perrugin. Comment ne pas dire oui à une telle opportunité ? Trop belle pour la laisser filer. Dans le cas contraire, il se serait désavoué aux yeux du *boss*. Et aux siens propres, car l'occasion ne se représenterait pas de sitôt, du moins chez Lérins, attendu que ce dernier ne lui pardonnerait pas un refus. Malgré l'estime et le respect qu'il lui portait, Thomas ne s'illusionnait pas sur les qualités humaines de Perrugin, animal à sang-froid pour qui l'intérêt de l'entreprise passait en premier. Il avait répondu sans attendre, s'interdisant le temps de la réflexion. Enfin, il allait sortir du rang des cadres au profil tristement identique pour entamer son ascension. Enfin lui étaient reconnus le talent, la singularité, la capacité de travail, l'éventail des qualités qu'il avait mises avec enthousiasme au service de Lérins. Qui mieux que lui pour développer le projet américain ? Brice prévoyait de partir, quant aux autres… Perrugin jugeait les gens sur pièces et de la confiance qu'il avait placée sur lui, Thomas pourrait escompter une certaine liberté d'action. En revers de médaille l'attendaient des journées à rallonge, un surcroît de travail, moins de temps pour sa famille, autant de choses qui feraient grincer des dents Madeleine. Oui, mais l'heure était aux décisions, et sa décision était prise.

Au petit-déjeuner, Thomas surprit le regard de sa mère sur Madeleine. Il l'avait remarqué la veille, comme si elle brûlait de dire quelque chose avant de se raviser. N'y tenant plus, elle attaqua :

— Je suppose que tu vas aller voir tes parents.

— Non, répondit l'intéressée le plus simplement du monde, ce n'est pas dans mes intentions.

Une étincelle embrasa la pupille de Marthe.

— Après ce qui est arrivé à ton père ! dit-elle au seuil de la colère. Comment peux-tu ?

Madeleine reposa sa tasse avec une lenteur étudiée. Les deux femmes n'avaient pas dépassé le stade de l'entente cordiale, un non-problème pour Madeleine, qui n'avait jamais quêté l'affection de Marthe. Depuis le début, elle avait pris le parti d'ignorer l'attitude peu amène, voire hostile de celle-ci à son égard.

— Decourtieux n'est pas mon père. Que lui est-il donc arrivé ? articula-t-elle avec un calme frisant l'indifférence.

Ce fut Étienne qui prit la parole. Avec lui, la communication passait mieux.

— Decourtieux a fait un accident vasculaire cérébral en avril dernier. Heureusement pour lui, les secours sont intervenus rapidement et l'ont conduit à l'hôpital de R. où il est resté plus d'un mois. Depuis, il a recouvré en partie l'usage de la parole, mais il est très diminué, à ce qu'on dit. Il n'est pas sûr qu'il puisse retravailler.

— Je l'ignorais. Il est aux Essarts ?

— Oui. Il a une infirmière à domicile et le kiné vient chaque jour.

Le bilan de santé de Decourtieux n'éveilla pas l'ombre d'une émotion sur le visage de Madeleine. Elle acheva sa tasse de thé posément, repoussa de son geste habituel les boucles qui encombraient son front.

— Tu m'accompagneras ? demanda-t-elle à Thomas tandis que Marthe ruminait son irritation.

Il avait plu abondamment en juin, ce qui n'empêchait pas l'arrosage automatique d'accomplir sa tâche comme au plus fort de la canicule. Ève les accueillit sur le perron. Elle était vêtue d'une ample jupe corail sous un corsage blanc à col échancré, un ravissant jonc en or au poignet.

Thomas fut frappé par son allure, qu'il ne lui avait jamais vue, celle d'une femme rajeunie de dix ans, comme si son être s'était libéré des tensions qui contraignaient d'ordinaire ses gestes. Son visage irradiait d'une expression presque gaie, sans comparaison avec son habituel air compassé. Quelle explication donner à ce spectaculaire revirement, se demanda-t-il, sinon que la récente infirmité de Decourtieux inversait le jeu de leurs relations ? Pour sa part, Madeleine ne manifesta aucune surprise, et c'est avec sa coutumière froideur qu'elle donna l'accolade à sa mère.

— Il ne voulait pas que je te prévienne, déclara celle-ci en guise d'introduction, et je partageais son avis. À quoi cela aurait-il servi ? Vous n'avez jamais eu beaucoup d'affection l'un pour l'autre.

Tout ceci énoncé d'une voix claire, sans hésitation. Après quoi, elle embrassa Thomas avec une chaleur non feinte.

— Votre visite me fait plaisir, ajouta-t-elle, les journées sont longues, je ne vois quasiment personne, en dehors de l'infirmière. Venez.

Elle les précéda dans le couloir jusqu'à une porte qu'elle entrebâilla, dévoilant le bureau de Decourtieux reconverti en chambre médicalisée.

Madeleine n'y était entrée qu'en de rares occasions, arrêtée moins par l'interdiction qu'elle avait reçue d'y pénétrer que par le désir d'éviter son beau-père. Un composé olfactif – effluves organiques et médicamenteux – les assaillit, rehaussé du lourd parfum de vétiver que Madeleine associait à Decourtieux et qui lui soulevait le cœur où qu'elle le sentît.

La pièce, aménagée pour répondre aux besoins d'un invalide, avait l'apparence d'une chambre d'hôpital avec son attirail médical. Au fond du lit, calé sur des oreillers, gisait un Decourtieux amaigri, dépouillé de son assurance, quoique animé par une forme de vitalité que reflétait l'éclat vif de ses prunelles. Le côté gauche de son visage, sous l'effet d'un curieux affaissement, donnait l'impression d'avoir été fondu dans la cire. Son front, son cou luisaient de sueur et une touffe de poils gris s'échappait du col de sa veste de pyjama. Il offrait le spectacle d'un homme déchu, mais la petite flamme rusée au fond de son regard affirmait qu'il n'entendait pas renoncer ni rendre les armes, pas encore. En voyant Madeleine, il leva vers elle son bras valide, sans doute dans l'intention de saisir sa main, mais face à l'incongruité du geste, celle-ci s'immobilisa, bouchée bée, incapable de répondre à cette main tendue. Decourtieux comprit-il à l'expression de la jeune femme que ce contact lui était odieux, qu'il ne pourrait jamais en être question entre eux ? Sa main retomba lentement sur le drap et il s'arrima aussitôt à Thomas, à qui il jeta un regard de supplicié. C'était de ce dernier que viendrait son salut, il l'avait toujours su. La preuve en était qu'il était là, qu'il ne lui refusait pas sa main, lui. La bouche déformée par un rictus, il marmonna une bouillie de mots avant de cligner des paupières, au comble de l'humiliation. Decourtieux détestait plus que tout se voir en position de faiblesse dans le regard des autres. Ce renversement des rôles lui était intolérable, raison pour laquelle il avait limité ses visites aux seuls soignants. Visiblement ému, Thomas contourna le lit et vint s'asseoir à son chevet.

— Viens, dit Ève en prenant sa fille par l'épaule, laissons-les, ils ont à parler.

Dans le salon, les deux femmes s'assirent face à face et Ève entama sur-le-champ un long monologue entrecoupé de petits rires que Madeleine écouta d'une oreille distraite. Elle n'était pas dupe du lien complexe qui unissait les deux hommes. D'ailleurs, se demandait-elle, Thomas déchiffrait-il clairement la fascination que lui inspirait Decourtieux, à moins qu'il ne préférât camper sur le socle de vanité où ce dernier l'avait hissé ? Ce lien remontait à sa première année de collège, avant même le suicide de Louis, il était ancien, profond, impossible à démêler et à comprendre pour autrui. S'il avait vécu aux Essarts, il aurait vu le véritable visage de Decourtieux, à travers ses colères, ses hurlements, ses faux pas, celui qu'elle lui connaissait, mais peut-être le fait d'avoir eu une enfance heureuse, exempte de heurts et de scènes affreuses, invitait-il Thomas à tester ses capacités de résistance face au danger. Car, Madeleine en était convaincue, il y avait danger pour lui, donc pour elle. Elle aurait juré que Decourtieux allait profiter de son état pour tenter d'amadouer Thomas et le gagner à sa cause. Rien n'avait jamais davantage compté que son entreprise, il aurait pactisé avec le diable pour la sauver. Désormais cloué au lit, il lui fallait quelqu'un de compétent pour en prendre la tête, un homme efficace et résolu sur qui il eût néanmoins une certaine emprise. Thomas était cet homme, Decourtieux l'avait toujours su. Tandis qu'Ève l'abreuvait de ses futilités, une tasse de darjeeling à la main, Madeleine essayait de capter des bribes de leur conversation.

— Tu m'écoutes ? demanda sa mère à un moment donné.

— Excuse-moi, tu disais ?

— Que j'arrive au bout de ma cure de sevrage. J'ai quasiment arrêté les antidépresseurs.

— Formidable !

— Oui. Je n'aurais jamais cru pouvoir m'en passer. Et finalement… Quel dommage que tu n'aies pas amené Esther ! Je ne l'ai vue que sur les photos que tu m'as envoyées. Je suis sa grand-mère, après tout.

Madeleine aurait donné cher pour se trouver ailleurs, n'importe où loin d'ici. En elle remontait le vieux fond d'angoisse dont elle s'était délestée en arrivant à Paris. La maison générait toujours ce flux maléfique, souterrain, qui contaminait les âmes.

— Cet endroit n'est pas fait pour les enfants ! lança-t-elle.

Ève cilla légèrement, puis la considéra avec gravité.

— Je sais que c'est impossible, mais je voudrais tellement rattraper le temps perdu, que nous puissions nous retrouver un jour, ma chérie !

— Je t'en prie. Débrouille-toi comme tu veux avec tes regrets, mais épargne-moi le ridicule.

— Tu es si dure, tu ne pardonnes rien. Pourtant...

À cet instant, Thomas, l'air passablement remué, apparut à l'entrée du salon, d'où il considéra tour à tour l'une et l'autre.

— Il s'est endormi, murmura-t-il.

Comme obéissant à un signal, Madeleine se leva brusquement et lui empoigna le bras avec force.

— Partons, dit-elle, quittons cette maison tout de suite.

Huit jours plus tard, le couple s'envola pour un séjour d'une semaine à Barcelone, confiant les enfants à Marthe et Étienne. Le jour de leur départ, Esther pleurnicha jusqu'au coucher alors que Jérémie, entre François, ses grands-parents et Violette, était aux anges. Entre-temps, Madeleine avait retrouvé le sourire.

13

Anne-Lise Audouin fit une entrée remarquée dans le bureau de Perrugin. Elle avait beaucoup changé depuis que Thomas l'avait vue pour la dernière fois. Elle n'était pas jolie – elle ne le serait jamais –, toutefois, sa silhouette sanglée dans un élégant tailleur dégageait une force, une détermination qui n'étaient pas sans charme. Chaussée de talons hauts, lunettes d'écaille sous une frange d'un noir de jais, on ne lui voyait ni bijoux ni accessoires.

Elle avait fini par atteindre l'assurance dont se prévalent ceux qui ont fait de la loi leur métier.

Seule femme chez Ferney, elle s'était imposée auprès de ses collègues, se taillant une réputation de bosseuse et de dure à cuire. Avec elle, exclues les blagues potaches et les allusions équivoques, Audouin goûtait peu la plaisanterie.

Elle tendit une main fine, osseuse à Perrugin tandis que Thomas faisait les présentations. Une fois assise, elle tira un calepin de son porte-documents et fit un résumé des notes qu'elle y avait consignées lors de son entretien téléphonique avec ce dernier.

— Ce que je vous demande, en tant que spécialiste en droit international, commença Perrugin, c'est une étude exhaustive du contrat que nous sommes en passe de conclure avec les Américains. Skelter est une énorme boîte qui dispose d'une armada d'avocats et de solides moyens financiers. Or, nous sommes loin de disposer de la même force de frappe, moyennant quoi nous devons impérativement nous couvrir. Je compte sur vous pour éplucher ce contrat avec la plus grande rigueur, et débusquer les éventuelles clauses litigieuses. Vous me suivez ?

— Tout à fait. Pour ce faire, je vais avoir besoin de temps. Il me faudra une copie de l'intégralité du dossier, en plus du contrat. Je devrai pouvoir vous joindre à n'importe quel moment de la journée, ainsi que monsieur Lesquen, afin de ne pas freiner l'avancée de mes recherches. En outre, sachez que Ferney est associé à un cabinet de juristes d'affaires new-yorkais, Ogilvy&Frazer, que je pourrai consulter le cas échéant pour clarifier certains points du droit américain, ce qui nous offre une garantie supplémentaire. Enfin, je ne vous cache pas que tout ceci a un coût, assez élevé au regard de la somme de travail demandée. Je vous laisse réfléchir et me contacter si vous décidez de faire appel à mes services. Voilà ce que je peux vous dire en l'état actuel des choses. Avez-vous des questions ?

Non, pas pour le moment. C'était sec, précis, du Anne-Lise au meilleur de sa forme. Elle conclut l'entretien sur une formule de politesse et quitta le bureau comme elle y était entrée. Durant quelques secondes, Perrugin demeura sans réaction, fixant la porte qui venait de se refermer. Thomas l'observa un instant avant de sortir du silence.

— Eh bien, dit-il, qu'en pensez-vous ?

La bouche de son patron s'arrondit sur une mimique à la fois perplexe et amusée :

— Eh ben, dis donc, c'est pas une marrante, ta copine.

— Pourquoi ? Vous auriez préféré un rigolo ?

Ils se retrouvèrent dans une brasserie de Montparnasse quinze jours plus tard pour faire un point sur l'avancée de ses recherches.

Comme on pouvait s'y attendre, Audouin n'avait pas chômé.

— Si toutes les entreprises étaient aussi saines ! dit-elle après avoir commandé un Perrier citron. D'accord, elle a un peu dérapé il y a quatre ans, mais elle s'est bien rattrapée depuis. Je vais poursuivre mes investigations, mais je suis assez optimiste pour la suite.

Ils bavardèrent sur leurs métiers respectifs (le sujet de prédilection d'Anne-Lise) avant que Thomas ne demande des nouvelles de Nicolas.

— J'ignore ce qu'il devient. Tout ce que je sais, c'est qu'il est en Angleterre. Il ne donne plus signe de vie et de mon côté, je m'interdis de l'appeler. Nous sommes un peu en froid.

— Ah ! Vous étiez pourtant très proches.

— Oui, mais il a beaucoup changé. Pour tout dire, il était devenu franchement invivable. Si j'ai fait le choix de vivre seule, ce n'est pas pour me coltiner un mec imbuvable. Or, il était odieux avec tout le monde, ses petits amis en particulier et moi à l'occasion. Je crois qu'il ne guérit pas de son amour pour toi.

— Tu en parles comme s'il était malade.

— Malade, non, mais il souffre, c'est certain. Je pense que c'est d'abord pour ça qu'il est parti à Londres, où il envisage de s'installer. Le fait est que monter une entreprise là-bas est plus simple qu'en France. Tu connais les rapports de Nicolas avec l'administration. À partir de là, j'ai pris un appartement dans le 18e, et je m'en trouve très bien, sans compter que c'est direct en métro jusqu'au cabinet.

— Et tu as des projets ?

— Des projets ? demanda Anne-Lise en arquant les sourcils.

— Une vie de couple, des enfants par exemple.

— T'es vraiment un cas, toi ! À t'entendre, on dirait que la famille est le fondement de l'existence.

— Pas nécessairement, mais pourquoi pas ?

— L'exemple de ma mère passant sa vie à torcher mes frères et sœurs m'a vaccinée contre l'envie de faire des mômes.

— Des enfants, peut-être pas, mais un compagnon.

— Un homme ou des mômes, je vois pas la différence. Autant prendre un chien.

Trois mois s'écoulèrent avant qu'il ne soit fait allusion à l'épisode des Essarts. La vie quotidienne avait repris ses droits, Madeleine s'était rassurée, Paris était son île, elle s'y sentait en sécurité.

Depuis leur retour, elle s'était gardée d'évoquer la santé de Decourtieux, bien qu'Ève lui téléphonât de temps en temps, soi-disant pour la tenir informée de ses progrès, en réalité pour parler d'elle, de ce qu'elle appelait sa renaissance. Madeleine ne donnait jamais prise à ses divagations débitées sur un ton faussement enjoué. Elle ne croyait pas plus à cette renaissance qu'aux précédentes.

Viendrait le moment où Ève replongerait, c'est-à-dire dès que Decourtieux aurait récupéré ses capacités, puisque tel semblait être le cas.

Un soir d'octobre, Madeleine et Thomas se rendirent à dîner chez Brice et Sarah. Après avoir confié les enfants à madame Corti, ils s'engouffrèrent dans le taxi qui les conduisit rue Monge, où vivaient leurs amis. Les enfants furent au cœur de la conversation du début de soirée – Nathan demeura avec eux jusqu'à ce que ses paupières se ferment –, puis on aborda l'attentat de juillet du RER Saint-Michel. Comme tout un chacun, ils redoublaient de vigilance dans les transports en commun, s'accordant sur le climat étrange qui hantait les couloirs du métro, condensé de haine, de peur et de colère. Enfin, Brice en vint à évoquer l'entretien – le second – qu'il avait passé au siège de L'Oréal.

— Je suis heureux de l'apprendre, grinça Thomas.

— Je ne te prends pas en traître. Tu savais que j'avais l'intention de partir.

— Oui, mais tu aurais pu me parler de cet entretien, non ?

— Non, ça n'aurait servi à rien tant que je n'avais pas de confirmation... Ils sont très intéressés par mon profil.

— Tu m'étonnes !

— Et mon salaire va quasiment doubler.

— Autrement dit, l'affaire est bouclée.

— Plus ou moins.

— Quand pars-tu ?

— Pas avant avril. Tu vois, il n'y a pas le feu.

— Et Perrugin ?

— Je l'informerai en temps et en heure, déclara Brice.

Madeleine orienta aussitôt la discussion vers d'autres thèmes, mais le cœur n'y était plus. Muré dans un silence réprobateur, Thomas ne participait que du bout des lèvres. La soirée se termina sur un léger malaise que les deux femmes ne parvinrent pas à dissiper.

— Je ne comprends pas ton attitude, soupira Madeleine dans le taxi sur le chemin du retour.

L'œil sur la vitre, Thomas regardait sans le voir un Paris nocturne livré aux bourrasques d'automne.

— Je sais, confessa-t-il. Je me suis comporté comme un imbécile. J'arrangerai ça avec Brice lundi.

La fin du trajet s'acheva sans un mot. Passé la surprise de les voir rentrer plus tôt que prévu, madame Corti fit un bref rapport de la soirée avant de prendre congé. Madeleine vérifia que les enfants dormaient bien, puis elle regagna le salon. Quelque chose persistait de la mauvaise humeur de Thomas, à la façon qu'il avait de se tenir au centre de la pièce, mains dans les poches, sourcils froncés. Sa compagne avait l'expérience de ces incidents – rares, heureusement – généralement liés au travail, elle savait comment les désamorcer.

— Qu'est-ce qui se passe ? demanda-t-elle en s'asseyant dans un fauteuil, l'invitant ainsi à se confier.

Il lui offrit un cognac – qu'elle refusa –, s'en servit un, prit place face à elle. Pendant un instant, il garda un silence têtu, enfantin, les yeux sur son verre puis, levant la tête, il riva son regard au sien. Ce qu'elle y lut de défi l'alarma.

— J'ai reçu un appel de Philippe la semaine dernière, lâcha-t-il.

Sur le coup, elle n'entendit pas, sa raison fit obstacle aux mots, refusant de leur donner un sens. Puis, de ce chapelet s'en détacha un, celui qu'elle honnissait plus qu'aucun autre. S'efforçant de maîtriser son trouble, elle haussa un sourcil interrogatif et repoussa vivement les mèches de son front.

— Oui, dit-elle.

— Il va beaucoup mieux, au point qu'il a repris le travail. À mi-temps, bien sûr, et contre l'avis des médecins, mais tu connais Philippe !

Tu connais Philippe. L'once de tendresse qu'elle perçut dans l'énoncé du prénom lui parut renfermer la plus terrible des menaces. Decourtieux avait ferré Thomas, le reste n'était qu'une affaire de temps.

— Je suppose qu'il ne t'a pas appelé pour t'entretenir de sa santé. Que t'a-t-il dit exactement ? insista-t-elle.

— Il veut que je prenne la direction de « Decourtieux Cartonnages », déclara Thomas d'une voix déterminée.

— Et alors ?

— Je lui ai répondu que ce n'était pas possible cette année parce que nous avions un *deal* avec les Américains, un truc hyper important pour l'avenir de Lérins, mais que...

— Il n'y a pas de mais ! le coupa-t-elle si violemment qu'il eut un mouvement de recul. Je le connais, je le connais mieux que toi. Je sais tout ce qu'il cache, tout ce dont il est capable et que tu ne soupçonnes pas. J'ai toujours su qu'il te *voulait*, mais c'est hors de question ! s'écria-t-elle. Ce type va te tuer, Thomas, aussi vrai qu'il a tué Louis, en s'emparant de ton âme, à ton insu, chaque jour un peu plus et tu n'y verras que du feu. Il abîme tous ceux qui l'approchent, tu n'as pas idée de son pouvoir de nuisance.

Thomas ne s'étonna pas de la réaction de Madeleine. À vrai dire, il s'y était préparé, peut-être même l'avait-il espérée. Le contentieux qui opposait sa compagne à son beau-père était énorme et il n'ignorait rien des raisons qu'elle avait de lui en vouloir, toutefois cela constituait un obstacle majeur à la réalisation de son dessein : prendre la tête de l'entreprise. Il avait beaucoup réfléchi depuis son entrevue avec Decourtieux, au cours de laquelle celui-ci, en termes laborieux, l'avait exhorté à lui succéder dès que possible. Pour être tout à fait sincère, Thomas s'était laissé facilement convaincre. Devait-il se dédire ? Non. Avoir des regrets ? Non plus. L'heure approchait pour lui de récolter le fruit de son travail. Certes, il avait un poste enviable chez Lérins, l'entière confiance du PDG et la perspective de devenir son bras droit en cas de succès avec les Américains. Et ensuite ? Lérins était – avait été – une belle aventure de douze ans, qui aurait pu durer longtemps encore, au vu de son évolution, mais l'ambition de Thomas était ailleurs. Entre demeurer (pour combien de temps ?) le bras droit de Perrugin et prendre la tête de « Decourtieux Cartonnages », il n'avait pas été long à trancher. La proposition de Decourtieux ne se représenterait pas, c'était une chance à saisir sur-le-champ. En outre, qui sait si le vieux n'allait pas finir par se lasser et passer la main à quelqu'un d'autre ? Mais il y avait Madeleine, qui s'obstinait dans son refus.

Replongeant le nez dans son verre, Thomas songea qu'il venait d'ouvrir la boîte de Pandore, non sans frémir quant aux conséquences que son geste risquait de provoquer entre Madeleine et lui, tout en se disant que c'était la condition nécessaire à la résolution du problème qui leur empoisonnait la vie. L'annonce du départ de Brice l'avait décidé à briser le silence, parce qu'il avait dit oui à Decourtieux, oui pour septembre, et qu'il ne disposait que de quelques mois pour venir à bout des objections de Madeleine.

— Nous avons la vie que nous désirions ici, tous les quatre. Tu as un métier qui te passionne, un très bon salaire, une promotion inespérée, énonça-t-elle d'une voix tremblée qui résonna désagréablement aux oreilles de Thomas. Qu'est-ce que tu veux de plus ?

— Être seul maître à bord, voilà ce que je veux, ce que j'ai toujours voulu. Dans deux ans, Philippe sera à la retraite, j'aurai alors les mains libres. Nous pourrions nous installer à R., où tu ne risquerais pas de le croiser. Et puis là-bas, on connaît du monde, ce n'est pas comme si on arrivait en pays inconnu.

Tu parles ! Pour ce qu'elle en avait à foutre de R., de ses habitants et de la poignée de connaissances dont l'incontournable Stella et son mécanicien de mari ! Elle se contenta de le regarder, résolue à ne pas se lancer dans un débat sans fin. Elle avait fait une croix sur sa vie d'avant, son avenir était à Paris, un point, c'est tout.

— Je suis fatiguée, soupira-t-elle, je vais me coucher. Nous reparlerons de tout ça une autre fois.

Le temps était à la neige, il faisait un froid de gueux, Thomas avait hâte de rentrer. Il n'était pas loin de six heures, mais l'obscurité avait déjà tout avalé. Thomas détestait février.

Perrugin l'avait convoqué en toute fin d'après-midi, alors qu'il s'apprêtait à éteindre son ordinateur. Brice pointa la tête dans son bureau.

— Tu viens ?
— Non, vas-y, j'ai un truc à terminer.
— OK. À demain.

Thomas regarda son ami s'éloigner de sa démarche dégingandée, chaudement serré dans son pardessus. Dans un mois et demi, celui-ci s'en irait et il se prenait déjà à regretter son départ. C'était une tranche de sa vie professionnelle qui partirait avec lui, douze années de travail, de complicité émaillées de désaccords qui n'avaient jamais écorché leur amitié. Un mec *cool*, qui à aucun moment n'avait cherché à faire de l'ombre à ses coéquipiers. Il songea que lui-même, si tout se déroulait selon ses plans, quitterait Lérins dans un peu plus de six mois. L'épineuse question du refus de Madeleine n'était pas résolue. Elle n'avait d'ailleurs pas été soulevée depuis la soirée chez leurs amis. À plusieurs reprises, Thomas avait tenté de l'aborder, mais sa compagne coupait systématiquement court à la discussion. En quatre mois, sa position n'avait pas bougé d'un iota et Thomas se demandait comment fendre le bloc de béton armé qu'elle avait dressé entre eux. Cela demeurait une épine dans son pied, mais n'entamait aucunement sa détermination.

Le bureau de Perrugin baignait dans une pénombre douillette que sa lampe de bureau trouait d'un grand cercle lumineux. Le face-à-face des deux hommes, de plus en plus fréquent ces dernières semaines, avait pour thème récurrent le partenariat avec les Américains. L'affaire était bien engagée de part et d'autre de l'Atlantique, on échangeait les fax et les mails quotidiennement, mais les messages de Brilliant traduisaient depuis peu une impatience que Perrugin, sur les conseils de Thomas, s'employait à faire durer.

— Je me demande si nous ne devrions pas les informer de notre décision, commença-t-il, une cigarette à la main.

Avisant le cendrier, Thomas remarqua qu'il n'en était pas à sa première. L'excès de tabac chez Perrugin, fumeur occasionnel, accompagnait toujours un état de tension ou de nervosité.

— Surtout pas, intervint Thomas. Si nous informons Brilliant que nous avons renoncé à notre *business plan* avec eux, ils en déduiront que nous leur préférons Skelter. Ils ont beau être concurrents, dans l'heure suivante, tout le staff adverse sera au courant.

— Peut-être, mais à courir deux lièvres…

— Ce sont les Américains qui nous ont contactés, l'interrompit Thomas, ce sont eux les demandeurs. Nous avons la main, il nous faut la garder, sans quoi ce seront leurs conditions contre les nôtres. Croyez-moi, à notre place, ils n'agiraient pas autrement. Nous devons nous montrer aussi fermes qu'eux si nous voulons être crédibles.

Perrugin écrasa sa cigarette puis passa une main lasse sur son crâne, rabattant au passage une mèche en goguette.

— Tu n'as pas tort. D'accord, nous allons les faire patienter, mais jusqu'à quand ?

— Donnons-nous trois mois, au motif que notre service juridique passe au crible chaque clause des contrats. On n'est jamais trop prudent.

Perrugin cligna plusieurs fois des paupières sur ses yeux rougis par la fumée et fixa Thomas en hochant la tête.

— Je ne te savais pas si pugnace. Tu me surprends, par moments… Mais c'est bien, c'est bien. Pour changer de sujet, voici ce que m'a envoyé Ackermann, dit-il en glissant devant Thomas la lettre de démission de Brice. Tu étais au courant ?

— Oui.

— Je regrette qu'il s'en aille, mais je ne peux pas lui en vouloir. C'est une carrière prometteuse qui s'ouvre à lui chez L'Oréal. J'espère que tu ne comptes pas en faire autant, en tous cas, pas dans l'immédiat.

— Un jour ou l'autre, certainement, répondit Thomas d'un ton neutre.

Perrugin se contenta d'une moue chagrine avant de conclure :

— C'est OK pour repousser à mai les fiançailles avec Skelter, mais pas au-delà. Si ça se concrétise, c'est toute l'Amérique qui succombera au charme de *Graff*. Je gage que 1996 va faire date dans l'histoire de Lérins.

Graff était le nom proposé par Brice pour remplacer *Graphite*, que Perrugin avait validé sur-le-champ.

— C'est tendance, ça parle aux jeunes et surtout, c'est audible à l'international, avait-il déclaré en réunion.

Après l'avoir salué, Thomas quitta le bâtiment sous les premiers flocons et gagna à petites foulées la station Marcel Sembat. Le temps pressait, il n'y avait pas que le projet américain qui urgeait. Il se promit de parler à Madeleine le soir même. Dès que les enfants seraient couchés, il remettrait le sujet sur la table.

Il téléphona à ses parents pour leur annoncer qu'il souhaitait fêter son anniversaire au village. Ceux-ci accueillirent la nouvelle avec joie sans pour autant cacher leur étonnement. Cela faisait plus de dix ans que Thomas n'avait pas fêté son anniversaire en famille.

— Oui, confia l'intéressé à son père au téléphone, mais c'est l'année de mes trente-cinq ans, ce n'est pas rien !

L'argument valait ce qu'il valait, Étienne acquiesça, relayé par Marthe, le bonheur de voir leur fils se passait d'explications approfondies.

Ils convinrent d'une date, préférant à mai les vacances d'avril pour le confort des enfants.

Ils avaient espéré qu'un soleil printanier serait au rendez-vous, mais c'est sous un crachin automnal qu'ils posèrent le pied sur le quai de la gare de R. Si le mauvais temps n'avait nullement altéré le plaisir de Jérémie, Esther, en revanche, avait chouiné depuis le début du trajet, comme chaque fois qu'elle quittait Paris. Son humeur chagrine céda un peu lorsqu'elle reconnut le visage d'Étienne qui flanquait une Mégane flambant neuve.

— Ta mère voulait changer, elle ne se sentait plus en sécurité dans la R5, qu'elle jugeait trop petite, justifia-t-il devant le regard étonné de Thomas.

— Elle la conduit ?

— Bien sûr que non, elle la trouve trop grande !

Ils prirent place à bord, enveloppés d'odeurs synthétiques. Aussitôt s'engagea la conversation tandis qu'Esther, la tête sur les genoux de sa mère, glissait dans le sommeil. Le jour déclinait lorsqu'ils arrivèrent au village. Marthe et Violette les attendaient frileusement serrées l'une contre l'autre, dans un mimétisme de plus en plus prononcé, comme si vivre côte à côte depuis tant d'années estompait leurs dissemblances.

En descendant de voiture, Thomas aperçut de la lumière dans la maison mitoyenne à celle de ses parents, qu'il avait toujours connue inhabitée. Les retrouvailles furent ce qu'elles étaient d'habitude, bruyantes et chaleureuses. On s'extasia devant les enfants, notamment Esther, à qui l'on espérait arracher un sourire. Mais la fillette, exténuée par le voyage, demeura insensible à l'attention qu'on lui portait et refusa de toucher à son assiette. Pour sa part, Jérémie ne boudait pas son plaisir d'être là, assis entre ses grands-parents. Il était chez lui au village, il y retrouvait spontanément ses repères, aussi naturellement que s'il y était né.

— J'espère que François viendra, déclara-t-il à Violette, j'aimerais bien le voir.

— Oui. Il arrive demain avec ses parents. Lui aussi a hâte de te voir.

— Quoi ? s'étonna Thomas. Raimondo sera là ?

— Une fois n'est pas coutume, plaida Violette, il a pu se libérer. Depuis qu'il a embauché un troisième mécanicien, il s'autorise de temps en temps à lever le pied.

— À propos, dit Thomas passant d'un sujet à l'autre, en arrivant, j'ai vu de la lumière à côté.

— Oui, expliqua Marthe, la maison a été achetée par un couple de Parisiens. Des gens sans enfants. Ce n'est pas avec eux que la moyenne d'âge du village va baisser, pouffa-t-elle. On ne les voit guère qu'aux vacances.

— Sympas ?

— Ils disent bonjour.

La soirée se prolongea jusqu'à ce que Violette, s'excusant de n'avoir pas vu passer le temps, se décide à regagner ses pénates.

Ce fut une belle journée d'anniversaire. Stella et Raimondo arrivèrent en fin de matinée, accompagnés de leur fils. Stella témoignait toujours une joie égale en voyant Thomas, qui assurait celui-ci de son indéfectible amitié. Aucune ombre ne troublait jamais la limpidité du regard qu'elle posait sur lui.

Près d'elle, Raimondo faisait figure de colosse. Avec la maturité, il avait acquis une assurance qui le préservait désormais des coups de sang de sa jeunesse. Au contact de Stella, il avait policé ses gestes et ses paroles, appris à se comporter en société. Cependant, il n'avait pas perdu la souplesse animale de ses vingt ans ni les poings durs aux phalanges acérées qui faisaient jadis le désespoir de ses adversaires. Un beau rital, carré d'épaules, visage tanné et cheveu dru, fier de ses origines. Voilà que, soudain, le village se retrouvait presque au complet. On demanda des nouvelles de Guido, dont on savait la santé chancelante, et de Graziella.

— Toujours dressée sur ses ergots, elle ! ironisa Raimondo.

Ne manquaient que les Joubert dont on occulta l'actualité judiciaire de l'aîné, de nouveau sous les verrous.

Le repas, élaboré par Marthe et Violette, régala tous les palais, même celui d'Esther, de loin le plus délicat.

Puis vint le moment des cadeaux, que Thomas déballa en s'extasiant comme il se devait, remerciant chacun au juste poids de son affection. Étienne, ayant débouché une bouteille de champagne, s'employa à faire le service. Thomas profita de ce moment pour prendre la parole.

— À vous tous, qui me faites le plaisir de votre présence, je veux dire à quel point je suis heureux aujourd'hui, parce que de tels moments sont rares, et que leur rareté les rend d'autant plus précieux. À nous, et au bonheur d'être ensemble, dit-il en levant son verre.

Il y eut des applaudissements et l'on but une gorgée de champagne. Marthe jugea un peu curieuses les paroles de son fils. Depuis la veille, elle avait le sentiment confus qu'il tramait quelque chose sous le petit sourire qu'elle lui voyait par moments, une expression ravie, limite bêta, qui ne lui était pas habituelle. Elle n'en avait pas parlé à Étienne mais, le connaissant, elle était certaine qu'il l'avait remarquée aussi.

— Il ne tient qu'à toi qu'ils soient plus nombreux, ces moments, intervint Stella. En venant plus souvent, par exemple.

Chère, chère Stella, songea Thomas en lui retournant un sourire, *nous sommes décidément toujours sur la même longueur d'onde.*

— Justement, je pourrais bien te prendre au mot, asséna-t-il avec un malin plaisir.

Il y eut un blanc, on connaissait Thomas, ce n'étaient pas des paroles en l'air.

— Qu'est-ce que tu veux dire ? insinua-t-elle, subodorant quelque chose avec une longueur d'avance sur le reste de la tablée.

Alors, il leur annonça d'un trait qu'il serait aux commandes de « Decourtieux Cartonnages » en septembre et, prenant Madeleine à témoin, qu'ils allaient s'installer à R., précisant, face à la stupéfaction générale, que non, ce n'était pas un poisson d'avril. La nouvelle provoqua un brouhaha et de nouveaux applaudissements que Marthe entendit à peine, submergée par l'émotion. La paupière humide, elle fixait son fils en silence, craignant de fondre en larmes si elle ouvrait la bouche. Étienne profita du moment pour déboucher une seconde bouteille de champagne.

L'après-midi se termina encore plus chaleureusement qu'elle avait commencé, sous le feu roulant des questions et des commentaires. Thomas, quitter Paris ! Qui l'aurait cru ? Une nouvelle page se tournait.

À présent, Étienne disait « ma fille » quand il s'adressait à Madeleine. C'était venu naturellement, ils ne savaient plus quand, et cela lui plaisait, à elle, de se voir ainsi dénommée par ce presque père.

Il l'avait aimée d'emblée avec son air d'oisillon tombé du nid, il avait deviné tout ce que cachait sa feinte désinvolture, un tantinet provocante, aux antipodes de ce que percevait Marthe. Il avait décelé ses peurs, sa fragilité, les avait reliées à ce qu'il savait de Decourtieux et de la vie qu'il avait fait subir aux siens. Il n'était pas sûr que Thomas eût pris la mesure de l'amour qu'elle lui portait ni de ce qu'elle était prête à accepter pour le garder.

Elle aussi l'aimait bien, il ne correspondait pas exactement au modèle du père qu'elle aurait souhaité, mais il était de ceux qui la réconciliaient avec les hommes de sa génération.

L'oreille sur les informations dominicales, il venait d'entamer son petit-déjeuner quand elle poussa la porte de la cuisine. Elle eut pour s'annoncer ce sourire spécial, à lui seul réservé, qui traduisait son plaisir de le voir.

— Tu es bien matinale, dit-il en guise de bonjour.

Elle flottait dans un vieux pyjama en pilou qu'Étienne avait vu pour la dernière fois sur son fils adolescent.

— Si tu veux du café, je viens juste d'en faire.

— Non, merci, je vais prendre du thé.

Il l'observa tandis qu'elle remplissait la bouilloire, allumait la gazinière, choisissait son thé. Même au lever, elle était fraîche et pimpante, avec cette gracieuseté des gestes héritée de sa mère. Il avait remarqué qu'en sa présence, elle se mouvait avec une aisance qu'elle perdait dès que Marthe était là. Elle s'assit face à lui, beurra deux biscottes, lui sourit encore.

— Pas trop fatiguée après la journée d'hier ? demanda-t-il.

— Ça va. Je suis habituée à me lever tôt, avec les enfants. C'était bien, hein ?

— Oui, très bien. Je crois que Thomas était content.

— J'en suis sûre.

— Et toi, tu es contente ?

Elle but une gorgée de thé, prit le temps de la réflexion. Elle n'était pas dupe du sens de la question d'Étienne. À lui, elle pouvait dire des choses qu'elle n'aurait pas confiées à d'autres, il écoutait sans porter de jugement.

— Tu veux parler de l'anniversaire ?

— De l'anniversaire et du reste, de ce qui vous attend à la rentrée.

Ses yeux se voilèrent un peu, mais c'est d'un ton ferme qu'elle déclara :

— Au début, je refusais de l'écouter, la perspective de quitter Paris m'était insupportable, surtout pour revenir ici. Et puis j'ai compris qu'il n'en démordrait pas, il était totalement rivé à cette idée.

Elle se garda de dire qu'elle avait pris peur qu'il en vînt à mettre en balance sa famille et ce qu'il appelait désormais sa carrière. Thomas n'entendait rien de ses arguments à elle, seule avait droit de cité la voix qui renforçait sa décision de façon mécanique, cran après cran. Par moments, non seulement elle ne reconnaissait plus l'homme dont elle partageait l'existence depuis douze ans, mais ce qu'elle en distinguait, une espèce de préfiguration de Decourtieux, la terrifiait. Un soir, lasse de palabrer en vain, elle lui avait suggéré de s'accorder quelques jours de réflexion, chacun pour soi, après quoi ils tireraient les conclusions de leurs cogitations respectives. Elle avait réclamé ce délai pour reprendre sa respiration, s'extraire de l'étau où elle se sentait coincée.

— Il a besoin de ce challenge pour se prouver je ne sais quoi, expliqua-t-elle. Je crois que ça relève d'une forme de consécration, comme de gravir la dernière marche du podium ou d'atteindre un sommet, un truc de ce genre.

— Et tu as fini par céder.

— Pas exactement. J'ai posé mes conditions, comme celle de rester à Paris une année supplémentaire avec les enfants, le temps qu'il s'adapte à son nouveau job, qu'il déniche une maison avec jardin proche de R. Il les a acceptées sans discuter, il sait qu'il me demande beaucoup.

— Je te trouve en effet très conciliante.

Elle suivit des yeux son index occupé à tracer des arabesques sur la toile cirée. Elle ne pouvait livrer à Étienne le fond de sa pensée, par exemple lui confier que Paris était son refuge, sa forteresse, que ce qui la retenait là-bas, c'était la peur de se retrouver nez à nez avec son passé en revenant ici. Elle ne pouvait pas lui révéler non plus que cette année de rab à Paris, c'était du temps gagné dans l'espoir d'un revirement, quel qu'il soit, d'un changement de trajectoire, d'un miracle en somme.

— Disons que j'ai négocié un nouveau départ. Le risque n'est pas si important que ça. J'espère trouver un travail une fois que nous aurons emménagé, si possible dans ma branche.

— Hum, hum. Tu te souviens du quartier de l'Horloge ?

— Vaguement, ça fait des années que je n'y ai pas mis les pieds, mais Thomas m'en a parlé récemment.

— Il est en cours de restauration, grâce à un paquet de subventions venues d'un peu partout. Actuellement, ils font des trous, des sondages, mais l'essentiel est sauvé, les façades classées, les maisons médiévales, les fontaines... La mairie veut le redynamiser, avec des rues piétonnes, des boutiques branchées, des galeries d'art, des animations, enfin, tu vois le genre. Une fois que ça aura récupéré un peu de patine, ça ne devrait pas manquer de cachet. Tu pourras certainement y trouver ta place.

— Pourquoi pas ? dit-elle sans y croire.

De nouveau, une succession de clichés traversa son champ visuel, tel un avant-goût dégueulasse à son futur annoncé : elle, dans une maison avec jardin à la périphérie de R., coincée entre les enfants et un hypothétique boulot sans intérêt ou, à défaut, une activité associative. Les anciens du lycée, installés dans une vie plus ou moins bancale et, pire que tout, des après-midi à lorgner les boutiques du centre-ville pour tuer le temps. Les façades grises, les devantures ternes, l'ennui suintant partout dans cette ville moyenne se gargarisant de son *nouveau* quartier médiéval asphyxié par les décapages outranciers et un bric-à-brac culturel pompeusement baptisé *CoCiC* pour *Cœur de Cible Culturel* (acronyme coûteusement pondu par un publicitaire rémois). Thomas rentrant fourbu à pas d'heure, pire qu'à Paris et, au détour des rues, les spectres omniprésents de Decourtieux et de sa mère.

Tout cela défila devant ses yeux à une vitesse stroboscopique avec une acuité douloureuse, presque insoutenable. Croisant le regard d'Étienne, elle y lut de la perplexité. Rembobina aussitôt la bande-annonce de son avenir mort-né à R., concluant sans hésiter que ça, c'était non.

14

Après le départ de Brice, Thomas éprouva une sensation de vide, la vague impression de flotter dans un pull trop grand. Le troisième étage lui parut impersonnel, inamical, traversé d'un courant d'air permanent. Ce fut l'histoire d'une semaine, le temps de rajuster ses marques, l'occasion aussi de mesurer la distance qui le séparait de ses collègues.

Au fond, Brice et lui avaient presque toujours fonctionné en binôme. Ça s'était fait comme ça, avec l'approbation tacite de Perrugin. À deux, ils bossaient pour trois. Les autres ne se privèrent pas de lui faire sentir, chacun à sa manière mais toujours avec le sourire eu égard à sa cote en haut lieu, qu'il était seul désormais. Dans les petits papiers du boss depuis une éternité (non sans légitimité, eussent-ils pu convenir), il était son interlocuteur exclusif au sein de l'opération Brilliant-Skelter. Thomas jouissait d'une aura particulière qui le propulserait bientôt en position d'associé avant, qui sait, de prendre les rênes de la maison, Perrugin n'étant plus tout jeune. De quoi susciter quelques vocations de jaloux et d'acrimonieux. L'intéressé ne s'étonna guère de la froideur plus ou moins affirmée qu'on lui témoignait, exception faite d'Anthony qui, à vrai dire, s'en tapait pas mal des rivalités de cour d'école. Thomas s'en fichait également : d'une, ça ne l'empêchait pas de travailler, de deux, son futur à Lérins se bornait à six mois au plus.

Autour de lui, les choses se mettaient en place, d'abord avec Madeleine dont, à partir de février, il avait sapé les résistances au terme de discussions laborieuses. Chaque jour, il avait renouvelé ses munitions en réponse à des objections dont il n'ignorait pas le bien-fondé, mais dont il s'employait à minimiser l'importance. Toutefois, certains soirs (c'est toujours le soir qu'avaient lieu les débats par égard pour les enfants), sa journée de travail dans les jambes, il avait dû déployer des trésors de patience. Heureusement pour lui, il ne manquait ni de ressort ni d'à-propos. Il avait écouté sans piper l'argumentaire de Madeleine selon lequel retourner à R. ou dans ses environs, autrement dit se rapprocher des Essarts, relevait d'une forme d'abdication, une régression mentale inenvisageable. In-en-vi-sa-geable. Elle était malade rien que d'y penser. C'était à croire qu'il n'avait rien entendu de ce qu'elle lui avait dit de la vie aux Essarts, de Decourtieux et de ce qu'il avait infligé à Louis. Avait-il oublié Louis ?

Tout cela avait été balayé non pas d'un revers de main, ce qui eût été la pire des maladresses, mais sur la base de réparties rationnelles et soigneusement mitonnées. Ignorait-elle que depuis son AVC, Decourtieux était quasiment impotent, hors d'état de nuire, qu'il ne sortait de chez lui que pour ses rendez-vous médicaux ? C'était vraiment lui accorder un pouvoir excessif ! Allait-elle continuer à fuir ses fantômes encore longtemps ? Sa géographie personnelle devrait-elle se limiter à Paris sa vie entière ? Elle l'avait écouté, yeux clos et visage fermé, avant de lui proposer une trêve (comme lors d'un combat) de quelques jours afin de clarifier ses pensées, terme sous lequel Thomas avait vu un début de capitulation.

Au bout de huit jours, c'est elle qui était revenue à la charge : entendu, elle irait à R., mais à deux conditions. À son intonation, métallique et déterminée, il avait pigé que c'était à prendre ou à laisser, qu'elle aussi entendait fixer le tarif de la transaction. Il accepta les conditions, qu'il jugea raisonnables, s'étonnant même qu'elle rendît les armes si facilement. En huit jours, *elle avait fait un gros travail sur elle,* se réjouit-il. À partir de là, les choses devinrent plus simples. Il fut convenu qu'il reviendrait à Paris le week-end, le reste du temps, il logerait chez ses parents, ainsi il aurait toute latitude pour se dépêtrer de ses nouvelles fonctions (dans lesquelles Madeleine espérait secrètement le voir se casser la figure).

Cela aurait peu d'incidence sur son quotidien à elle et celui des enfants. Pris d'une légère euphorie, Thomas se fendit d'un blabla inepte sur les charmes et les plaisirs de la province, qui n'avait plus grand-chose à envier à Paris, la rénovation du tissu urbain de R., du quartier de l'Horloge, mais ne récolta en retour que l'expression de sa propre fatuité.

Quelques jours avant de partir au village pour fêter son anniversaire, il décida d'informer les enfants des changements qui les attendaient à la rentrée prochaine, puisqu'une fois sur place, ils seraient mis au courant. Sûr de son affaire, il commença par Jérémie, sur qui il comptait pour établir un rééquilibrage des forces. Sans surprise, le garçon manifesta un enthousiasme débridé, qu'il tempéra néanmoins en réalisant qu'une longue année et demie le séparait du départ. Qu'à cela ne tienne, sa nature enjouée et la perspective de quitter Paris l'emportèrent sur ce relatif désagrément. Dans la foulée, Thomas réitéra l'opération avec Esther, qu'il prit sur ses genoux, délayant son message dans un méli-mélo de précautions oratoires et de cajoleries. À quatre ans, la fillette avait découvert le pouvoir inoxydable du non, bref et définitif, convoqué à l'envi, susceptible de chauffer les nerfs de sa mère, de madame Corti et d'autres. Elle en usait moins avec son père, parce que c'était son père, justement. Elle s'absorba dans la contemplation de son visage, fascinée par cette bouche d'où s'échappaient des paroles dont elle imprima quelques bribes.

— Tu as bien entendu, ma chérie ? dit-il au bout d'un moment. Tu es d'accord ?

Elle n'était pas certaine d'avoir tout compris, mais fourbit pour le plaisir un lot de questions qu'il renseigna point par point. Moyennement convaincue, elle consentit cependant à la chose aux motifs que le délai conférait à celui-ci un caractère nébuleux, aléatoire et qu'Œdipe, pointant le bout de son nez, affirmait l'immarcescible majesté du père.

Heureusement pour lui, Perrugin n'eut que quelques mètres à parcourir entre le taxi et le terminal 1 de Roissy-CDG qui, les portes automatiques franchies, l'enveloppa de sa fraîcheur climatisée.

Il détestait les lourdes chaleurs estivales, la foule interlope des aéroports, il détestait tout en ce 15 juillet 1996, façon pour lui d'épancher sa frousse de l'avion.

S'il avait pu se décharger de sa mission sur Thomas, mais non, on l'attendait à New York le lendemain à dix heures précises, au siège de Skelter.inc, vingt-deuxième étage de la tour nord du World Trade Center. Il se sentait patraque, malgré un demi-Temesta gobé une heure plus tôt. Il en prendrait un autre avant d'embarquer. Avec un peu de chance, il dormirait pendant le vol, huit heures, rien que d'y penser, il en avait des sueurs froides.

Comme convenu, Thomas l'attendait devant le comptoir d'Air France. Perrugin le maudit en le voyant décontracté, souriant, frais comme un gardon. *Celui à qui tout réussit.* Les deux hommes se saluèrent d'une franche poignée de main, puis se rendirent au comptoir d'enregistrement. Ils s'étaient vus deux jours plus tôt pour un ultime *briefing,* parce qu'il était hors de question de se laisser damer le pion par les Américains. Depuis avril, mails, fax et appels s'étaient enchaînés, on avait retenu la date du 16 juillet pour finaliser l'union Lérins-Skelter.inc.

Il était l'heure de déjeuner, les snacks et les brasseries étaient pris d'assaut. Les deux hommes s'attablèrent, ils avaient le temps, leur avion ne décollait que dans trois heures. De quoi laisser à Perrugin le loisir de peaufiner ses angoisses. L'estomac retourné, celui-ci se contenta d'un café tandis que Thomas jetait son dévolu sur un sandwich dans lequel il mordit à belles dents, accompagné d'une bière. Il était au meilleur de sa forme. La veille, il avait invité Madeleine dans un restaurant gastronomique du 4e arrondissement, après quoi ils avaient flâné dans ce Paris nocturne que Madeleine affectionnait, terminant la soirée à la terrasse d'un café du Quartier latin assailli par les touristes. Thomas avait pris pour prétexte de ce dîner son départ à New York auquel s'ajoutait le dix-huitième anniversaire de leur rencontre. Ils avaient évoqué en riant mais sans nostalgie ce moment décisif de leur existence.

Son invitation n'était pas étrangère au soupçon de culpabilité qui surgissait en lui dès qu'il pensait à septembre. Il se sentait vaguement honteux d'avoir mis Madeleine devant le fait accompli, de lui avoir imposé son choix. Rétrospectivement, il s'effrayait de la goujaterie avec laquelle il l'avait traitée, plaçant son intérêt propre au-dessus de celui de sa famille. Il se revoyait alors sous les traits d'un Thomas inconnu, un connard, pour mieux dire, dans lequel il refusait de se reconnaître. De loin cependant, il lui arrivait d'admettre que quelque chose en lui avait changé. Par chance, Madeleine était sensible, intelligente, elle avait entendu ses arguments. Il ne pouvait se défaire pour autant du sentiment qu'une petite fêlure s'était glissée entre eux, y voyant un effet secondaire de sa mauvaise conscience que le temps se chargerait d'effacer. En mangeant son sandwich, il songea quelle femme exceptionnelle elle était et quelle chance il avait de partager sa vie.

Quand, trois heures plus tard, l'avion s'éleva dans les airs, il éprouva une sorte d'exaltation enfantine au spectacle du paysage francilien qui se déroba peu après à ses yeux. À côté de lui, paupières closes, visage blême et mâchoires crispées, Perrugin était tout d'un bloc, les mains fermement cramponnées aux accoudoirs.

Une limousine les attendait à la sortie de l'aéroport JFK, une énorme voiture impeccablement lustrée envoyée par Skelter.inc pour les conduire à Manhattan.

Le chauffeur, un Afro-Américain taillé pour la boxe, les salua d'un signe de tête allongé d'un *welcome* en chargeant les bagages dans le coffre. À ses côtés, une jeune femme du nom de Lindsay Wells, ainsi que le mentionnait son badge, tendit aux deux hommes une main fine assortie d'un sourire étincelant.

— Soyez les bienvenus, dit-elle dans un français teinté d'un léger accent, nous sommes très heureux de vous recevoir.

Vêtue d'une veste fuchsia, d'une jupe crème et juchée sur de hauts talons, sa chevelure acajou relevée en chignon, elle ressemblait à s'y méprendre aux créatures des séries américaines. Ils s'installèrent à bord du véhicule, appréciant le confort des sièges et la climatisation. Celui-ci se fraya péniblement un chemin sur *l'Interstate 678* saturée par le trafic.

— En temps normal, il faut une demi-heure pour rallier le centre de Manhattan, se désola Lindsay, mais à cette heure – dix-huit heures quinze –, il nous faudra au moins le double, néanmoins on peut compter sur Bradley (petit signe de tête en direction du chauffeur) pour faire au mieux.

Consultante au sein de l'entreprise, elle avait pour mission d'escorter les Français jusqu'à leur appartement et de leur fournir les précisions utiles à leur séjour à New York. Qu'ils n'hésitent surtout pas à l'appeler, ajouta-t-elle en leur remettant sa carte de visite, ils pouvaient la joindre à tout moment.

L'air était étouffant, poussiéreux, la Manhattan Skyline se fondait au loin dans la brume. Déléguant la fonction de communicant à Thomas, apparemment insensible au décalage horaire, Perrugin s'abandonna à la contemplation du Queens, songeant qu'en comparaison, Paris avait des airs de village. Il avait grappillé quelques minutes de sommeil dans l'avion, le repas lui était resté sur l'estomac, il n'aspirait qu'à prendre une douche et à se glisser dans des draps frais.

Il leur fallut près d'une heure et demie pour arriver au pied de leur immeuble de la 59e rue. L'appartement comprenait un salon immense, deux chambres avec salle de bains, une cuisine dotée d'un réfrigérateur renfermant de quoi nourrir une famille nombreuse. C'était confortable, lumineux et totalement impersonnel. Une main attentionnée avait garni un vase de fleurs champêtres, mais à y regarder de près, Thomas s'aperçut qu'il s'agissait de remarquables imitations.

— C'est un appartement réservé aux V.I.P., précisa Lindsay comme si elle avait lu dans ses pensées.

Sa situation au douzième étage offrait une vue panoramique sur Central Park et une perspective incomparable sur les buildings de Manhattan. Après leur avoir fourni un lot d'informations pratiques, la jeune femme leur recommanda plusieurs restaurants du secteur, mais (avisant la mine de Perrugin) ils pouvaient aussi bien solliciter les services d'un traiteur, il en existait d'excellents dans le quartier. En prenant congé, elle leur précisa qu'elle serait à leur porte à neuf heures le lendemain pour les accompagner au siège de Skelter.inc.

Une fois seuls, les deux hommes s'attardèrent un moment devant l'immense baie vitrée embrassant la largeur du salon, Manhattan à leurs pieds. *America, the land of opportunity*, songea Thomas, que la vue rendait lyrique.

— Voulez-vous manger quelque chose ? demanda-t-il à Perrugin.

— Rien du tout, répondit celui-ci, accablé de fatigue. J'ai juste besoin de dormir si je veux être en forme demain. À Paris, il est deux heures du matin et moi, à cette heure-ci, je dors. Bonne nuit.

Sur quoi, il disparut dans sa chambre. Thomas demeura devant le spectacle de *the Big Apple*.

Depuis qu'il était monté dans l'avion, une légère euphorie s'était emparée de lui. Il avait le sentiment d'être à sa juste place, d'avoir atteint un point d'équilibre comparable à celui de l'éphémère alignement des planètes. Il se fit livrer des tacos et une demi-bouteille de vin californien qu'il dégusta dans un état de ravissement béat, tel un roi d'opérette perché sur son trône.

Rien ne subsistait de la fatigue de Perrugin quand Thomas le trouva au matin dans la cuisine, affairé à préparer un *breakfast* dans la pure tradition américaine, arrosé d'un breuvage au goût indéfinissable.

— Je n'ai pas pu faire mieux, dit-il en jetant un œil navré sur la cafetière.

Il ne manquait pas d'allure dans son costume anthracite sur une chemise oxford et une cravate en soie gris perle.

— Mangez pendant que c'est chaud, conseilla-t-il.

Thomas s'installa devant son assiette d'œufs brouillés accompagnés de toasts et de pancakes copieusement beurrés. Lui-même avait apporté un soin particulier à sa tenue, avec un costume sombre et des richelieus Weston. Ils déjeunèrent sans se hâter, échangeant quelques détails de dernière minute. Ils étaient confiants, les conclusions d'Audouin étaient sans appel. Le dossier, qu'elle avait transmis après étude à Ogilvy&Frazer, était on ne peut plus *clean*, selon ses termes.

Il était exactement neuf heures quand résonna le carillon de l'entrée. En ouvrant la porte, Perrugin tomba nez à nez avec la version *businesswoman* de Lindsay en tailleur-pantalon noir, chignon laqué et ongles écarlates.

— Ravie de vous voir, messieurs, dit-elle, nous sommes impatients de vous accueillir chez Skelter.inc.

Le temps d'attraper leur attaché-case, les intéressés quittèrent l'appartement dans le sillage de la jeune femme.

Bradley engagea la limousine en direction du sud. Avec ses artères et ses trottoirs bondés, son air saturé de gaz d'échappement, la mégapole évoquait un organisme au bord de l'asphyxie. En plus de jouer du volant avec une dextérité remarquable, Bradley témoignait d'un flegme impressionnant.

Il déposa ses passagers devant la tour nord du WTC à peine quarante minutes plus tard, ce qui, au regard du trafic, relevait d'un véritable tour de force.

Avant d'entrer, Lindsay munit chacun de ses hôtes d'un laissez-passer sous forme d'une carte magnétique, puis ils traversèrent l'immense hall en direction des ascenseurs non sans franchir les guichets automatiques. Il leur fallut moins d'une minute pour atteindre le vingt-deuxième étage. Les portes de la cabine s'ouvrirent sur un espace à l'éclairage tamisé, tendu d'un revêtement bleu roi, le nom de Skelter.inc s'étalant sur toute la hauteur en lettres dorées. On était saisi sur-le-champ par l'atmosphère feutrée et le silence régnant après l'agitation et le brouhaha de la rue.

— Messieurs, soyez les bienvenus, dit Lindsay avec un sourire éclatant.

David G. Smith incarnait la réussite de cette *upper class* de la côte est dont il était issu. La quarantaine sportive, le cheveu dru et le hâle soigneusement travaillé aux U.V., il offrait jusqu'à la caricature l'image attendue d'un dirigeant d'entreprise new-yorkais. Marié à Eilenn Grant, on savait qu'il avait deux enfants, Sean et Michaela, un chien, Tobby et deux Buick de collection. Les portraits que Thomas avait vus de lui dans des revues d'économie le présentaient toujours tiré à quatre épingles, regard triomphant et sourire radieux. Toutefois, les articles le concernant reflétaient une personnalité moins aseptisée que ce qu'il donnait à voir aux médias. Smith avait pris la tête de Skelter à la mort de son père cinq ans auparavant, sans savoir quelle direction impulser à l'entreprise. Un changement d'aiguillage qui avait fragilisé celle-ci (sous l'œil concupiscent de Brilliant) avant que, judicieusement conseillé, il ne reprenne la main. L'objectif de Smith consistait désormais à renforcer son emprise dans le New Jersey et sur la Côte ouest, à repositionner sa marque en termes d'image en préférant le luxe au moyen de gamme. Le partenariat avec Lérins s'inscrivait précisément dans cette démarche.

Quand Lindsay pénétra dans la salle de réunion, suivie des deux Français, Smith vint à leur rencontre, imité par deux de ses associés, Georges Hillford et Justin Mc Columm, la trentaine bien mise sur le modèle de leur président. Les cinq hommes se saluèrent d'un mouvement de tête souligné d'une poignée de main et, les présentations faites, s'assirent autour de la table. Au-dehors, un soleil voilé jetait des éclats métalliques sur les façades des immeubles. Thomas se sentait aussi excité qu'un jour d'examen. Du coin de l'œil, il distingua l'Hudson nappé de brume. *Cette fois, nous y sommes*, se dit-il en ouvrant son dossier devant lui.

S'ensuivirent deux heures d'échanges soutenus, de relectures d'articles, de clarifications et pour finir la signature des deux parties scellant un partenariat de cinq ans, renouvelable au vu des bilans successifs et des résultats attendus. En devenant le distributeur exclusif de Lérins aux USA, Skelter assurait la distribution et la vente des produits de la marque, concevait la publicité et organisait la promotion à l'américaine après ratification de la maison parisienne. En octobre, un mois avant la sortie de *Graff* sur le sol américain, Smith et son équipe effectueraient une visite en France, comprenant le siège de Lérins, le laboratoire de Grasse et l'unité d'Évreux.

Lindsey avait participé à la réunion en sa qualité d'interprète, et c'est également à ce titre qu'elle se joignit à la table qui avait été réservée pour l'occasion dans un fameux restaurant français de Tribeca. Le déjeuner se déroula dans un climat détendu et souriant, presque amical, à l'issue duquel on déboucha un champagne millésimé afin de célébrer les noces de Lérins-Skelter, l'esprit de création et la réussite. Il était presque quinze heures lorsque le petit cercle se sépara à l'entrée du restaurant, après une ultime poignée de main.

— Ainsi, vous reprenez l'avion demain ? dit Lindsey.

— Oui, en début d'après-midi. Nous voulions profiter de cette journée à New York.

— Vous n'aurez guère le temps de voir grand-chose, mais je gage que ce ne sera pas votre seule visite !

Elle proposa aux deux hommes de leur servir de guide à Manhattan, mais ceux-ci déclinèrent poliment son invitation. Perrugin désirait regagner l'appartement, quant à Thomas, il fila au MoMA d'où il ressortit deux heures plus tard, serrant sous le bras un magnifique ouvrage sur Basquiat destiné à Madeleine.

Un peu après dix-neuf heures, à l'invitation de Perrugin, les deux hommes se rendirent au Mexico, un restaurant situé à deux blocs de l'appartement. Ni l'un ni l'autre n'avait très faim, mais le PDG tenait à marquer le coup pour le travail qu'ils avaient accompli, avec le succès en prime.

Ce jour, qui replaçait la maison Lérins sur le devant de la scène, méritait d'être inscrit dans les annales. Si l'appétit n'était pas au rendez-vous, rien ne les empêchait de boire un peu plus que de raison. Le bon sens eût voulu qu'on différât la célébration de l'évènement au lendemain, mais l'idée d'un déjeuner avant de prendre l'avion horrifiait Perrugin. Celui-ci avait négligé de réserver, toutefois le maître d'hôtel se fit un plaisir de leur trouver une table vacante. Le décorateur avait un peu forcé le trait sur le style local – sombreros et guitares à gogo –, mais l'accueil était sympathique, l'ambiance conviviale. Quoique appétissante, Thomas trouva la carte un peu trop copieuse à son goût, carte que Perrugin survola distraitement après avoir commandé deux téquilas. Leur choix se porta sur des *quesadillas* au poulet, un assortiment de *conchas*, le tout arrosé d'un vin rouge de la vallée de Guadalupe.

Thomas engagea la conversation sur sa visite au MoMA, histoire de laisser le travail de côté, sachant que Perrugin y viendrait tôt ou tard.

— On a bossé comme des rois, commença en effet ce dernier, caressant de l'œil son verre de téquila. On a bien mérité un petit remontant, non ? À nous, Thomas, à notre collaboration !

Ils commencèrent à manger, mais Perrugin paraissait plus intéressé par le contenu de son verre que par celui de son assiette. Il se servit une rasade de vin qu'il lampa d'un trait, médita quelques instants.

— Aujourd'hui, nous avons remporté une victoire, dit-il, nous pouvons être fiers de nous.

Il se tut de nouveau, accentuant le poids de son silence.

— Tu sais, reprit-il, j'ai bien réfléchi (le genre de phrase que Thomas redoutait), et il se trouve que j'envisage de passer la main d'ici un an.

— Ah bon ! Mais pourquoi ? Vous avez relevé Lérins, vous lui avez rendu ses lettres de noblesse, et maintenant que vous récoltez les fruits de votre travail, vous voulez passer la main ?

Le regard de Perrugin rencontra brièvement celui de son collaborateur. À la lueur des appliques, son visage accusait des ombres, des reliefs, l'expression d'une fatigue que l'alcool avait autorisée. Soit, il y avait le vol, le décalage horaire et la réunion du matin, mais cela ne suffisait pas à expliquer l'affaissement des épaules, les cernes bleuâtres, les paupières lourdes et froissées. À maintes reprises, Thomas avait constaté une certaine lassitude chez le président, plus marquée lorsqu'ils bossaient tard, qu'il mettait sur le compte d'une charge de travail écrasante. Perrugin n'avait jamais compté ses heures, Lérins était son enfant chéri, l'objet de ses soins et de son affection.

— Contrairement à ce que certains croient, j'ai une vie, murmura-t-il d'une voix alanguie par la téquila, et une femme dont je dois m'occuper.

— J'imagine.

— Non, tu n'imagines pas, tu ne peux pas imaginer. Elle a la maladie de Charcot, les médecins ne lui donnent pas cinq ans. C'est une femme courageuse, exceptionnelle, c'était une cantatrice de grand talent. Elle va avoir besoin de moi, tu comprends ? Ce sont nos dernières années.

— Je suis désolé, je l'ignorais.

— Bien sûr, je n'en ai parlé à personne. Tu es le premier à qui j'en parle. Ce n'est pas par hasard, d'ailleurs, car tu es le mieux placé pour me comprendre.

Il laissa filer quelques secondes.

— C'est à toi, Thomas, que je veux passer la main.

— Mais je…

— Écoute-moi, trancha Perrugin avec autorité, tu es le plus capable pour relever ce défi et poursuivre ce que j'ai initié. Pour cela, il faut quelqu'un qui ait à la fois la passion, les épaules et les compétences, quelqu'un qui sache *booster* une équipe. Tu es cette personne. Lérins a franchi un cap ce matin, soit, mais elle est fragile, tu le sais aussi bien que moi.

Thomas baissa les yeux sur son assiette, son peu d'appétit envolé, et une soudaine nausée lui tordit l'estomac. Il avait prévu d'être de retour à Paris pour informer Perrugin de son départ et lui remettre sa lettre de démission. Elle était dans son ordinateur, il ne lui restait qu'à la sortir et à la signer.

— Je comprends ta surprise, enchaîna le président, mais il va falloir que tu te décides rapidement. Une nouvelle fois, je ne te laisse pas le choix de me décevoir.

— C'est que… c'est tellement soudain, je ne sais pas quoi dire.

— Dans ce cas, ne dis rien, mais réfléchis, et réfléchis bien. Tu me donneras ta réponse à Paris.

Un frémissement agacé courut parmi les passagers du vol TWA 800 quand une hôtesse annonça que le départ allait être retardé à cause d'un passager manquant. Le problème tenait moins à son absence qu'à ses bagages qu'on devrait extraire de la soute s'il n'embarquait pas rapidement.

L'avion était censé décoller à dix-neuf heures, il était déjà dix-neuf heures vingt. Perrugin bougonna, pourquoi les choses ne se déroulaient-elles jamais comme prévu ? Deux cent trente-deux passagers bloqués dans une carlingue par la faute d'un inconséquent. Malgré une demi-barrette de Temesta avalée à midi, une entière à dix-huit heures, les effets relaxants tardaient à se faire sentir. Thomas, le nez sur le hublot (les deux hommes avaient échangé leur place, Perrugin goûtant très peu le spectacle des airs), assistait avec intérêt à l'animation déployée sur le tarmac. Lui aussi avait hâte de regagner Paris. Sa nuit avait été agitée, cousue de rêves étranges et de flash-back du dîner au Mexico. Il s'était réveillé en sueur au matin avant de se glisser sous la douche, mais rien par la suite n'avait pu le distraire des paroles de Perrugin. Prendre la tête de Lérins lui semblait une évidence. Ce n'était pas sans raison que son PDG l'avait adoubé, c'est dans cette boîte qu'il avait fait ses premières armes, qu'il s'était dégrossi, frotté aux réalités, avait donné le meilleur de lui-même. Bien sûr qu'il saurait, qu'il serait capable, il avait travaillé pour ça, non ? N'est-ce pas au fond ce qu'il avait toujours désiré ? Il l'avait tellement caressé, ce rêve inaccessible, que son esprit s'était refusé à le concevoir. Lérins était appelé à un bel avenir, autrement plus prestigieux qu'un « Decourtieux Cartonnages » égaré au fond de la campagne champenoise. Ce n'est pas Madeleine qui dirait le contraire, trop heureuse de rester à Paris. Ce faisant, pouvait-il se dédire de son engagement avec Decourtieux ? Virer de bord quand les siens guettaient son retour ? Piétiner ses convictions, sa fierté, bafouer la parole donnée ? Oui, sans vergogne, parce qu'il n'avait pas le droit de faire la fine bouche face à une telle opportunité, que c'était la chance de sa vie. Parce qu'il appartenait au monde où la réussite et le marché dictaient leur loi. Il prit conscience avec une sorte de joie mauvaise, féroce qu'il appartenait désormais à ce monde-là. Il se rappela cette phrase que lui avait dite son père l'année de son entrée au collège : « La vie, ça se résume à un tour de manège, fiston, un seul. Alors, fais en sorte de bien choisir ta monture et d'attraper la queue du Mickey. »

En rentrant, il parlerait de tout ceci à Madeleine, imaginant sa joie quand il lui annoncerait la nouvelle. Elle lui manquait, les enfants lui manquaient. Dans l'après-midi, il avait acheté des babioles pour Jérémie, une statue de la Liberté dotée d'une torche lumineuse, un truc à hurler mais qui ferait le bonheur d'Esther.

Enfin, le Boeing s'élança sur la piste et quitta le sol à vingt heures dix-neuf. Thomas savoura ce moment très particulier où l'appareil, poussant ses réacteurs à fond, s'arrache à l'attraction terrestre, se libère des pesanteurs du monde. Tout n'était pas simple dans sa vie, à vrai dire, elle ne lui avait jamais paru à la fois si compliquée et si exaltante. Il allait assumer ses choix, semer de la déception autour de lui, certes, mais « décrocher la queue du Mickey ». Il songea à Madeleine, que la nouvelle ravirait. À ce que sa décision aurait de bénéfique sur leur vie familiale, mettant fin aux tensions qui affectaient leur relation. Un coup d'œil à travers le hublot lui permit d'apercevoir la côte de Long Island découpée sur l'océan. Le ciel était clair, parfaitement dégagé.

À ce moment, un trait lumineux frappa sa pupille, l'obligeant à fermer les yeux. Derrière ses paupières défilèrent les visages de tous ceux qu'il aimait, de Madeleine à Nicolas. À propos, que devenait-il, celui-ci ? Thomas se promit de l'appeler une fois à Paris. Et tandis qu'il sombrait dans le sommeil, que ces visages se dissipaient l'un après l'autre, s'imposa celui de Louis, effrayant de réalisme. Alors, dans un éblouissement, tout lui fut révélé de l'indescriptible fatras du monde, de son implacable absurdité, absolument tout.

15

Le vent avait tourné durant la nuit. Comme obéissant à un signal, Marthe ouvrit les yeux sur la fenêtre qui se découpait dans l'obscurité de la chambre. Un vent pareil, en plein juillet, c'était de l'orage pour le lendemain.

Les chiffres du réveil numérique indiquaient minuit passé. Cela faisait à peine deux heures qu'elle avait éteint sa lampe. Sitôt couchée, elle avait eu l'impression fugace de chuter dans les ténèbres avant d'être happée par le sommeil. Elle hésita à allumer, au risque de réveiller Étienne, et à reprendre le fil de sa lecture, au lieu de quoi, elle prêta l'oreille aux bruits de la maison. Tout était calme et silencieux. De très loin lui parvenait le ronronnement familier du réfrigérateur. Son corps fut saisi par une vague qui la fit suffoquer, tel un saut dans l'eau glacée d'un torrent. Une angoisse terrible l'assaillit et son cœur s'affola tandis qu'elle pinçait les lèvres pour ne pas crier. Elle n'eut aucun doute sur la nature de ce qui l'empoignait. Elle se souvenait d'avoir éprouvé un pareil chamboulement en novembre 58, quand sa mère était morte. L'esprit vibrionnant autour de pensées folles, elle garda un moment les yeux rivés sur le rectangle de ciel puis, n'y tenant plus, gagna le rez-de-chaussée sur la pointe des pieds.

Dans la cuisine, elle s'assit près du téléphone posé sur le petit buffet faussement rustique que le couple avait acheté à ses débuts – chêne et contreplaqué, faute de pouvoir prétendre au massif. Frissonnant dans sa chemise de nuit en coton imprimé à col gansé, elle se résigna à attendre, mains sur les genoux. Il faisait grand jour quand la sonnerie retentit, la tirant du mauvais sommeil où elle s'était enlisée. Sept heures dix, disait la pendule murale. Bon sang, quelle nuit ! Elle aurait juré n'avoir pas fermé l'œil, tant elle se sentait fourbue. Lentement, elle décrocha le combiné et le porta à son oreille.

Au bout du fil, les sanglots étouffés de Madeleine. Marthe n'en fut pas surprise. D'instinct, elle avait su que le froid dans sa chair augurait d'une mauvaise nouvelle, qu'il ne pouvait s'agir que de Thomas, dont l'avion s'était abîmé le long des côtes américaines, moins de quinze minutes après le décollage.

Sans un mot, Marthe raccrocha et, avec un naturel dont elle se fût crue incapable, enchaîna les gestes quotidiens du matin : mettre la cafetière en route, faire sa toilette, s'habiller, prendre son petit-déjeuner, comme si tout était normal. Devait-elle réveiller Étienne ? À quoi bon ? Il saurait bien assez tôt ! En réalité, Marthe n'était pas *là,* elle agissait de façon purement mécanique, retirée en soi où rien ne pouvait encore l'atteindre. Sous le choc, son cerveau avait délégué à ses mains le soin d'activer la routine quotidienne. Elle accomplissait chaque geste sur le modèle des matins précédents, sans que rien accrochât sa mémoire ou sa sensibilité. La radio en sourdine n'affectait pas son oreille, la confiture de fraises maison, qu'elle préférait de loin à celle du commerce, était insipide. Une heure peut-être glissa ainsi sur elle. C'est Étienne qui la tira de sa léthargie par un baiser sur la joue, s'étonnant qu'elle fût déjà apprêtée. Elle laissa s'écouler un moment, attendit qu'il fût assis face à elle, qu'il eût rempli son bol de café.

— Thomas est mort.

Il n'entendit pas, refusa d'entendre, fit bloc contre les paroles de Marthe, qu'il rejeta de l'autre côté de la route, là où l'herbe jaunie luisait au soleil. Ne réclama pas d'explication, rien. Il but son café d'une seule lampée, puis se leva de table et quitta la pièce sans un mot. Marthe demeura seule, les yeux sur les carreaux de la toile cirée.

Au bout d'un moment, elle le rejoignit dans le jardin. Assis sur le petit banc de pierre, dos voûté, il s'était recroquevillé sur lui-même, étreint par un chagrin sans nom qui lui tirait des pleurs silencieux. Coudes aux genoux, bras ballants, il avait l'air d'un homme s'offrant un moment de répit après la fatigue du travail. Elle l'observa un instant, hésitant sur ce qu'il convenait de faire, puis s'approchant doucement, s'assit à côté de lui et passa un bras sur son épaule. Fixant le mur d'en face, avec sa petite porte par où Thomas s'échappait jadis pour courir à la rivière, il demeura immobile tandis que la main de Marthe caressait son bras.

— C'est pas juste, souffla-t-il au bout d'un moment, à défaut de savoir quoi dire et qui accuser.

Non, ce n'était pas juste, mais où la justice se nichait-elle en ce bas monde, songea Marthe avec son sens des réalités. De toute manière, là n'était pas la question. La question, c'était leur fils perdu, qui laissait derrière lui une veuve, deux enfants, et des parents orphelins.

— Qu'est-ce qui s'est passé ? demanda-t-il.

Marthe lui répéta d'une voix chuchotée le message de Madeleine, peu de choses à vrai dire. Il fallait attendre. De très loin, elle entendit la sonnerie du téléphone, renonça à courir jusqu'à la cuisine. Pas la force.

— Mais comment est-ce possible ? gémit Étienne.

Comment, comment, comment ? s'agaça Marthe intérieurement. Qui pouvait répondre à cette question ? Il n'insista pas, la tête entre les poings, laissant son regard errer sur les plants de tomates qui donnaient bien, cette année, de même que les courgettes. À quoi bon tout ça ? Le journal télévisé montra des images étayées de commentaires, d'hypothèses proférées par d'éminents spécialistes d'où il ressortait qu'à ce stade, on ne savait rien.

— Éteins ça ! gueula Étienne à Marthe.

Déjà en elle germait le besoin de savoir minute après minute le déroulement du drame, en sorte d'accompagner son fils jusqu'à ses derniers instants. Cela ne le lui ramènerait pas, mais donnait un sens à sa douleur.

Dans l'après-midi, Ève Decourtieux, informée par Madeleine, appela pour leur présenter ses condoléances. Égale à elle-même, avec cette note fêlée dans la voix, mais qui ne manquait jamais de leur rappeler qu'un univers les séparait. Marthe l'écouta posément, presque avec indifférence, aussi Ève crut-elle bon de préciser, puisqu'on ne demandait pas de ses nouvelles, que Philippe Decourtieux était anéanti. Marthe raccrocha, insensible à la douleur de Decourtieux (elle avait la sienne) et, se postant sur le seuil de la cuisine, avisa le ciel où pesaient des nuages qui allaient crever d'un instant à l'autre. Devait-elle prévenir Violette ? Non, pas maintenant. Elle ne se sentait pas prête à affronter les paroles, les regards, à expliquer l'inexplicable, à échafauder des scénarios, à meubler la gêne et les silences par des banalités.

Elle referma la porte, jeta un œil dans le jardin (Étienne n'avait pas bougé de son banc), puis monta à l'étage et s'enferma dans la chambre de Thomas.

Trois jours plus tard, après avoir confié les enfants à leurs grands-parents, Madeleine prit un vol pour New York, accompagnée de Brice, d'où ils se rendraient à la morgue de Long Island afin de procéder à l'identification du corps de Thomas.

Après son rapatriement, sa dépouille fut transportée à la morgue de l'hôpital de R. où le médecin, un grand sec au visage taillé à la serpe et guère plus aimable qu'une porte de prison, accueillit Marthe et Étienne.

Elle ne demanda pas à voir le corps, elle ne l'aurait pas supporté. Près d'elle, Étienne pleurait, de grosses larmes roulant sur ses joues qu'il essuyait furtivement d'un revers de poignet. Le médecin leur demanda de compléter des formulaires qu'ils signèrent sans les lire. Puis ils se retrouvèrent dans la cour de l'hôpital, éblouis et désorientés. Après la fraîcheur de la morgue, le soleil leur tomba sur la nuque. Il y avait la question des obsèques à organiser, celle des enfants dont il fallait s'inquiéter parce que leur mère n'était pas en mesure de s'en occuper. Ils reprirent la route du village en songeant aux multiples tâches qui les attendaient.

Esther était trop jeune pour mesurer l'ampleur du drame qui la frappait, à l'inverse de Jérémie. Visage fermé, le garçon gardait un silence réfléchi sous l'œil attentif de Marthe et d'Étienne. Son chagrin dépassait en nature et en profondeur tout ce qu'il avait expérimenté jusque-là. Les mots – « mon père est mort » – qui tournaient dans sa tête échouaient à définir la réalité. Son père, son idole, son ami, sans lui, Jérémie était nu, vulnérable, *dépossédé*.

— Mange un peu, bonhomme, l'encourageait Étienne.

L'enfant portait la fourchette à sa bouche, la reposait près de son assiette. Depuis que sa sœur et lui étaient chez leurs grands-parents, il vivait au ralenti. À côté, Esther s'agaçait d'un rien, réclamait ses parents, ses jouets, sa maison. Manifestait-elle déjà l'aversion que lui inspirerait toujours le village ?

Marthe tint à ce que les enfants assistent aux obsèques. Étienne et elle s'étaient chargés des formalités que Madeleine, anéantie, n'avait pas pu effectuer. Marthe s'entretint deux ou trois fois au téléphone avec Ève Decourtieux au sujet de la cérémonie, passant sous silence le sort des enfants, dont celle-ci ne s'enquit pas et qu'elle ne demanda pas à voir. Quant à les lui confier, Marthe frémissait rien que d'y penser.

L'automne pointait sous la fraîcheur matinale, revêtant la campagne des couleurs épuisées de l'été, vert sombre des arbres, brun sec des champs moissonnés. Des nappes de brume s'étaient dissipées au lever du jour, la journée s'annonçait chaude et ensoleillée. Un temps de septembre qui faisait dire autrefois à Étienne : « Ça sent la rentrée. »

Au sommet de la colline, la chapelle Saint-Lyphard accueillait une foule compacte, refoulant aux abords du porche un grand nombre de ceux qui étaient venus assister aux obsèques de Thomas, parmi lesquels des collègues, un aréopage de cols blancs, des connaissances et beaucoup de ses amis. Marthe et Étienne avaient accepté la proposition de Stella et Raimondo de les conduire au pied de la colline où stationnait une impressionnante file de voitures. Flanqués de Jérémie et d'Esther, ils avaient grimpé le sentier avant de pénétrer dans le cimetière envahi par tous ces gens, la plupart inconnus. L'émotion submergea Étienne lorsqu'il vit le monde venu faire ses adieux à son fils. Il suivit la cérémonie sans rien entendre de l'oraison du prêtre ni du discours de Brice, qui rendit un vibrant hommage à son ami. Près de lui, Esther gigotait, incapable de tenir en place plus de cinq minutes d'affilée, qu'il s'efforçait de calmer d'une pression de la main sur le bras. À l'inverse, Jérémie, tête légèrement inclinée, gardait une immobilité de marbre, tout pénétré de la gravité du moment.

Après l'inhumation, Marthe et Étienne se plièrent au rituel des condoléances, aux étreintes, embrassades et témoignages de sympathie, retournant quelques mots épinglés d'un vague sourire. Il ne resta bientôt plus dans le cimetière que les visages familiers du village et des amis de Thomas. Le soleil tapait fort. Le front perlé de sueur, Étienne observait la tombe de son fils, sa *dernière demeure.* Il n'avait pas aimé que le prêtre dise qu'il était parti. Thomas n'était pas parti, il était mort. Partir suppose un possible retour, pas la mort. Inutile d'être allé à l'école pour savoir ça, la vie se chargeait de vous l'enseigner assez tôt. Étienne avait pour principe de nommer les choses, sans fard ni détours, même quand ça faisait mal, même quand ça vous broyait le cœur. Une part de lui refusait la mort du fils, la refuserait toujours, parce que c'était une mort injuste, déloyale, qui fauchait à l'aveuglette, parce que Thomas ne la *méritait* pas, parce que la vie, tout bien pesé, était une vacherie. Il fit un premier malaise en sortant du cimetière.

L'après-midi, Marthe montait dans la chambre et passait en revue les objets associés aux différents âges de Thomas, son bureau, ses manuels scolaires soigneusement rangés sur des étagères, sa série des *Tout l'Univers*, son électrophone et sa collection de disques. Pour peu que son œil accrochât quelque chose, aussitôt saillaient les souvenirs. Son but ne visait pas à céder à un rituel morbide, mais à déceler les infimes traces encore subsistantes de la présence de Thomas avant qu'elles ne s'effacent complètement. Quand avait-il dormi là pour la dernière fois ? À son anniversaire, le printemps dernier. La chambre avait vieilli. Elle songeait que dans un an, Étienne serait à la retraite. Elle s'inquiétait pour lui, pour eux.

À leur arrivée, Jérémie et Esther dormaient ensemble dans la chambre de Thomas. Face à l'incapacité de Madeleine de s'occuper d'eux, le projet d'aménager l'étage pour leur affecter une chambre individuelle s'imposa naturellement – Jérémie avait sept ans, Esther trois de moins. Au printemps de 1997, Etienne entreprit les travaux, les enfants étrennèrent leur chambre en juin. Entre-temps, Marthe avait remisé les affaires de Thomas dans le cellier, sauf son lit qui revint à Jérémie.

ÉPILOGUE

Le chemin déroulait son ruban crayeux jusqu'au sommet de la colline. Yeux au sol, Nicolas écoutait le crissement des cailloux sous ses talons. À côté avançait Marthe, démarche lourde et claudicante, la main forçant sur sa canne, la pointe de la langue mouillant régulièrement sa lèvre supérieure.

La grimpée ne se faisait pas sans mal. Elle aurait pu s'épargner cette épreuve, mais elle avait tenu à accompagner Nicolas au cimetière. Ce dernier s'accordait à son pas, conscient de l'effort que lui demandait la marche. En haut, elle fit une pause devant la grille pour reprendre son souffle et se tamponner le front de son mouchoir. Puis elle indiqua à son accompagnateur l'emplacement de la tombe de Thomas, conjointe à celle d'Étienne, et s'assit sur le banc de pierre, en attendant.

D'ordinaire, le trajet jusqu'au cimetière s'effectuait en voiture, mais Marthe mettait un point d'honneur à le faire à pied, par égard pour les défunts auxquels on se doit de consacrer une part de sa fatigue. Elle s'y rendait une fois par semaine pour fleurir la tombe de ses hommes, après quoi elle restait des heures à rêvasser sur le banc. Ça lui prenait son après-midi. Le point de vue offrait une vision admirable sur la plaine dont les confins se diluaient sous la brume estivale. Marthe avait cessé de pleurer son fils et son mari, bien qu'elle continuât de penser à eux. L'un et l'autre l'accompagnaient dans chacune de ses journées.

Désormais, ne lui restait que sa maison, dont elle ne sortait presque plus. Solidement étayée d'un côté par celle de Violette, de l'autre par celle des Parisiens (qu'ils avaient mise en vente mais dont ils désespéraient de trouver preneur), elle avait acquis la patine des bâtisses anciennes que le temps besogne en douceur. Sa destruction n'était pas pour demain.

Au plus fort de l'hiver, Marthe entendait gémir la charpente, dégringoler deux ou trois tuiles qu'elle faisait remplacer aussitôt. Elle pensait aussi à Jérémie et Esther qui avaient rejoint leur mère à Paris après la mort d'Étienne, l'année précédente. Inséparables, les deux, quoique aussi opposés que le jour et la nuit. Marthe ne l'avait jamais dit à personne, mais elle avait toujours préféré Jérémie à sa cadette.

Elle eut un petit sursaut quand Nicolas s'assit à côté d'elle. Pour un peu, elle l'aurait oublié. Il lui plaisait bien, ce grand échalas au sourire crâne, avec son anneau dans l'oreille et ses airs de pirate. Ce matin, en le voyant à sa porte, elle avait cédé à son envie de le serrer dans ses bras.

— Je suis Nicolas, c'est moi qui vous ai téléphoné de Londres.

Il n'avait pas besoin de se présenter, elle le connaissait du mariage de Stella et des photos que Jérémie lui avait montrées.

— Des photos de moi ?

— Oui, prises lors d'une fête avec le Polaroïd qu'on lui avait offert pour son bac.

— Je ne les ai jamais vues.

— Je te les montrerai tout à l'heure. Je t'en donnerai même une ou deux, si tu veux.

Il avait prévenu de sa visite, il était attendu.

— Je suis allé voir Madeleine, dit-il. Elle arrive à sourire. Je crois qu'elle a quelqu'un.

— Tant mieux. C'est bien pour elle, pour les enfants. À son âge, il ne faut pas s'enfermer dans le deuil.

— Ça va faire quatre ans, n'est-ce pas ? murmura-t-il encore.

— Oui, quatre ans.

— Je l'aimais.

— Nous l'aimions tous.

— Pas comme moi. Une amie m'a appris son décès il y a un mois seulement. Je ne voulais pas le croire, je ne pouvais pas. Je me suis dit par la suite qu'il avait vécu quatre ans de plus dans ma tête.

Marthe trouva un certain réconfort à se dire que pour ceux qui ne savent pas ou ne veulent pas savoir, un être aimé continue de vivre, que la mort en ce cas devient une abstraction. Elle se réfugia dans cette pensée, la cajola un instant, pas dupe pour autant de la part de mensonge qui s'y dissimulait. Puis, elle se redressa, pressa ses poings sur ses reins douloureux et s'empara de sa précieuse canne sans laquelle elle ne sortait plus de chez elle. Il y avait une demi-heure de descente jusqu'au village. Elle se taisait tout en soufflant un peu, parce que la marche au retour attaquait ses genoux plus durement qu'à l'aller. Nicolas marchait trois pas derrière. Elle le laissait seul avec lui-même, seul avec Thomas.

Elle avait mis un poulet au four, fait une tarte aux mirabelles qu'ils mangeraient dans la cuisine. Après, un taxi ramènerait Nicolas à la gare de R., d'où il prendrait son train pour Paris et de là, un avion pour Londres. En regardant la voiture s'éloigner, elle se dirait qu'à présent, Thomas était mort pour de bon.

DU MÊME AUTEUR

Chroniques Lexoviennes
Charles Corlet, 2007

Lignes de Vie
Jacques Flament éditions, 2012
Prix Gustave Flaubert 2013

Précis de mécanique des failles
Jacques Flament éditions, 2014

Mille raisons d'aimer Lilo
Cogito, 2014
Prix des Bibliothécaires de Douvres-la-Délivrande 2014
Prix de littérature du Lions Club normand 2015

L'Entaille
Cogito, 2016
Prix de la Ville de Grandcamp-Maisy 2017

Asylum
Cogito, 2017

Arc Atlantique
Rémanence, 2017
Prix Litter'Halles 2018

La disparition de Simon Weber
Les Falaises, 2018

Trois jours
Rémanence, 2020

Zone sensible
In Octavo, 2021
Finaliste du Prix Boccace 2022

Asylum 2, La Tour du Silence
Ella, 2022

La diagonale Anderson
In Octavo, 2023

WWW.EDITIONSDELAREMANENCE.FR

ÉDITION
RÉMANENCE
SAINT-DENIS-EN-BUGEY, FRANCE

IMPRESSION
LIBRI PLUREOS GMBH
HAMBOURG, ALLEMAGNE

DÉPÔT LÉGAL : MAI 2025